MARIA DRIES

DER KOMMISSAR UND DIE VERSCHWUNDENEN FRAUEN VON BARNEVILLE

atb aufbau taschenbuch

MARIA DRIES wurde in Erlangen geboren und hat Sozialpädagogik und Betriebswirtschaftslehre studiert. Heute lebt sie mit ihrer Familie in der Fränkischen Schweiz. Schon seit vielen Jahren verbringt sie die Sommer in der Normandie.

Im Aufbau Taschenbuch sind bisher ihre Krimis »Der Kommissar von Barfleur«, »Die schöne Tote von Barfleur«, »Der Kommissar und der Orden von Mont-Saint-Michel«, »Der Kommissar und der Mörder vom Cap de la Hague«, »Der Kommissar und der Tote von Gonneville« und zuletzt »Der Kommissar und die Morde von Verdon« erschienen.

Bei einer Wattwanderung finden Touristen am Strand von Barneville die Leiche einer jungen Frau. Als sich herausstellt, dass das Mädchen erst kurz zuvor als vermisst gemeldet wurde, soll Philippe Lagarde bei den Ermittlungen helfen. Die Untersuchung der Leiche bringt beunruhigende Ergebnisse. Bereits vor einem Jahr ist eine junge Frau nicht von ihrem Strandspaziergang zurückgekehrt. Zwischen der Toten und ihr gibt es Parallelen. Während in alle Richtungen ermittelt wird, vermisst ein Vater plötzlich seine Tochter – und für Philippe Lagarde beginnt ein Wettlauf gegen die Zeit.

MARIA DRIES

DER KOMMISSAR UND DIE VERSCHWUNDENEN FRAUEN VON BARNEVILLE

EIN
KRIMINALROMAN
AUS DER
NORMANDIE

atb aufbau taschenbuch

MIX
Papier aus verantwortungsvollen Quellen
FSC® C083411

ISBN 978-3-7466-3376-3

Aufbau Taschenbuch ist eine Marke der
Aufbau Verlag GmbH & Co. KG

2. Auflage 2017

Umschlaggestaltung © U1berlin, Patrizia Di Stefano
unter Verwendung von Bildern von © Diana Walters/Getty Images
und © Arjen de Ruiter/Shutterstock
Gesetzt aus der Caslon und der Rosewood
durch Greiner & Reichel, Köln
Druck und Binden CPI books GmbH, Leck, Germany
Printed in Germany

www.aufbau-verlag.de

Für meine Freunde Petra und Uli
aus Kalchreuth

Rosslare - Poole
Portsmouth
Manch
Auderville
CHERBOURG-
OCTEVILLE
Jobourg
Barfleur
Maupertus-
sur-Mer
Heauville
Martinvast
Dielette
Saint-Vaast-
la-Hougue
Plage
Valognes
Sainte-Mère-
Église
Sainte-Marie-
du-Mont
Barneville-
Carteret
Portbail
Grandcamp-
Maisy
Carentan
Lison
Jersey
(GB)
MANCHE
Gouville-
sur-Mer
SAINT-L
Agon-
Coutainville
Coutances
Bréhal
Villedieu-
les-Poêles
Îles Chausey
(F)
Granville
Vire
Saint-Malo
Mont-
Saint-Michel
Avranches
Mort

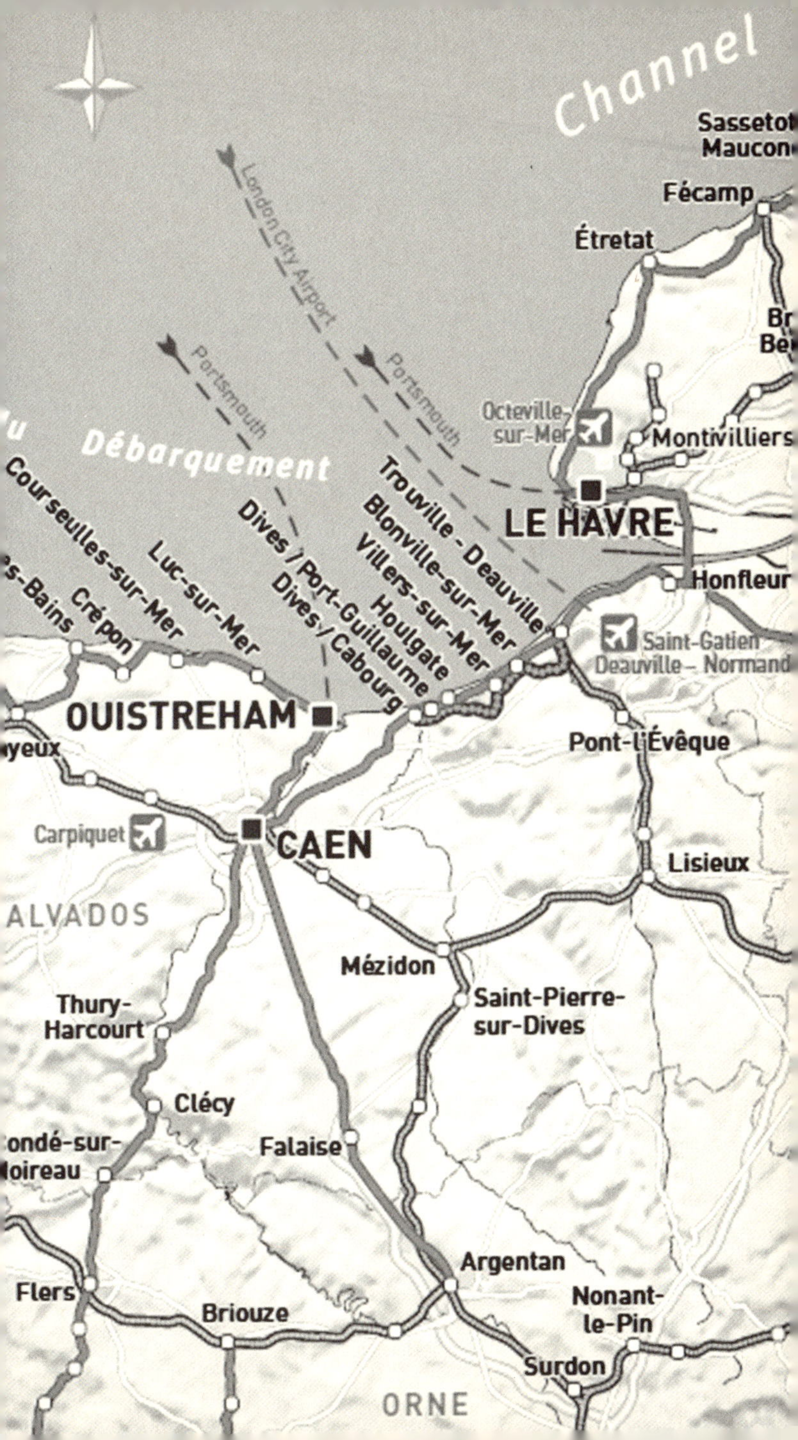

Channel
Sassetot
Maucon
Fécamp
Étretat
London City Airport
Portsmouth
Portsmouth
Octeville-sur-Mer
Montivilliers
u Débarquement
LE HAVRE
Honfleur
Trouville - Deauville
Blonville-sur-Mer
Villers-sur-Mer
Houlgate
Dives / Port-Guillaume
Dives / Cabourg
Luc-sur-Mer
Courseulles-sur-Mer
Crépon
s-Bains
Saint-Gatien
Deauville - Normand
OUISTREHAM
yeux
Pont-l'Évêque
Carpiquet
CAEN
Lisieux
ALVADOS
Mézidon
Saint-Pierre-sur-Dives
Thury-Harcourt
Clécy
ondé-sur-Noireau
Falaise
Argentan
Flers
Briouze
Nonant-le-Pin
Surdon
ORNE

DER UNSTERN

So schwere Lasten zu heben,
Bedarf es des Sisyphus Mut,
Und hätten wir Kraft auch und Glut,
Lang ist die Kunst, flüchtig das Leben.

Fern ruhmreicher Sarkophage,
An des Friedhofs verlassenem Hang,
Wie verdeckter Trommel Gesang
Schlägt mein Herz nun die trauernde Klage.

Manches Kleinod von leuchtender Glut
In finstrer Verborgenheit ruht,
Wohin Sonde und Senkblei nicht gleiten.

Manche Blume der edelsten Art
Strömt Duft wie Geheimnis so zart
In der Wildnis verlorene Weiten.

Charles Baudelaire,
»Die Blumen des Bösen«
(»Les Fleurs Du Mal«)

BASSE-NORMANDIE

Die Halbinsel Cotentin, umsäumt von mehr als dreihundert Kilometern Küste, hat auch den Beinamen »normannisches Ende der Welt«. Wildes Heideland wird von aufgeschichteten Steinmauern durchzogen, darüber wölbt sich ein weiter Himmel. Der blaue Horizont des Meeres liegt in der Ferne. Goldener Stechginster und rotes Heidekraut blühen in den Mulden. Die Küste ist durch die Wucht des Ozeans zerklüftet und ausgehöhlt, und Riffe dicht unter der Wasseroberfläche sowie gewaltige Meeresströmungen können den Schiffen gefährlich werden. Das Herz der Halbinsel bilden die Marschen, durchzogen von Kanälen und Flussläufen, die in hügeliges Weideland eingebettet sind. Dieser Naturpark ist ein Paradies für Zugvögel.

Nach Süden hin senkt sich die Küste und wird sandig. Der Strand von Barneville-Carteret, gesäumt von hohen Dünen, erstreckt sich so weit das Auge reicht als breites helles Band. Der beliebte Badeort wird durch die Kanalinseln vor der Meeresbrandung geschützt und vom Golfstrom warm umspült. Auf der Spitze des Caps, nahe dem Zöllnerpfad, erhebt sich der granitgraue Leuchtturm wie ein Wächter.

Das Cotentin ist auch ein Land der Schlösser. Östlich von Cherbourg liegt der berühmte Herrensitz Tourlaville. Hinter dessen Mauern ereignete sich unter der Herrschaft Heinrichs IV. ein Skandal, der in einer Tragödie endete. Die Geschwister Julien und Marguerite wuchsen dort zusammen auf. Beide sollen sehr schön gewesen sein. Schließlich wurden sie Opfer einer Leidenschaft, die weit über ihre Geschwisterliebe hinausging. Als Marguerite vierzehn Jahre alt war, wurde sie mit dem fünfundvierzigjährigen Jean Lefebvre zwangsverheiratet. Durch die Trennung entflammte die Liebe der Geschwister umso mehr. Eines Nachts schwang sich Marguerite auf ihr Pferd und ritt, so schnell sie konnte, zu ihrem Bruder. Die Liebenden flohen nach Paris und versteckten sich dort. In der Metropole wähnten sie sich in Sicherheit. Doch der verlassene Lefebvre spürte sie auf. All das Flehen um Gnade half nicht. Die Geschwister wurden wegen Ehebruch und Inzest auf der Place de Grève enthauptet. In der Kirche Saint-Jean-en-Grève in Paris wies früher eine Inschrift auf einem Grabstein auf die Tragödie hin.

»Hier liegen der Bruder und die Schwester. Der du vorübergehst, forsche nicht nach dem Grund ihres Todes, gehe weiter und bitte bei Gott für ihre Seelen.«

BARNEVILLE-CARTERET, 05. SEPTEMBER 2011

Schleierwolken zogen gemächlich über den pastellblauen Himmel. Ein Fischadler mit leuchtend weißem Rumpf kreiste über dem Hafenbecken. Das Meer hatte sich weit zurückgezogen und eine im Sonnenlicht glitzernde Wattlandschaft hinterlassen. Es roch nach Tang und Fisch. In der Ferne zeichnete sich schemenhaft die Kanalinsel Guernsey ab.

Das Haus thronte auf einem grünen Hügel über der Bucht von Carteret. Es war aus Granitsteinen erbaut, und die Laibungen der Bogenfenster bestanden aus weißen und roten Ziegeln. Die Fensterläden waren weiß lackiert. Aus dem steilen Schieferdach lugten Erkerfenster, und beidseitig erhoben sich zwei schlanke Kamine. Das Haus wurde von einer dichten Hecke umsäumt. Im Garten standen alte knorrige Seekiefern. Auf der Terrasse, die zur See hin ausgerichtet war, standen einige Menschen um einen gedeckten Tisch.

Die Flammen der siebzehn Geburtstagskerzen erzitterten in der sanften Meeresbrise. Sie steckten in einer Schokoladensahnetorte, un gâteau à la crème au chocolat. *Louise-Anne lächelte übermütig in die Runde, dann blies sie alle auf einmal aus. Ihre Gäste klatschten begeistert in die Hände.*

Louise-Anne, von ihren Eltern und ihrem Bruder liebe-

voll Louanne genannt, war eine schöne junge Frau. Hoch gewachsen und von schlanker Statur. Ihr zartes Gesicht mit der hellen Haut bildete ein perfektes Oval und wurde von mandelförmigen meergrünen Augen dominiert, über die sich feine helle Augenbrauen wölbten. Für ihre Geburtstagsfeier hatte sie sich die honigblonden Locken kurz schneiden lassen. Der Garçon-Schnitt mit den Fransen in der hohen Stirn stand ihr großartig. Louanne trug ihr blaues Lieblingskleid und helle Leinenschuhe. Coco, eine weiße französische Bulldogge mit schwarzen Tupfen, wich ihr nicht von der Seite.

Die Louannes Mutter schnitt die Torte an und verteilte große Stücke auf die Teller. Dazu gab es Kaffee und Wasser aus Karaffen, in denen Eiswürfel und Orangenscheiben schwammen. Die Geburtstagsgesellschaft war bester Laune. Die Gäste unterhielten sich gut und lachten viel, die Stimmung war heiter und unbeschwert.

Nur Louannes Bruder machte einen abwesenden Eindruck. Ein unzufriedener Zug lag um seinen Mund. Die sonst strahlenden Augen wirkten verschleiert. Eine senkrechte Furche war zwischen den Brauen erschienen. Seine Schwester versuchte, Blickkontakt aufzunehmen und ihm zuzuzwinkern, doch er starrte an ihr vorbei auf das Watt.

BARNEVILLE-CARTERET, DIENSTAG, 06. SEPTEMBER 2016

CAFÉ DE FRANCE

Nathalie Baye wachte mit hämmernden Kopfschmerzen auf. Sie stöhnte. Ein Blick auf den Wecker sagte ihr, dass es elf Uhr war. Die Party von gestern, am Plage de la Vieille Église, am Strand der Alten Kirche fiel ihr wieder ein. Wann war sie eigentlich nach Hause gegangen? Nach wie vielen Gläsern Bier und Tequila? Wie war sie heimgekommen? Hatte sie einen Typen abgeschleppt? Dunkel erinnerte sie sich an einen deutschen Urlauber mit dunklen Haaren und einer niedlichen Lücke zwischen den Schneidezähnen, der so charmant mit ihr geflirtet hatte. Erschrocken schaute sie neben sich. Niemand lag in ihrem Bett. Mon Dieu! Sie hatte einen Filmriss. Aber offensichtlich war sie unversehrt und ohne Begleitung nach Hause gekommen.

Vorsichtig stieg sie aus dem Bett und rieb sich die Schläfen. Jetzt brauchte sie dringend zwei Aspirin und einen starken Kaffee. Bekleidet mit einem rosafarbenen Hello-Kitty-Slip und einem weißen Top tappte sie barfuß in die Küche. Nathalie war klein und ein wenig pummelig. Die roten Locken standen drahtig vom Kopf ab. Sie setzte Kaffee auf und rührte das Aspirinpulver in ein Glas mit kaltem Wasser, das sie in einem Zug leer trank.

Mit der dampfenden Kaffeetasse in der Hand öffnete sie die unverschlossene Haustür und trat auf den kleinen gepflasterten Vorplatz. Er war von einer verwitterten Steinmauer begrenzt. Zur Wiese hin bildeten Büsche eine natürliche Barriere. Nach Westen öffnete sich der Blick auf den Ozean, weshalb Anouk und sie die Terrasse zu ihrem Lieblingsplatz erkoren und Gartenmöbel aufgestellt hatten. Einen runden Tisch und bequeme Stühle mit bunten Polstern. Nathalie ließ sich auf einen Stuhl sinken, trank einen Schluck Kaffee und blinzelte in die Sonne. In weiter Ferne glitzerte das Meer. Langsam konnte sie wieder klarer denken. Wo war eigentlich Anouk? Wo war ihr Hund? Nathalie nahm an, dass sie alleine war, denn im Haus war es ganz still gewesen. Normalerweise hätte der Hund, ein weiß-braun gefleckter Jack Russell Terrier mit dem Namen Filou, sofort auf sich aufmerksam gemacht und sich die Schlappohren streicheln lassen. War ihre Freundin mit auf der Strandparty gewesen? Angestrengt überlegte sie. Nein, sie war alleine hingegangen. Am Hafen entlang und dann auf dem Zöllnerpfad um das Cap. Auch im Laufe des feuchtfröhlichen Abends war Anouk nicht aufgetaucht, da war sie sich ziemlich sicher. Entschlossen erhob sie sich. Sie musste sich Gewissheit verschaffen.

Nathalie ging ins Haus und lief über die alte knarrende Holzstiege in den ersten Stock, wo das Schlafzimmer von Anouk lag. Sie klopfte, rief den Namen ihrer Mitbewohnerin und öffnete die Tür. Aufmerksam sah sie sich um. Der Raum war leer, das Bett ihrer Freundin unberührt. Auch der Hund lag nicht in seinem Körbchen. Wo steckten sie bloß? Gähnend lief sie wieder nach draußen zu ihrem Kaffee.

Anouk und sie studierten Psychologie an der Universität von Cherbourg. Nathalie stammte aus einem kleinen Dorf in der Auvergne. Ihr Vater züchtete Schafe und Ziegen und produzierte Käse. Anouk kam aus Grandcamp-Maisy, einem ehemaligen Fischerdorf mit einem sehr schönen kleinen Hafen, das die Côte de Nacre nach Westen begrenzte. Es hatte sich längst zu einem beliebten Badeort entwickelt.

Die beiden Frauen hatten in Cherbourg in einem Studentenwohnheim gelebt und waren mit der Situation ziemlich unglücklich gewesen. Die Einzimmerappartements waren winzig. Das sterile Gebäude lag an einer vielbefahrenen Straße und verfügte weder über einen Garten noch über eine Terrasse. Beide waren es nicht gewohnt, in einer Großstadt zu leben, und vermissten die Natur, frische Luft und Ruhe. Anouk musste mit Filou einen Park aufsuchen, wenn sie ihn frei laufen lassen wollte.

Nachdem die Studentinnen sich angefreundet hatten, unternahmen sie an den Wochenenden Ausflüge ins Hinterland und ans Meer. Bei einem Spaziergang hatten sie das kleine Haus entdeckt. Es lag inmitten von Feldern und Wiesen etwas außerhalb von Barneville. Im Garten stand ein Schild mit der Aufschrift *À louer*, zu vermieten. Außerdem war eine Handynummer angegeben. Auf der Stelle verliebten sie sich in das alte Granitsteinhaus mit den himmelblauen Fensterläden und dem verwilderten Garten. Sie riefen den Eigentümer an, der kurze Zeit später auf seinem Traktor angetuckert kam und den Studentinnen das Haus zeigte. Die beiden Schlafzimmer waren zwar klein, dafür gab es einen Salon mit einem Kaminofen, sowie eine Küche mit einem Essplatz. Das Badezimmer verfügte sogar über eine altmodische Badewanne mit Klauenfüßen. Im Garten standen Obstbäume, die reife Früchte trugen.

Das Gebäude stand schon einige Zeit leer, doch es hatte sich noch kein Mieter gefunden. Den bisherigen Interessenten war die Ausstattung zu einfach und die Lage zu einsam gewesen. Der Landwirt fand die beiden Frauen bezaubernd, und sie einigten sich auf eine günstige Miete. Seit fast einem Jahr lebten sie nun schon hier und hatten es nie bereut. Nach Cherbourg waren es nur etwa dreißig Kilometer. Anouk besaß einen kleinen Renault, mit dem sie zur Uni fuhren. Manchmal nahmen sie auch den Bus.

Nathalie beschloss heiß zu duschen. Vielleicht würde ihr benebelter Kopf dann klarer werden.

Schließlich lief sie, gehüllt in ein Frotteetuch, in ihr Schlafzimmer. Ihr Handy fand sie unter dem Bett. Sie tippte auf den Namen ihrer Freundin, und sofort sprang die Mailbox an. Nathalie hinterließ eine Nachricht und bat um einen Rückruf. Sorgen machte sie sich keine. Anouk fuhr manchmal mit ihrem Hund ins Blaue hinein, gerade jetzt in den Semesterferien. Sie war gerne für sich und hatte immer ihre Fotoausrüstung dabei. Einige Schwarz-Weiß-Fotos hingen, schlicht gerahmt, im Wohnzimmer. Sie zeigten den aufgewühlten Ozean, Wolkengebirge, Dünen mit windgepeitschtem Strandhafer und verlassene Strände. Wenn sie lange unterwegs war, übernachtete sie in kleinen günstigen Pensionen. War das Geld knapp, schlief sie einfach im Auto.

Nathalie ging davon aus, dass ihre Freundin bald zurückkommen würde. Ihr Handy klingelte. Erleichtert sah sie auf das Display, aber es war nicht Anouk. Am Apparat war der süße Tourist aus Deutschland, den sie bei der gestrigen Strandparty kennengelernt hatte. Sie konnte sich nicht daran erinnern, dass sie ihm ihre Handynummer gegeben hatte. Seinen Namen wusste sie auch nicht mehr. Er stellte sich als Anton vor und lud sie zu einer Spritztour ein. Er wollte über die Küstenstraße nach Barfleur fahren. Jemand hatte ihm erzählt, dass es ein ganz bezaubernder Fischerort war. Dort wollte er ein, zwei Tage auf einem Campingplatz zelten und die Festung von Vauban in

Saint-Vaast-la-Hougue und die kleine Vogelschutzinsel Tatihou besichtigen. Ob sie Lust hätte? Natürlich hatte sie Lust! Der Typ war wirklich charmant und kein bisschen aufdringlich, und außerdem – wenn Anouk einen Ausflug machte, konnte sie das auch. Sie wählte noch einmal die Nummer ihrer Freundin und hinterließ eine Nachricht, dass sie für einige Tage verreisen würde.

Eilig zog sie sich an und packte eine kleine Reisetasche. In zehn Minuten würde er sie abholen. Sie beschloss, ihn Toni zu nennen. Das klang hübsch.

Geneviève Sorel suchte nach ihrer Tochter. Sie suchte immer nach ihrer Tochter, seit sie vor fünf Jahren verschwunden war. Tag und Nacht. Überall. Jetzt irrte sie durch die großflächige weite Dünenlandschaft zwischen Surville und Portbail, die sich südlich von Barneville erstreckte. Sie folgte einem Trampelpfad, der sich durch Flechten und kleine Büsche von blau blühenden Stranddisteln schlängelte. Aufmerksam betrachtete sie ihre Umgebung, blickte in jede Mulde und hinter jeden Fels. Die Sonne brannte vom Himmel und erwärmte den Sand. Sie wischte sich mit der Hand den Schweiß von der Stirn. Eine Möwenschar zog kreischend vorbei.

Vor einigen Jahren noch war Madame Sorel eine schöne, charmante Frau mit viel Humor und Unternehmungsgeist gewesen. Inzwischen war sie abgemagert, die einst makellose Haut faltig und grau. Die glänzenden braunen Haare waren schlohweiß und strohig geworden. Wirr und spärlich standen sie von ihrem Kopf ab. Ihre dunklen glanzlosen Augen huschten hin und her. Sie hatte bisher noch keine Spur von ihrer Tochter gefunden, aber sie würde nicht aufgeben. Irgendwo musste sie ja sein.

Als sie müde wurde, beschloss sie, die Suche vorläufig zu beenden und einen Strauß Wildblumen für die Gedenkstätte ihrer Tochter zu pflücken. Nach einem einstündigen Fußmarsch erreichte sie die Stelle. Sie hatte sie ausgesucht, weil ihre Tochter dort zum letzten Mal gesehen worden war. Die Stätte befand sich unterhalb eines alten Wehrturmes aus groben Granitsteinen. Schießscharten bildeten schwarze Höhlungen. Gekrönt wurde er von Rechteckzinnen, die die runde Wehrplattform umgrenzten. An einer Stelle, an der die Steinmauer herausgebrochen war, klaffte ein großes Loch. Das marode Bauwerk erhob sich direkt hinter den Klippen, die fast senkrecht in das brodelnde Meer stürzten. Unterhalb der Abbruchkante gab es einen ebenen Platz, den man über eine Treppe erreichen konnte. Er wurde von einem natürlichen steinernen Dach überspannt. Das Felsgestein formte dort eine kleine Höhle, geschützt vor dem Ozean. Darin hatte sie einen Schrein für ihre Tochter aufgebaut. Den Mittelpunkt bildete eine Fotografie in einem ovalen goldenen Rahmen. Sie war an ihrem Geburtstag aufgenommen worden. Weitere Schnappschüsse zeigten sie als pausbäckiges Kleinkind, als Erstklässlerin mit einer Schultüte, sowie als Jugendliche auf einer Vespa.

Madame Sorel arrangierte die Blumen in einer Vase und entzündete weiße Kerzen. Schließlich faltete sie die Hände, wie zu einem Gebet.

»Komm zurück«, flüsterte sie mit heiserer Stimme. »Komm doch endlich zurück. Ich warte auf dich, ma chérie.« Ihre Augen wurden feucht. »Mon Dieu, warum hast du mich verlassen?«

Das malerische Dorf Barfleur mit seinem Fischerhafen lag an der Nordostspitze der Halbinsel Cotentin. Mittelalterliche Granitfassaden säumten die Promenade, die zum Wahrzeichen der Ortschaft führte, der Pfarrkirche Saint-Nicolas am Ende des Kais. Daneben befand sich die Seenotrettungsstation, die 1895 gegründet worden war. Im Hafenbecken schaukelten bunte Fischerboote. Bei Ebbe legte ein Tidenhub von zehn Metern den Hafen trocken. Fünf Kilometer weiter nördlich stand der Leuchtturm von Gatteville, das höchste Leuchtfeuer Frankreichs. Von seiner Spitze hatte man einen Ausblick über die ganze Bucht.

Berühmt war Barfleur auch für seine wohlschmeckenden Muscheln mit den goldenen Schalen. Die Miesmuschelbänke erstreckten sich entlang der Ostküste der Halbinsel, so weit das Auge reichte.

Das Haus von Philippe Lagarde lag nördlich von Barfleur oberhalb einer henkelförmigen Bucht und war ein älteres Granitsteingebäude, das er von seiner Großmutter geerbt hatte. Auf dem Schieferdach saßen zwei rote Kamine, und auch die Laibungen der Haustür und der Fenster bestanden aus roten Ziegeln. Neben dem Eingang rankten sich Rosen an einem Spalier empor. Linker Hand gab es einen Anbau mit einem schrägen Dach und einem Holztor, der als Holzlager und Werkstatt diente. Hinter dem Haus erstreckte sich der Garten bis zum Dünensaum, wo sich eine alte knorrige Libanon-Zeder neben einem Feigenbaum erhob. Beidseitig der Terrasse standen Oleandersträucher in prächtiger weißer Blüte. Vom Garten führte ein Pfad durch ein Wäldchen zu der Bucht. Bei Niedrigwasser gab das Meer einen schmalen Sandstrand frei.

An dem Haus waren immer wieder Renovierungsarbeiten erforderlich, die Lagarde meistens selbst ausführte. Er arbeitete gerne mit den Händen und konnte dabei gut nachdenken. Vor einigen Tagen hatte er beschlossen, die Fensterläden zu lackieren. Nach Diskussionen mit seiner Lebensgefährtin Odette hatte er sich für die Farbe Taubenblau entschieden. In seiner Werkstatt lagen die ersten beiden Flügel auf Böcken, um abgeschliffen zu werden.

Der Kommissar im Ruhestand trug eine alte Jeans und ein kurzärmliges T-Shirt. Die bloßen Füße steckten in verblichenen Leinenschuhen. Er war von mittelgroßer Statur und hatte breite Schultern. Sein Körper war durch regelmäßiges Training muskulös, und er unternahm gerne ausgiebige Rennradtouren entlang der Küste. Das von der Sonne gebräunte Gesicht war kantig und attraktiv, die Augen saphirblau, umgeben von Lachfältchen. Die dichten dunklen Haare trug er kurz geschnitten. Ab und zu ließ er sich einen Dreitagebart stehen, weil Odette das sexy fand.

Nach einer komplizierten Schussverletzung an der Schulter hatte er sich entschieden, frühzeitig in den Ruhestand zu gehen, und diesen Entschluss nie bereut. Er genoss das Leben mit Odette an seiner Seite. Wenn sie Zeit hatte, unternahmen sie Ausflüge und besuchten Restaurants. Wenn er alleine war, fuhr er am liebsten mit seinem Boot aufs Meer hinaus und angelte. Er mochte die Einsamkeit, das Rauschen des Meeres und den Geschmack von Salz auf seinen Lippen. Ganz hatte er sich jedoch nicht von seinem Beruf lösen wollen, weshalb er an der Akadémie de Rennes Polizeianwärter unterrichtete. Seine Schwerpunkte waren unter anderem Deeskalation, richtiges Vorgehen bei Geiselnahmen und Vernehmungstechniken. Europaweit wurde er zu Tagungen eingeladen und manchmal bei schwierigen, schier unlösbaren Kriminalfällen als Berater hinzugezogen.

Er begann, die alten Lackschichten abzuschmirgeln. Es dauerte länger, als er gedacht hatte. Der Aufwand war doch ziemlich groß, und als er die Arbeit beendet hatte, war es bereits kurz nach achtzehn Uhr. Um zwanzig Uhr war er mit Frank Lanoux in einem Restaurant in Valognes verabredet. Der Polizeipräsident der Normandie hatte ihn gestern angerufen und zum Abendessen eingeladen. Sein Büro befand sich in Rouen, doch er hatte einen dienstlichen Termin in der Stadt und wollte ihn mit einem Treffen mit Lagarde verbinden. Er hatte am Telefon nicht verraten, worüber er mit ihm sprechen wollte. Der Kommissar war gespannt. Er hatte keine Ahnung, was Lanoux auf dem Herzen haben könnte.

Nachdem er geduscht hatte, zog er eine graue Hose und ein weißes Hemd an. Dazu wählte er ein farblich passendes Jackett. Er bereitete sich einen Milchkaffee zu und trat dann auf die Terrasse. Bevor er sich auf den Weg machte, wollte er nach Alexandre sehen. Der Wildkater war ihm vor einiger Zeit zugelaufen und erwartete jeden Morgen und jeden Abend mit Pâté und Katzenmilch gefüllte Näpfe. Jetzt lag er auf der Gartenmauer und genoss die letzten Sonnenstrahlen. Als er die Schritte von Lagarde vernahm, blinzelte er und hob den Kopf, ehe er mit einem Satz auf die Wiese sprang und zu seiner Futterstelle lief. Er schnüffelte an den leeren Schalen und maunzte empört. Seine gelben Augen richteten sich anklagend auf Lagarde.

»Ich bin schon unterwegs, Alexandre«, versicherte er und holte aus der Speisekammer Lachs und Milch.

Das scheue Tier beobachtete aus sicherer Entfernung, wie er das Futter in die Näpfe füllte. Erst als Lagarde einige Schritte zurückgetreten war, begann er zu fressen, ließ ihn dabei aber nicht aus den Augen.

Nachdem der Kommissar seinen Kaffee getrunken hatte, verließ er das Haus und stieg in seinen himmelblauen Renault Express. Er fuhr auf der Küstenstraße nach Barfleur. Jenseits der Dünen erstreckte sich die tiefblaue ruhige See. Stetig zog sie sich zurück. Die ersten *Pêcheurs à Pied*, Wattfischer, waren bereits mit Eimern, Schaufeln und Harken unterwegs. Diese Beschäftigung gehörte zu dem beliebtesten Freizeitvergnügen von Einheimischen und Gästen. Sie suchten den Meeresboden hauptsächlich nach Schalen- und Krustentieren ab.

Von Barfleur nach Valognes waren es etwa fünfundzwanzig Kilometer. Die Strecke verlief durch eine sanfte Hügellandschaft, vorbei an Weiden, Lauchfeldern und Buchenhainen. Ab und zu tauchten kleine Ansiedlungen auf mit geduckten Steinhäusern, einem Kirchturm und den kugeligen Kronen der Esskastanien, umgrenzt von einer geschichteten Steinmauer.

Kurz vor zwanzig Uhr erreichte er Valognes. Die Adeligen und Industriellen des Grand Siècle hatten dort prächtige Herrenhäuser hinterlassen. Wegen ihnen wurde die Gemeinde auch »kleines normannisches Versailles« genannt.

Er fuhr an der Kirche und einem gepflegten Park mit blühenden Azaleenbäumen vorbei und passierte dann eines der schönsten Stadthäuser von Valognes, das Hôtel de Beaumont. Die prächtige Fassade leuchtete golden in der einsetzenden Abenddämmerung.

Die Brasserie Café de France lag in der Rue des Capucins, direkt am Fluss. Auf der anderen Seite begrenzte eine Mauer, durchsetzt von alten Fischhuben, das Gewässer. Dort blühten in steinernen Kästen rote Geranien. Das Lokal war im Erdgeschoss eines einstöckigen Granithauses untergebracht. Lagarde fand einen Parkplatz direkt um die Ecke. Er war mit Odette schon einmal hier gewesen, denn die Brasserie genoss einen ausgezeichneten Ruf. Der Chefkoch verwendete ausschließlich frische saisonale Produkte aus der Region und war experimentierfreudig.

Als der Kommissar ausgestiegen war, schlüpfte er in sein Jackett. Frank Lanoux saß an einem eingedeckten Tisch unter der Markise. Fast alle Tische auf der Terrasse waren bereits besetzt. Als er Lagarde erblickte, lächelte er und stand auf, um ihn zu begrüßen. Der Polizeipräsident war ein großer stämmiger Mann mit einem sympathischen Gesicht und wachsamen hellen Augen. Die Haare waren millimeterkurz rasiert. Er trug einen Anzug und ein hellblaues Hemd, hatte aber auf eine Krawatte verzichtet. Die Männer schüttelten sich die Hände.

»Schön, dass Sie kommen konnten«, begrüßte ihn

der Polizeipräsident. »Meine Sekretärin hat einen Tisch reserviert, sonst hätten wir keine Chance gehabt. Setzen wir uns doch.«

Ein Kellner brachte die Speisekarten. »Wir haben heute auch fangfrischen Heilbutt und Rote-Bete-Suppe«, informierte er die Gäste. »Möchten Sie einen Aperitif, Messieurs?«

Lanoux sah Lagarde fragend an. »Was halten Sie von einem Pastis?«

»Gerne. Eine Erfrischung ist genau das Richtige an diesem warmen Abend.«

Als die Bedienung die Getränke gebracht hatte, lasen sie die Menükarte. Der Kommissar entschied sich für gegrillte Jakobsmuscheln auf Blattspinat, und als Hauptgericht für Entenbrust mit Sauerkirschsauce, sowie Mandelkroketten. Lanoux nahm in Knoblauchbutter geschwenkte Garnelen. Als zweiten Gang wählte er Lammrücken mit Kartoffel-Lauch-Talern und mediterranem Gemüse. Zum Hauptgang bestellten sie eine Flasche Wein.

Als sie die Vorspeise genossen, erkundigte sich Lanoux nach dem Befinden von Lagarde und Odette. Er hatte sie auf einem Sektempfang in Rouen kennengelernt.

»Uns geht es gut«, sagte Lagarde. »Odette hat, wie immer, viel Arbeit in ihrem Restaurant.« Seine Freundin war die Eigentümerin eines Feinschmeckerlokals namens Mirabelle, das westlich von Barfleur in einem

Apfelgarten lag. »Wenn sie Zeit hat, fahren wir oft mit meinem Boot über das Meer zu einer der wunderschönen Buchten. Am letzten Septemberwochenende wollen wir nach Barcelona fliegen und uns ein paar schöne Tage machen. Wir freuen uns schon sehr.«

»Da war ich vor fünf Jahren zusammen mit meiner Frau und meinen Töchtern. Eine tolle Stadt. Wenn ich Ihnen einen Tipp geben darf, sehen Sie sich den Park Güell, Las Ramblas und das Gotische Viertel an.« Er lachte. »Auf einem Berg über der Stadt befindet sich ein Freizeitpark, aus dem ich meine kleine Tochter kaum mehr herauslocken konnte.«

Lagarde wusste, dass der Polizeipräsident zwei Töchter hatte. Marie, die noch die Grundschule besuchte, und Cécile. Sie musste inzwischen siebzehn oder achtzehn Jahre alt sein.

Der Kellner schenkte zum Hauptgericht ein wenig Rotwein in ein Glas. Lanoux, als Gastgeber, probierte und war sichtlich beeindruckt. »Großartig. Aromen von Cassis und Veilchen. Wie Seide.« Nun wurden die Gläser gefüllt, und die Männer stießen an.

»Wirklich ein guter Tropfen«, meinte Lagarde. »Danke für die Einladung.«

»Es ist mir ein Vergnügen.« Er sah Lagarde an. »Ich unterhalte mich gerne mit Ihnen, und ich habe ein Anliegen. Ein persönliches Anliegen.«

»Was kann ich für Sie tun, Frank?«

»Meine Tochter Cécile hat diesen Mai Baccalauréat

gemacht, mit ausgezeichnetem Erfolg. Meine Frau und ich sind sehr stolz auf sie. Aufgrund der guten Noten hat sie eine Einladung für die Sommerakademie der Normandie bekommen. Dort finden Workshops, Seminare, kulturelle Veranstaltungen und Ausflüge statt. Die jungen Leute sollen sich kennenlernen, sich austauschen und diskutieren. Ein weiteres Ziel ist, sie bei der beruflichen Orientierung zu unterstützen. Cécile ist noch unschlüssig, ob sie Biologie oder Mathematik studieren soll. Das Treffen findet vom 13. bis zum 30. September in Bricquebec statt, ganz schön weit weg von Rouen, wo meine Familie und ich leben, aber das wissen Sie ja. Sie wohnen in Barfleur, also erheblich näher. Deshalb meine Bitte: Darf ich Cécile Ihre Handynummer geben, für den Fall, dass sie einen Ansprechpartner braucht, der sie auch kurzfristig in diesem Sommercamp besuchen und ihr helfen könnte, nur für den Notfall.« Er lächelte. »Meine Frau würde mich jetzt Glucke nennen. Wahrscheinschlich zu Recht. Aber mich würde es beruhigen. Höchstwahrscheinlich wird Cécile Sie sowieso nicht anrufen. Sie ist eine selbständige junge Frau. Außerdem gibt es in dem Camp natürlich Betreuer, die sich um die jungen Leute kümmern.«

»Das mache ich gerne. Wenn Cécile meine Hilfe braucht, soll sie mich einfach anrufen.« Er bat den Kellner um einen Stift und ein Stück Papier, schrieb seine Handynummer auf und reichte die Notiz Lanoux. »Ich kann sie auch gerne mal in Bricquebec besuchen und einen Kaffee mit ihr trinken.«

»Danke, Philippe.«

»*De rien*. Wie schmeckt das Lamm?«

»Ausgezeichnet. Und Ihre Ente?«

»Hervorragend.«

Als sie die Rohmilchkäseplatte vor sich stehen hatten, räusperte sich Lanoux. »Jetzt möchte ich zu dem eigentlichen Grund unseres Gespräches kommen.«

Lagarde war erstaunt. Er hatte angenommen, dass der Grund für das Treffen Cécile war, auf die er ein Auge haben sollte.

Der Polizeipräsident fuhr fort. »Bei der letzten Besprechung der Polizeipräsidenten im Innenministerium in Paris ging es unter anderem um den Mangel an geeignetem Personal, vor allem bei schwierigen Kriminalfällen. Sie haben uns ja schon ein paarmal geholfen, immer sehr erfolgreich. Ich denke nur an die Geschichte diesen Sommer am Lac de Sainte-Croix. Ohne Sie und Ihre Freunde wären die Verbrechen vermutlich nie aufgeklärt worden.« Er grinste breit. »Der dortige Polizeichef ist sogar befördert worden.«

»Ich habe es gehört.«

»Das hätte ich mir denken können. Nun, jetzt haben wir uns überlegt, dass wir gerne einen offiziellen Status für Sie einrichten möchten, als Berater, beziehungsweise als Profiler bei Kapitalverbrechen. Weil Sie im Ruhestand sind, könnten Sie kurzfristig überall eingesetzt werden. Es wären höchstens zwei oder drei Fälle im Jahr, wenn die zuständigen Ermittler nicht mehr weiterkommen und Unterstützung brauchen. Ihr Aufgabenbereich und Ihre Befugnisse werden schriftlich festgelegt, und Sie werden gut honoriert. Sehr gut sogar.«

Er lächelte ihn an. »Und Sie bekommen einen neuen Dienstausweis, dann müssen Sie nicht immer auf Ihre überholten Dokumente zurückgreifen und sich durchmogeln.« Aufmerksam sah er Lagarde an. »Was halten Sie von meinem Vorschlag?«

»Das ist eine interessante Idee. Die Aufgabe würde mich durchaus reizen.«

»Sie müssen sich ja nicht gleich entscheiden. Wenn Sie eine Nacht darüber schlafen und sich vielleicht mit Ihrer Lebensgefährtin besprechen wollen? Es eilt nicht so. Aktuell steht auch nichts an.«

Lagarde überlegte kurz. »Ich rufe Sie morgen an. Einverstanden?«

»Einverstanden. Danke! Ich würde mich sehr freuen, wenn Sie diese Aufgabe übernehmen würden. Möchten Sie einen Nachtisch?«

»Warum nicht? Runden wir das Mahl ab.«

Lanoux bat den Kellner um die Dessertkarte. Sie entschieden sich für *Îles flottantes*, schwimmende Inseln. Dabei handelte es sich um süße, mit Mandelplättchen bestreute Klößchen in Vanillesauce.

Beim Mokka bot Lanoux ihm das Du an, worüber

der Kommissar sich freute. Der Mann war ihm sympathisch. Außerdem schätzte er dessen hohe Kompetenz und seine Fairness.

Nachdem der Polizeipräsident die Rechnung bezahlt und ein großzügiges Trinkgeld in das Ebenholzkästchen gelegt hatte, verabschiedeten sich die Männer und machten sich auf den Heimweg.

Als Lagarde Valognes verließ, sah er auf die Leuchtziffern der Uhr am Armaturenbrett. Es war halb elf. Kurz überlegte er, ob er noch auf ein Glas Wein bei Odette vorbeischauen sollte. Er wollte gerne mit ihr über den Vorschlag von Lanoux sprechen. Wahrscheinlich war sie noch im Restaurant oder in der Küche beschäftigt. Das Restaurant schloss normalerweise gegen dreiundzwanzig Uhr, außer es galt eine Feier auszurichten. In einer halben Stunde konnte er dort sein.

Entschlossen trat er auf das Gaspedal. Als er Barfleur erreichte, waren nur noch wenige Fahrzeuge um diese Zeit unterwegs. Nachdem er einen dichten Buchenwald hinter sich gelassen hatte, verließ er die Nationalstraße und hielt sich rechts. Er passierte einen Campingplatz, der noch hell erleuchtet war. Camper saßen vor ihren Wohnmobilen und Zelten und genossen bei einem Glas Wein die laue Septemberbrise. Er fuhr auf einem schmalen Weg noch einige hundert Meter, bis er schließlich den Parkplatz des Mirabelle erreichte, wo er sein Auto abstellte und über einen gepflasterten Fußweg zum Restaurant lief. Auf der linken Seite erstreckte sich ein flaches Gebäude, das als Lagerraum genutzt wurde. Rechter Hand erhob sich das einstöckige Hauptgebäude, in dem Odette wohnte. Im halbmondförmigen Fenster ihres Schlafzimmers spiegelte sich der runde Mond. An der Mauer befand sich ein Spalier, um das sich rote Nachtnelken rankten. Sie verbreiteten einen süßen Duft. Der Weg, beleuchtet von weißen Glaskugeln in den Blumenbeeten, führte direkt auf die Terrasse. Auf den Pfosten eines Lattenzaunes, hinter dem sich ein Apfelgarten ausdehnte, saßen winzige funkelnde Laternen. Die Sitzgruppen waren bereits verlassen, und die schwere alte Eichenholztür des Restaurants stand weit offen.

Odette de Crézy stand an einem Tisch und unterhielt sich mit einem Paar, das noch einen Schlummertrunk zu sich nahm. Ihr weißes, weich fallendes Baumwollkleid reichte ihr bis zu den Waden. Um die Hüfte hatte sie einen goldenen Gürtel geschlungen. Die dunklen Haare waren locker hochgesteckt und ließen die Ohren frei, an denen winzige goldene Kreolen funkelten. Das schmale Gesicht mit den großen Augen und der feinen Nase war kaum geschminkt, nur die Lippen glänzten korallenrot. Lagarde fand sie wunderschön.

Als die Gäste ausgetrunken hatten, begleitete Odette sie bis zur Tür und verabschiedete sich mit freundlichen Worten von ihnen. Dann wandte sie ihre Aufmerksamkeit ihrem Lebensgefährten zu und strahlte ihn an. »Bonsoir, Philippe. Schön, dass du noch kommst.«

Sie tauschten Wangenküsschen. »Wie war das Essen mit Lanoux?«

»Das Essen war gut.«

»Besser als bei mir?«

Er grinste. »Natürlich nicht. Dem Koch fehlt es irgendwie ein wenig an Inspiration.«

Sie musterte ihn misstrauisch. »Willst du dich über mich lustig machen?«

»Das würde mir niemals einfallen, chérie.«

»Dann ist es ja gut. Ich mache jetzt Feierabend, die Küche ist schon geschlossen. Jacques ist vorhin nach Hause gegangen, weil er ein Kratzen im Hals verspürte.« Jacques war ihr sensibler, mimosenhafter Chefkoch. »Ziehen wir uns zurück. Ich muss nur noch das Hauptportal abschließen.«

Gemeinsam überquerten sie die Terrasse und liefen über eine Außentreppe in den ersten Stock des Haupthauses. »Wollen wir noch ein Glas Champagner zusammen trinken?«, fragte sie.

»Sehr gerne.«

»Geh doch schon ins Schlafzimmer vor. Ich komme gleich.«

Kurz darauf kehrte sie mit einem Tablett zurück, auf dem zwei Kristallflöten und eine Flasche Veuve Clicquot, ihr Lieblingschampagner, standen. Gekonnt entfernte sie den Korken und schenkte ein. Sie setzten sich auf das Bett und stießen an.

»Auf Barcelona!«, sagte er.

»Auf Barcelona!«

»Wie war dein Abend?«, erkundigte er sich.

»Es war viel los, alle Tische auf der Terrasse waren besetzt und im Speiseraum auch einige.«

»Schön. Die Leute mögen dein Restaurant.«

»Und wie war es bei dir? Was wollte Lanoux?«

»Er will, dass ich bei komplexen Kapitalverbrechen offiziell als Berater hinzugezogen werden kann, wenn die Ermittlungen festgefahren sind. Im Prinzip in ganz Frankreich.«

»Das hört sich spannend an. Ich bin mir sicher, dass dich diese Aufgabe reizt. Hast du zugesagt?«

»Ich wollte erst mit dir sprechen.«

»Warum sollte ich etwas dagegen haben? Du liebst knifflige Kriminalfälle. Wenn du einen Einsatz auf Martinique hast, will ich aber mit.«

Er lachte. »Das ist eine gute Idee. Dann rufe ich ihn morgen an und sage zu.«

»In Ordnung.« Sie stellte ihr Glas ab und kuschelte sich in seinen Arm. »Ich bin müde.« Wenig später war sie eingeschlafen. Er schaltete das Licht aus und lauschte lächelnd ihren ruhigen Atemzügen.

DONNERSTAG, 08. SEPTEMBER 2016

AUSTERN AUS SAINT-VAAST

Am späten Nachmittag kehrte Nathalie Baye mit Toni, ihrem neuen Freund, von der Spritztour zurück. Der Ausflug war schön gewesen, und sie hatten viel Spaß gehabt. Beide waren von dem Fischerort Barfleur begeistert. Sie hatten die Stufen des Leuchtturms von Gatteville erklommen und die phantastische Aussicht bewundert. Natürlich hatten sie auch die Muscheln mit den goldenen Schalen probiert. Auf die kleine Insel Tatihou waren sie mit einem Amphibienboot gefahren, und in einer bezaubernden Brasserie am Hafen von Saint-Vaast-la-Hougue hatte Toni ein Dutzend Austern bestellt, für die der Fischerort berühmt war. Dazu hatten sie einen gekühlten Muscadet aus dem Loire-Tal getrunken. Seit diesem kulinarischen Experiment war Nathalie ein Fan dieser Meeresfrüchte.

Auf dem Rückweg hatte Toni vorgeschlagen, als krönenden Abschluss ihrer Tour das Cap de la Hague zu umrunden. Die Studentin war fasziniert von der wilden Halbinsel im Nordwesten des Cotentin. Das Landschaftsbild war geprägt von zerklüfteten Felsen, heckenumsäumten Weiden, Heidekraut und Stechginster. In den Weilern trotzten geduckte Steinhäuser aus Granit den Winterstürmen. Die schmalen gewundenen Straßen verliefen mancherorts unter einem Baldachin aus Blättern.

In einem kleinen Café oberhalb der Klippen von Jobourg machten sie eine Pause und aßen hauchdünne, mit Zucker bestreute Crêpes. Dort erzählte Toni zum ersten Mal ein wenig über sich. Er war zweiunddreißig Jahre alt und stammte aus Bamberg, einer Kleinstadt in Bayern, von der Nathalie noch nie gehört hatte. Dort hatte er Abitur gemacht und anschließend Deutsch, Französisch sowie Sport studiert. Seit sechs Jahren war er Lehrer. Da er Frankreich liebte, verbrachte er seit einigen Jahren die Sommerferien immer dort, vorzugsweise an der rauen Nordküste.

Nathalie erzählte von dem einfachen, beschaulichen Leben in der Auvergne, das sie manchmal schmerzlich vermisste.

Als Toni vor Nathalies Haus hielt, stellte er den Motor aus und sah sie mit verliebten Augen an. »Ich möchte dich gerne wiedersehen.«

»Ich dich auch.« Sie fand den Mann interessant, attraktiv und charmant. »Wir könnten morgen nach Guernsey übersetzen, eine Küstenwanderung unternehmen und anschließend Fish and Chips essen.«

»Das hört sich gut an.« Toni freute sich. »Ich hole dich morgen früh um neun Uhr ab. Einverstanden?«

»Ja. Bis morgen.« Sie wollte aussteigen.

»Darf ich dir einen Abschiedskuss geben?«, fragte er.

Sie nickte. Er strich ihr zärtlich eine rote Locke aus der Stirn und küsste sie auf den Mund. »Bis morgen.« Mit ausdrucksloser Miene sah er ihr nach, bis sie im Haus verschwunden war.

Nathalie sperrte die Haustür auf und stellte ihre Reisetasche ab. »Anouk, ich bin wieder da.« Sie bekam keine Antwort. Die Fröhlichkeit verschwand aus ihrem Gesicht. Warum antwortete sie denn nicht? Warum kam Filou ihr nicht entgegengesprungen und kläffte vor Freude? Ihr fiel Anouks Auto ein. Hatte es in der Zufahrt gestanden? In Gedanken war sie noch bei Toni gewesen, sie hatte nicht darauf geachtet.

Sie lief aus dem Haus und um die Ecke. Der kleine orange Renault stand nicht auf seinem Platz. Vielleicht hatte ihre Freundin ihn in die Werkstatt gebracht und war zu Fuß heimgegangen. Das Auto war schon ziemlich alt und machte manchmal Zicken. Eilig ging sie zurück ins Haus und rannte über die Treppe in den ersten Stock. Anouks Zimmer war leer. Nichts schien sich verändert zu haben. Im Bad war sie auch nicht, und es gab keinen Hinweis, dass sie während Nathalies Abwesenheit hier gewesen war. Sie lief wieder hinunter und sah in der Küche und im Salon nach. Da war niemand. Zurück in der Küche inspizierte sie den Brotkasten, in dem ein halbes Baguette lag, das inzwischen hart geworden war. Die Milch im Kühlschrank roch sauer. Sie schüttete die Flüssigkeit in den Ausguss. In einem Fach lagen ein in Folie gewickelter Camembert und verpackter Schinken. Diese Lebensmittel hatte sie vor ein paar Tagen gekauft. Alles deutete darauf hin, dass Anouk die ganze Zeit nicht hier gewesen war. Sie hatte auch nicht zurückgerufen.

Nathalie begann sich Sorgen zu machen. Anouk war noch nie so lange weggewesen, ohne sich wenigstens per SMS oder WhatsApp zu melden. Sie wühlte in der Reisetasche, holte ihr Smartphone heraus und versuchte, sie anzurufen. Offensichtlich war der Akku von Anouks Handy leer. Nervös setzte Nathalie Kaffee auf. Während er in die Glaskanne tröpfelte und ein aromatischer Duft durch die Küche zog, trommelte sie unbewusst mit den Fingern auf die Arbeitsfläche. Sie schenkte sich eine Tasse ein, nahm sie mit auf die Terrasse und setzte sich. Nachdenklich starrte sie auf den heranrollenden Ozean, ohne ihn wahrzunehmen. In ihrem Kopf nahm ein schrecklicher Gedanke Gestalt an. Was, wenn ihr etwas zugestoßen war? Wenn sie einen Unfall gehabt hatte? Anouk schwamm manchmal trotz aller Warnungen weit ins Meer hinaus, obwohl die Strömungen vor der Küste tückisch und die Unterwasserstrudel gefährlich waren. Ihre Freundin fuhr dort sogar Kajak. Wenn sie verunglückt wäre, hätte Filou doch Hilfe geholt, oder? Sie beschloss, die Gendarmerie von Barneville anzurufen. Dort wurde sie mit einem Polizisten verbunden, der sich ihr Anliegen geduldig anhörte und ihre Frage beantwortete. Es hatte in den letzten Tagen keinen gravierenden Unfall gegeben, weder im Straßenverkehr noch am Meer. Von einer Anouk Coudrin hatte er noch nie etwas gehört. Er riet ihr, am nächsten Morgen persönlich und mit ihrem Personalausweis auf die Wache zu kommen und eine Vermisstenanzeige aufzugeben. Auch ein Foto von Anouk sollte sie mitbringen. Am Ende des Gesprächs versuchte der hilfsbereite Mann, sie zu trösten. Ihre Freundin werde bestimmt bis dahin zurückkommen. In diesem Fall solle sie ihn bitte anrufen und ihn informieren. Nathalie bedankte sich, und sie beendeten das Gespräch.

Als sie Schritte herannahen hörte, blickte sie hoffnungsvoll auf, aber es war nur ein Wanderer, der sie freundlich grüßte. Nathalie fuhr sich mit der Hand durch die zerzausten Haare und begann eine Locke um ihren Finger zu wickeln. Das machte sie immer, wenn sie extrem nervös war. Hoffentlich hatte der nette Gendarm recht, und Anouk würde bald zurückkommen. Vielleicht hatte sie unterwegs eine Autopanne gehabt? Sie wusste jedoch genau, dass sie sich etwas vormachte. Anouk hätte sich gemeldet. Schließlich waren sie nicht nur eine Wohngemeinschaft, sondern richtige Freundinnen. Ein Gefühl der Panik begann sich in ihr auszubreiten. Als eine Möwe hoch über ihrem Kopf kreischte, fuhr sie heftig zusammen. Sie überlegte, was sie jetzt tun sollte, aber ihr fiel nichts ein. Sie würde einfach hier sitzen bleiben und auf Anouk warten.

FREITAG, 09. SEPTEMBER 2016

DER BLAUE HUMMER

Am nächsten Morgen zeigte sich das Wetter von seiner schönsten Seite. Am Himmel schwebten vereinzelte Wolken wie Wattebällchen, und vom Meer her wehte eine leichte Brise. Die ersten Sonnenstrahlen erwärmten die Luft. In den letzten Stunden hatte sich das Meer zurückgezogen, jetzt war Ebbe, und das Watt schien sich bis zum Horizont zu erstrecken. Schwarze Felsen glänzten im Sonnenlicht, grüne und braune Algenteppiche breiteten sich aus, Priele durchzogen die Fläche, und tiefe Wasserlöcher waren zurückgeblieben. Es herrschten ideale Bedingungen für das *Pêche à Pied*, das Wattfischen.

Catherine Lamy saß an einem Bistrotisch unter der blau-weiß gestreiften Markise des Café Picasso und frühstückte. Sie tunkte ein Croissant in ihren Milchkaffee und genoss das buttrige Gebäck. Das Lokal lag direkt am Hafen von Barneville-Carteret und war gut besucht. Einige Gäste waren in die Tageszeitung *Ouest-France* vertieft, andere unterhielten sich und lachten hin und wieder. Die Fischerboote lagen im Schlick, Einkieler waren auf die Seite gekippt. Die fünf Meter hohe Kaimauer war mit Tang überzogen, verwitterte Holzleitern führten zur Promenade. Dicke Eisenringe waren in die feuchten Quader eingelassen.

Catherine war eine attraktive junge Frau mit einem schmalen Gesicht und blonden Strähnchen in den braunen Haaren, die sie hochgesteckt hatte. Sie trug Jeans, ein Fischerhemd und Gummistiefel. Vor einem halben Jahr hatte sie das Studium der Meeresbiologie abgeschlossen. Weil die Stellen rar waren, hatte sie sich auf Ausschreibungen in ganz Europa beworben und war noch nicht einmal zu einem Vorstellungsgespräch eingeladen worden. Ihr Vater, Besitzer eines gut gehenden Sägewerks in Les Pieux, hatte ihr angeboten, dort im Büro zu arbeiten, sie könnte die Buchhaltung machen. Empört hatte sie abgelehnt. Sie konnte es sich überhaupt nicht vorstellen, den ganzen Tag in einem Büro zu verbringen. Sie wollte im Freien arbeiten, am Meer, den Wind spüren und den archaischen Duft einatmen.

Sie hatte fast alle Orte an der Westküste des Cotentin besucht und mit den Bürgermeistern gesprochen. Schließlich war es ihr gelungen, das Oberhaupt von Barneville-Carteret von ihrer Idee zu überzeugen. Seitdem bot sie Führungen durch das Watt für Touristen, aber auch für Schulklassen an und erklärte ihnen das *Pêche à Pied*. Nach den Wanderungen lud sie die Teilnehmer in das Haus des Gastes ein. Dort zeigte sie ihnen, wie die Meeresfrüchte und die Algen zubereitet wurden. Als Höhepunkt fand immer ein gemeinsames Essen statt. Dieses Angebot wurde mit großer Begeisterung angenommen.

Catherine sah auf ihre Armbanduhr. Es war acht Uhr fünfzig. In zehn Minuten begann eine Führung. Der Treffpunkt war der Strand von Potinière, die jeweilige Uhrzeit richtete sich natürlich nach den Gezeiten und variierte daher ständig. Ein Plan hing im Tourismusbüro. Die Meeresbiologin bezahlte und machte sich auf den Weg.

Neben der Rettungsstation am Strand warteten bereits sieben Personen. Ein Paar mit zwei Kindern und ein älterer Herr in Begleitung von zwei Damen. Sie trugen bequeme Freizeitkleidung, Plastikbadeschuhe oder Gummistiefel. Alle hatten die erforderliche Ausrüstung dabei: einen Eimer, eine Schaufel, eine kleine Harke und einen Kescher. Catherine freute sich immer, wenn Kinder dabei waren. Ihre Begeisterungsfähigkeit war ansteckend, und man hatte viel Spaß mit ihnen. Catherine begrüßte die Gruppe und stellte sich vor. Bei der Familie handelte es sich um Touristen aus Holland. Der ältere Herr stellte sich als Maxwell Briggs aus England vor. Begleitet wurde er von seiner Frau Maude und deren Schwester Liza.

Die Meeresbiologin erklärte der gutgelaunten Gruppe den geplanten Ablauf und machte sie auf die malerische Kulisse aufmerksam. Auf einer Landzunge erhoben sich Seebadvillen und Fachwerkhäuser. Nördlich davon erstreckte sich ein breites Dünenband, bewachsen mit Strandhafer, auf dem ein teilweise verfallener, düsterer Turm thronte. Schließlich liefen sie gemeinsam auf die Wattfläche. Catherine erzählte anschaulich von den Wattbewohnern und ihren Besonderheiten. Der blauschwarze Atlantikhummer zum Beispiel war ein Einzelgänger. Er verbarg sich zwischen Felsriffen und in Bodenspalten.

An einer sandigen, von Algen umgebenen Stelle begann sie mit der Schaufel zu graben. Bald wurde sie fündig. Fünf kleine, sich windende Meeraale mit weißen Bäuchen landeten in ihrem Eimer. Sie machte die Gruppe auf kleine Löcher im Sand aufmerksam und benutzte ihre Harke. Eine Ansammlung von Teppichmuscheln kam zum Vorschein. Die Zuschauer waren restlos begeistert. An einem zerklüfteten Felsen, der wie ein Wal aus dem Schlick ragte, tastete sie mit der Hand vorsichtig die Spalten und Nischen ab und fand auf diese Weise zwei Taschenkrebse sowie eine Languste und holte sie heraus. Sie wies die Gruppe auf Algen hin, die essbar waren. Später, beim Menü im Haus des Gastes, würden sie ein aromatisches Bett für den Fisch abgeben. Nun durften die Teilnehmer selbst ihr Glück versuchen. Sie sollten aber in der Nähe bleiben, einen Bogen um tiefe Wasserstellen machen und sich mit Fragen an sie wenden. Wichtig war es auch, sich an die offiziellen Regeln des *Pêche à Pied* zu halten. Die Anzahl der gesammelten Meeresfrüchte war limitiert, man musste auf die Mindestgröße achten, außerdem war es erforderlich, die Jahreszeiten zu berücksichtigen.

Die beiden Kinder rannten zu einem flachen Wasserloch, in dem sie eine Scholle und drei Seezungen entdeckten. Mit ihren Keschern versuchten sie, die Fische zu fangen. Ihre Eltern sahen ihnen amüsiert zu. Maxwell Briggs und seine zwei Begleiterinnen waren zu einer Ansammlung von kleineren Felsen gegangen und suchten dort im Sand nach Miesmuscheln. Catherine hatte sie auf die Stelle hingewiesen.

Liza entfernte sich einige Meter und näherte sich einem Wasserlauf. Wenn man Glück hatte, fand man dort Meerspinnen oder sogar Hummer. Behutsam begann sie zu harken. Plötzlich erschien in der Mulde aus Sandkörnern eine orangerote Meerspinne mit dünnen Beinen und gewaltigen Scheren. Stolz betrachtete Liza ihren Fund. Sie richtete sich auf und machte ihrer Schwester und deren Mann ein Zeichen, dass sie zu ihr kommen sollten. Alleine wollte sie das archaische Krustentier mit den Spinnenbeinen nicht aus dem Loch holen. Dabei fiel ihr Blick auf den flachen Wasserlauf, der die Sonne reflektierte. Sie blinzelte verwirrt. Irgendetwas befand sich in der breiten Rinne, etwas Großes. War ein Fisch während der einsetzenden Ebbe dort zurückgeblieben?

Sie ging näher an den Priel heran und schaute genauer hin. Was sie sah, ließ ihr das Blut in den Adern gefrieren. Ihr Gesicht verlor jede Farbe, die Hände begannen zu zittern. Dicht unter der Wasseroberfläche lag ein Mensch. Eine Frau. Sie trug ein blaues Kleid. Die Füße waren nackt, die bloßen Arme ausgestreckt, als wäre sie gekreuzigt worden. Das kurze helle Haar trieb wie ein Kranz um ihren Kopf. An einem Ohr funkelte ein goldener Ring. Am schlimmsten waren die Augen. Sie waren nicht mehr da. Dunkle Höhlungen starrten Liza an. Sie begann zu schreien. Die Entsetzenslaute hallten über die weite Fläche.

Das holländische Paar blickte irritiert in ihre Richtung. Maxwell und Maude rannten schwerfällig über den nassen Sand zu ihr, aber Catherine war schneller und erreichte sie zuerst.

»Was ist denn passiert?«, fragte sie erschrocken. Liza hörte auf zu schreien und rang nach Worten.

»Da!« Sie zeigte mit der Hand auf die Frau, das Gesicht abgewandt. Entsetzt blickten die anderen auf den schrecklichen Fund. Der Mann fand als Erstes die Sprache wieder.

»Ich bin Arzt.« Er bestätigte, was offensichtlich war. »Sie ist tot«, sagte er. »Wir müssen die Gendarmerie benachrichtigen.«

»Das mache ich«, erklärte Catherine. Sie holte ihr Handy aus der Hosentasche, das sie, seit sie die Führungen machte, immer für den Notfall dabeihatte. Die Nummer war besetzt. Sie versuchte es erneut. Noch immer kam kein Freizeichen. Catherine beschloss, zur

Wache zu laufen. Sie befand sich im Zentrum des Ortes und war nur einige hundert Meter entfernt.

»Bleiben Sie bitte hier bei der Frau. Ich beeile mich und komme so schnell wie möglich mit einem Gendarmen zurück«, bat sie die Engländer. Mister Briggs nickte.

Rasch sah sie sich um. Zum Glück waren andere *Pêcheurs à Pied* ein ganzes Stück weg. Auf dem Weg zum Ufer redete sie kurz mit dem holländischen Ehepaar. Die Kinder sollten die Leiche auf gar keinen Fall zu Gesicht bekommen. Schließlich rannte sie los. Die Familie folgte ihr langsam.

Nathalie Baye saß im Eingangsbereich der Gendarmerie von Barneville-Carteret am Chemin Féron und wartete. Die nette, hochschwangere Polizistin, die hinter dem Empfangstresen stand und jetzt bestimmt schon seit fünf Minuten telefonierte, hatte sie begrüßt und gebeten, noch einige Minuten zu warten. Dann hätte der Chef der Gendarmerie, Monsieur Dillard, Zeit für sie. Hinter dem Tresen saß ein junger Gendarm an einem Schreibtisch und blickte konzentriert auf den Computerbildschirm. Unruhig blätterte sie in der Tageszeitung, um sich abzulenken. Es funktionierte nicht. Sie hatte den ganzen Abend auf Anouk gewartet und immer wieder erfolglos versucht, sie auf ihrem Handy zu erreichen. Irgendwann spät war sie ins Bett gegangen und hatte vor Sorge kaum schlafen können.

Sie war von Alpträumen verfolgt worden und immer wieder hochgeschreckt. Angespannt hatte sie auf jedes Geräusch geachtet und sich danach gesehnt, die Schritte ihrer Freundin auf der Treppe zu hören. Vergeblich, sie war nicht gekommen. In den frühen Morgenstunden musste sie in einen erschöpften Tiefschlaf gefallen sein und war kurz vor acht Uhr aufgewacht. Sie hatte keinen Bissen hinuntergebracht und nur eine Tasse Kaffee getrunken. Dabei war ihr eingefallen, dass sie die Verabredung mit Toni verschieben musste.

Plötzlich kam eine Frau in die Wache gestürmt. Sie sprach kurz mit der Polizistin, die inzwischen ihr Telefonat beendet hatte, dann betraten sie gemeinsam das Büro von Dillard, nachdem seine Kollegin kurz geklopft hatte. In der Eile vergaßen sie, die Tür ganz zu schließen. Sie stand einen winzigen Spaltbreit offen, und Nathalie hörte das Gespräch mit an.

Eine Wasserleiche war gefunden worden. Eine junge Frau in einem Wasserloch im Watt. Dillard sollte sofort mitkommen und über weitere Schritte entscheiden. Nathalie wurde schwarz vor Augen, sie verlor die Kontrolle über ihre Beine, die zu zittern anfingen. Das war nicht Anouk. Nein, nein. Das konnte nicht sein. Der Gendarm, seine Kollegin und die Frau mit dem Fischerpullover eilten an ihr vorbei und verließen die Wache.

»Ein Notfall, entschuldigen Sie bitte«, rief die Polizistin ihr zu. »Der Kollege Lavaine wird sich um Ihr Anliegen kümmern.«

Kurzentschlossen folgte Nathalie ihnen. Noch ehe der Gendarm Luc Lavaine sich von seiner spannenden Computerrecherche losgerissen hatte, war sie verschwunden. Verblüfft blickte er auf den leeren Stuhl.

Nathalies Körper gehorchte ihr wieder, und sie bewegte sich wie ein Roboter. Sie wollte die tote Frau unbedingt sehen. Sie musste sich Gewissheit verschaffen. Die Gendarmen und die Frau mit dem Fischerpullover stiegen in ein weiß-blaues Polizeifahrzeug. Dillard übernahm das Steuer und fuhr die kurze Strecke auf der Hauptstraße, vorbei an der Kirche und dem Fischmarkt, bis zu einem Strandparkplatz. Dort stellten sie den Wagen ab und nahmen den Fußweg, der zum Strand von Potinière führte.

Nathalie war gerannt und erreichte den Platz kurz nach ihnen. Der Plankensteg verlief über eine flache Düne. Vom höchsten Punkt aus konnte Nathalie sehen, wie die drei Personen eilig die Wattfläche überquerten und sich einer Ansammlung von schwarzen Felsen näherten. Dort standen zwei Frauen und ein Mann und schienen auf sie zu warten. Nathalie lief unbeirrt hinterher. Schließlich erreichte auch sie das Gestein. Die Gruppe stand am Rand eines Wasserlaufs und blickte mit ernsten Mienen auf etwas, das Nathalie nicht sehen konnte. Entschlossen trat sie vor.

Anouk trieb unter der klaren Oberfläche. Durch

das Wasser wirkte ihr lebloser Körper ein wenig verschwommen. Ihre Haare sahen sonderbar aus, und als sie die leeren Höhlen sah, in denen bisher meergrüne Augen geleuchtet hatten, brach sie schluchzend zusammen.

Am Fundort der toten Frau telefonierte Dillard mit der Kripo in Cherbourg und informierte die Kollegen über den Leichenfund. Wenn die Todesursache eines Menschen unklar war, musste immer die Kriminalpolizei informiert werden. Sie versprachen, so schnell wie möglich zu kommen. Seine Kollegin holte Absperrband aus dem Dienstfahrzeug, und gemeinsam sicherten sie den Fundort, so gut das im Wattenmeer möglich war. Neugierige *Pêcheurs à Pied* schickten sie weg. Maude und Liza entfernten sich mit Einverständnis von Dillard ebenfalls. Sie wollten ihr Wohnmobil aufsuchen und sich nach der Aufregung ein wenig ausruhen.

Maxwell Briggs blieb und kümmerte sich um Nathalie. Sie hatte sich geweigert, ihre Freundin zu verlassen. Jetzt kauerte sie auf einem flachen Felsen. Der Engländer saß neben ihr und redete beruhigend auf sie ein. Er hatte fürsorglich eine Jacke um ihre Schultern gelegt und ihr eine Flasche Wasser zu trinken gegeben. Ab und zu nahm sie auf seine Bitte hin einen winzigen Schluck. Sie sprach kein Wort mehr und wirkte apathisch. Ihr Gesicht war wachsbleich. Eigentlich hatte er sie ins Krankenhaus bringen wollen. Die junge Frau stand unter Schock und musste dringend medizinisch versorgt werden, doch mit diesem Vorschlag war sie nicht einverstanden gewesen. Sie wollte unbedingt auf die Kripo warten und mit den Beamten sprechen. Nach reiflicher Überlegung ließ er sie gewähren. Ihr Puls hatte sich ein bisschen beruhigt. Wenn er sie zwingen würde, ihn in eine Klinik zu begleiten, würde sie sich noch mehr aufregen. Er hoffte, dass die Polizisten bald eintrafen.

Nach einer Dreiviertelstunde fuhr ein Polizeiwagen auf die Promenade und parkte dort. Ihm folgte ein Kleinbus und schließlich ein Leichenwagen. Dillard hatte sich aufgemacht, um die Kollegen abzuholen und zum Wassergraben zu führen. Bald darauf kam er mit einem großen hageren Mann zurück, der sich als Hauptkommissar Cleroc vorstellte. Er trug einen blauen Anzug, ein weißes Hemd und eine Krawatte. Die Hosenbeine steckten in Gummistiefeln, und seine gepflegten graumelierten Haare waren zu einem Pferdeschwanz gebunden. In seiner Begleitung befand sich eine Frau. Briggs schätzte sie auf Anfang, Mitte vierzig. Sie war auffallend klein und korpulent. Die magentafarbenen Haare trug sie kurzgeschnitten. Sie umrahmten ein volles Gesicht, aus dem helle Knopfaugen aufmerksam blickten. Ihnen schien nichts zu entgehen. Bekleidet war sie mit einem zitronengelben Kleid, das über den Knien endete, und mit schlammgrünen Gummistiefeln. Sie nickte kühl in die

Runde und stellte sich nicht vor. Die Kippe ihrer Gitanes warf sie auf den Sand.

Bei der Frau handelte es sich um die Rechtsmedizinerin Dr. Dr. Delphine Moreau. In ihrem Fach galt sie als absolute Koryphäe. Sie war meistens in ihre komplizierte Gedankenwelt versunken und konnte äußerst gereizt reagieren, wenn man sie mit Banalitäten belästigte. Cleroc hatte sie in seinem Dienstwagen mitgenommen, da sie nicht gerne Auto fuhr. Überhaupt waren ihr alle profanen Tätigkeiten zuwider. Nach einigen Jahren der nicht immer einfachen Zusammenarbeit verstand Cleroc sich inzwischen gut mit ihr. Seit sie sich im Sommer in einen Professor aus Paris verliebt hatte, war sie auch nicht mehr so kratzbürstig.

Cleroc entdeckte auf dem Felsen Mister Briggs und Nathalie. Catherine hatte sich zu ihnen gesetzt und versuchte, mit der verstörten jungen Frau zu sprechen. Rasch lief er zu ihnen. »Gehen Sie bitte zurück ans Ufer«, forderte er sie auf. »Hier können Sie nicht bleiben.«

»Die junge Frau will unbedingt mit Ihnen sprechen«, erklärte der Engländer.

»Kennen Sie die Tote?«, fragte er sie.

Nathalie nickte.

»Gut, dann warten Sie bitte am Ufer auf uns. Wir müssen hier erst unsere Arbeit machen, haben Sie dafür bitte Verständnis.«

Briggs half Nathalie hoch und führte sie durch den Schlick. Catherine begleitete sie. Sie hatte sich bei ihr untergehakt und hielt ihre Hand. Am Strand setzten sie sich auf eine Bank und sahen dem Treiben im Watt zu.

Zwei Techniker von der Spurensicherung begannen auf ein Zeichen von Cleroc sofort damit, die Wasserleiche und den Fundort zu fotografieren. In solchen Situationen war es wichtig, die zu Tode gekommene Person so schnell wie möglich abzutransportieren. Schließlich stiegen sie in den Wasserlauf, bargen die Leiche und legten sie behutsam auf eine dafür vorgesehene Decke. Moreau betrachtete sie schweigend. Schließlich zog sie Gummihandschuhe über und ging in die Hocke. Vorsichtig tastete sie den Kopf und den Körper der Frau ab.

»Ich kann auf den ersten Blick keine gravierenden äußeren Verletzungen feststellen«, sagte sie. »Nur oberflächliche Abschürfungen und kleinere Prellungen. Wenn sie ertrunken ist, war sie nicht allzu lange im Wasser. Aus dem Körper weicht dann die Luft, und er sinkt. In einem weiteren Stadium entstehen Gase, und er treibt an die Wasseroberfläche zurück, der Körper wäre aufgedunsen. Das ist hier nicht der Fall. Mehr kann ich im Moment nicht sagen. Ich muss sie in meinem Institut untersuchen. Ich schlage vor, wir lassen sie jetzt dorthin bringen. Das Gelände ist frei zugänglich, ich will nicht, dass Neugierige sie anstarren.«

Cleroc nickte zustimmend. Die Polizeitechniker legten die tote Frau in einen schwarzen Kunststoffsack und trugen sie auf einer Bahre zur Promenade, wo der Leichenwagen wartete.

»Wer hat sie gefunden?«, fragte Cleroc den Chef der Gendarmerie.

»Eine Engländerin, Liza Wilkins. Sie nahm an einer Führung durch das Watt teil, dabei hat sie sie entdeckt.«

»Und wo ist die Dame jetzt?«

»Auf dem Campingplatz hinter den Dünen an der Rue de Mimosa. Ihr ging es nicht gut, und sie wollte sich ausruhen. Ihre Schwester hat sie begleitet, Maude Briggs. Sie ist die Frau von Monsieur Briggs, der sich um die verstörte junge Frau kümmert. Er ist Arzt.«

»Und wer ist die Frau in dem Fischerpullover?«

Jetzt klang die Stimme stolz. »Das ist unsere Meeresbiologin Catherine Lamy. Sie macht die Führungen durch die Wattlandschaft und erklärt den Touristen das *Pêche à Pied*. Es ist schier unglaublich, was sie alles über die Meeresbewohner weiß.«

»In Ordnung. Danke.« Mehr wollte er im Moment nicht wissen. »Wir brauchen die Personalien der Meeresbiologin, der jungen Frau und der englischen Touristen. Die Engländer dürfen vorläufig nicht abreisen. Vielleicht muss ich noch einmal mit ihnen sprechen.«

»Ich kümmere mich darum, Monsieur le Commissaire.«

»Gut. Dann sprechen wir jetzt mit der jungen Frau.«

Gemeinsam gingen sie zum Strand. Cleroc stellte sich vor und sprach sie freundlich an. »Wie heißen Sie bitte?«

»Nathalie Baye.« Ihre Stimme klang heiser.

»Wohnen Sie im Ort?«

»Etwas außerhalb von Barneville.«

»Wie kam es, dass Sie am Fundort waren?«

»Ich war auf der Polizeiwache und wollte meine Freundin als vermisst melden. Sie ist seit fünf Tagen verschwunden. Dann kam Catherine«, sie zeigte mit einer leichten Kopfbewegung auf die Meeresbiologin, die sie gebeten hatte, sie beim Vornamen zu nennen. »Sie hat von einer Wasserleiche gesprochen. Als die Gendarmen mit ihr auf das Watt liefen, bin ich ihnen einfach gefolgt. Ich wollte mir Gewissheit verschaffen, dass es nicht Anouk ist.«

Dillard setzte zu einer Erklärung an, aber Cleroc winkte ab. »Es ist schon gut.« Er wandte sich wieder der Frau zu. »Es war aber Anouk, nicht wahr?«

Sie nickte. Ihre Augen füllten sich mit Tränen.

»Wie ist denn ihr Nachname?«

»Coudrin. Sie heißt Anouk Coudrin. Wir haben zusammen ein Haus gemietet und wohnen dort seit einem Jahr.«

»Danke, dass Sie auf uns gewartet haben. Sie wollen eine Aussage machen?«

Sie nickte, dann platzte es aus ihr heraus. »Das

blaue Kleid ... Anouk hat nie Kleider getragen, sie besaß überhaupt keines. Den goldenen Ohrring habe ich noch nie bei ihr gesehen.« Sie rang nach Luft und schluchzte. »Wo ist ihr Hund Filou? Und die Haare, was ist mit ihren Haaren passiert? Anouk trug sie schulterlang, jetzt sind sie kürzer. Was hat das alles zu bedeuten?«

Cleroc und Delphine warfen sich einen raschen Blick zu.

»Und die Augen, was ist mit ihren Augen passiert?« Ihr Körper bebte.

»Wir werden es herausfinden«, versicherte Cleroc. »Aber zunächst schlage ich vor, dass wir Sie ins Krankenhaus bringen. Dort wird man sich um Sie kümmern. Wenn es Ihnen besser geht, unterhalten wir uns in Ruhe bei Ihnen zu Hause. Einverstanden?«

Sie schüttelte den Kopf. »Nein, ich will nicht ins Krankenhaus.«

»Ich glaube nicht, dass es gut ist, wenn Sie alleine in Ihrem Haus sind.«

Sie dachte nach. »Ich kann zu Alice und Jean gehen und dort übernachten. Das sind die Bauern, die uns das Haus vermietet haben. Wir sind befreundet. Sie sind sehr nett und wohnen in der Nähe.«

Cleroc war zufrieden mit dieser Lösung. »Das ist eine gute Idee. Wir melden uns bei Ihnen.« Er wandte sich an Dillard und seine Kollegin. »Können Sie Mademoiselle Baye bitte zu ihren Freunden fahren?«

»Selbstverständlich«, antwortete der Gendarm. Seine Kollegin lächelte Nathalie an. »Kommen Sie bitte?«

Bereitwillig ging Nathalie mit. Sie wirkte völlig erschöpft. Moreau sah ihnen nach und schüttelte den Kopf. »Was das Mädchen erzählt hat, gefällt mir überhaupt nicht.«

»Mir auch nicht, Delphine. Wie ein Unfall hört sich das nicht an.«

Das Polizeipräsidium von Cherbourg befand sich auf einer Anhöhe, von der aus man einen spektakulären Ausblick über die glänzenden Dächer auf die äußere Reede der Stadt mit den halbkreisförmigen Molen hatte. Diese Bollwerke schützten den Hafen vor den tückischen Stürmen des Ärmelkanals. Das Museum Cité de la Mer, erbaut im Art-déco-Stil, lag im ehemaligen transatlantischen Fährhafen und war den Abenteuern gewidmet, die die Unterwasserwelt für die Menschen bereithielt. Dank einer virtuellen Animation konnte man über den Meeresboden gehen und die faszinierende Fauna des Atlantiks entdecken. Südlich davon lag das Fort du Roule, während des Zweiten Weltkrieges eine der letzten deutschen Bastionen auf der Halbinsel. Jetzt war ein Museum dort untergebracht.

Auf dem blaugrauen ruhigen Wasser zogen Frachter, Segelboote und Passagierschiffe vorbei. Die Sonne verbarg sich hinter Dunstschleiern, und eine sanfte

Brise wehte den würzigen Duft von wildem Fenchel heran.

Das Polizeigebäude war ein moderner funktionaler Bau mit großen Glasflächen, in dessen Keller sich die Rechtsmedizin befand, das Reich von Delphine Moreau. Hauptkommissar Cleroc war um achtzehn Uhr mit ihr verabredet. Bis dahin wollte sie die Obduktion von Anouk Coudrin beendet haben.

Fünf Minuten vor dem Termin stellte er seinen Wagen auf dem großen Parkplatz ab und betrat das Gebäude durch einen Nebeneingang. Der diensthabende Polizist, der den Zugang bewachte, nickte ihm freundlich zu. Von dort aus führte eine Treppe in den Keller und in das rechtsmedizinische Institut. Der schmale hohe Korridor war weiß gekachelt und strahlte eine abweisende Kälte aus. Es roch leicht nach Desinfektionsmittel und Formaldehyd.

Er hielt sich nicht gern in diesem unterirdischen Gewölbe auf, seine dienstlichen Pflichten verlangten es jedoch. Da der Obduktionssaal verschlossen war, klopfte er an die Tür von Delphines Büro. Ein »Herein« erklang, er trat ein und begrüßte sie. In dem dichten Zigarettenqualm konnte er sie kaum an ihrem Schreibtisch sitzen sehen.

»Salut, Ludovic. Du kommst gerade richtig. Soeben habe ich die Untersuchung der Wasserleiche beendet. Willst du einen Kaffee? Ich habe eine wunderbare neue Sorte aus Guatemala.«

»Gerne. Kann ich ein Fenster öffnen?«

»Klar.« Sie goss eine schwarze, kräftig duftende Flüssigkeit in zierliche Mokkatassen und stellte die Schale mit dem Würfelzucker in seine Nähe.

»Danke.« Inzwischen konnte er sie deutlicher erkennen, und der beißende Tabakgestank hatte sich auf ein erträgliches Maß reduziert. Früher hatte er selbst gerne Zigarillos geraucht, doch seit seine Lebensgefährtin Suzanne schwanger war, war diese Vorliebe absolut tabu.

Delphine sah ihn ernst an. »Wasserleichen sind immer schwierig zu untersuchen und einzuschätzen. Es kommt darauf an, ob es sich um ein strömendes oder ruhiges Gewässer handelt. Welche Temperatur hat das Wasser, welche die Luft? Ist das Gewässer verschmutzt oder sauber? Salzig oder süß? Wie lange lag der Körper unter Berücksichtigung aller Bedingungen im Wasser?« Nachdenklich zwirbelte sie eine rote Haarsträhne. »Zunächst die wichtigste Information: Anouk Coudrin ist nicht ertrunken. In ihrer Lunge befand sich kein Wasser. In ihrem Blut hat das Labor GHB, Gamma-Hydroxybuttersäure, festgestellt, im Volksmund K.-o.-Tropfen genannt. Die chemische Verbindung ist auch bekannt als Liquid Ecstasy. Diese narkotisierend wirkenden Stoffe werden häufig im Rahmen von Straftaten angewendet, um die Opfer zu betäuben und wehrlos zu machen. Ganz oben auf der Liste stehen Vergewaltigung und Raub. Die Folge der

Droge sind auftretende Gedächtnislücken, die Opfer können sich nicht mehr erinnern, was passiert ist. Die Tropfen werden normalerweise in die Nahrung oder in Getränke gegeben. Es ist eine hohe Dosierung erforderlich, ansonsten wirkt der Stoff anregend, erhöht das Durchhaltevermögen und vertreibt die Müdigkeit. Er wird zum Beispiel gerne von jungen Leuten eingenommen, die in der Disco die Nacht durchtanzen wollen. Aber eine zu hohe Dosis kann zu Atemstillstand führen, vor allem in Verbindung mit Alkohol. Sie wurde also betäubt und handlungsunfähig gemacht. Wichtig dabei ist noch, dass der Wirkstoff im Körper sehr schnell abgebaut wird und dann nicht mehr nachgewiesen werden kann. Weder im Blut noch im Urin. Wir sprechen von einem Zeitrahmen von sechs bis zwölf Stunden.« Die Rechtsmedizinerin machte eine kurze Pause, trank einen Schluck Wasser und berichtete schließlich weiter.

»Todesursache war äußerliches Ersticken. Es liegt keine Kohlenmonoxid-Vergiftung oder dergleichen vor.«

»Sie wurde getötet?« Cleroc war trotz seiner langjährigen Berufserfahrung und der Aussage von Nathalie Baye bestürzt.

»Definitiv. Wie gesagt, sie wurde erstickt. Ein typisches Merkmal dafür sind Petechien, kleine punktförmige Blutungen. Die Augäpfel konnte ich nicht untersuchen, da sie entfernt wurden. Es war mir aber möglich, die Einblutungen auf der Gesichtshaut und der Mund- und Rachenschleimhaut nachzuweisen. Eine Strangulierung schließe ich aus. Ich habe im Mund, in der Nase und im Rachenraum weiße Baumwollfasern gefunden, ein bis zwei Zentimeter lang. Sie könnten zum Beispiel von einem Kissen, einem Laken oder einer Decke stammen. Mit so einem Gegenstand wurde sie erstickt.«

Systematisch dozierte sie weiter, sah dabei kein einziges Mal in ihre Unterlagen. Cleroc machte sich Notizen. Zwischendurch trank er den Mokka in kleinen Schlucken.

»Jetzt kommen wir zum Todeszeitpunkt«, fuhr die Rechtsmedizinerin fort. »Hier gibt es eine Auffälligkeit, die wir uns genauer ansehen sollten. Laut Aussage von Nathalie Baye war ihre Freundin bereits seit einigen Tagen verschwunden. Als sie gefunden wurde, war sie aber seit höchstens zehn Stunden tot, vielleicht auch weniger.«

Cleroc überlegte. »Um neun Uhr heute Morgen war Ebbe. Gegen zehn Uhr wurde sie gefunden, in einem Priel. Da liegt die Annahme nahe, dass sie mit der Flut hereingespült wurde.« Oder hatte jemand sie bei Ebbe in den Wasserlauf gelegt? Ins Wattenmeer direkt vor einer Ortschaft? Wo immer Fischer, Touristen, Nachtschwärmer, Sonnenanbeter und *Pêcheurs à Pied* unterwegs waren? Das hielt er für unwahrscheinlich. Viel einfacher war es doch, einen toten Menschen von einer Klippe oder einem Boot aus ins Meer zu werfen. Er kam auf die Gezeiten zurück.

»Um drei Uhr nachts war höchster Tidenstand. Der Todeszeitpunkt war gegen dreiundzwanzig Uhr.«

»Sagen wir zwischen dreiundzwanzig und ein Uhr«, korrigierte sie ihn. »So genau kann man das unmöglich sagen.«

»In Ordnung. Jemand tötet sie, wirft sie irgendwo ins Meer, und sie wird mit der Flut in Richtung Ufer gespült und bleibt bei einsetzender Ebbe zurück.«

Delphine nickte. »So könnte es gewesen sein. Ziemlich wahrscheinlich sogar. Bei Wasserleichen lassen sich manche Punkte nie abschließend klären.« Sie schenkte Kaffee nach und grübelte. »Eine wesentliche Frage für euch ist doch, wo sie in der Zeit zwischen ihrem Verschwinden und ihrem Tod war. Das waren immerhin mehrere Tage.«

Cleroc stimmte ihr zu und machte sich eine Notiz. Daraufhin setzte sie ihren Bericht fort.

»Leichenflecken sind kaum vorhanden. Zwanzig bis dreißig Minuten nach einem Kreislaufstillstand gehorcht das Blut der Schwerkraft. Vorausgesetzt, die tote Person liegt irgendwo. Dann entstehen zum Beispiel am Rücken diese typischen grauvioletten Flecken. In unserem Fall ist das nicht so, weil die Wasserströmung den Körper immer wieder bewegt und gedreht hat. Von daher kann ich aufgrund der Flecken den Todeszeitpunkt nicht genauer eingrenzen. Typisch für Leichen, die sich in strömendem Gewässer befanden, sind Treibspuren am Körper, beispielsweise am Kopf, am Handrücken oder an den Knien. Bei der jungen Frau sind sie geradezu klassisch ausgeprägt. Das heißt im Umkehrschluss, dass die Schürfwunden und Hämatome durch die Bewegung im Meer entstanden sind und nicht durch Misshandlung.«

Das war das Stichwort für den Hauptkommissar. Er mochte die Frage nicht, musste sie aber natürlich dennoch stellen. »Wurde sie vor oder nach ihrem Tod sexuell missbraucht, oder hat jemand sie vergewaltigt?«

»Nein, darauf deutet nichts hin.« Die Antwort erleichterte ihn. »Und was ist mit ihren Augen passiert?«

»Das, was allen Wasserleichen relativ schnell und unaufhaltsam zustößt. Seevögel und Fische haben sie gefressen. Sie machen sich immer zuerst über die Weichteile her.«

»Also kein psychopathischer Augensammler?«

»Nein. Hundertprozentig nicht.« Ihr fiel noch etwas ein. »Das blaue Kleid und der Ohrring werden im Labor untersucht. Auf dem Kleid, oberhalb der rechten Brust, war ein kleiner Fleck, vermutlich Blut. Vielleicht gelingt es, die DNA festzustellen und mit dem genetischen Fingerabdruck des Opfers zu vergleichen.«

»Sehr gut.«

Eine Weile herrschte einvernehmliche Stille zwischen ihnen. Sie dachten über diese zahlreichen Informationen nach.

»Willst du sie noch einmal sehen?« fragte sie.

»Ja.«

Gemeinsam gingen sie in den Obduktionssaal. Delphine öffnete die Kühlzelle und zog die stählerne Leichenwanne heraus, in der Anouk Coudrin lag. Das weiße Tuch bedeckte sie bis zu den Schultern. Cleroc betrachtete ihr Gesicht.

»Sie war eine schöne junge Frau. Und dann kommt jemand und tötet sie.«

Delphine gab ihm keine Antwort. Sie wusste genau, was er meinte. Wenn junge Menschen aus dem Leben gerissen wurden, war das nicht nur traurig, sondern extrem tragisch.

Während sie vor der Leiche standen, hörten sie, wie sich Schritte näherten. Sie drehten sich um. Eine junge, sehr zierliche Asiatin betrat den Raum. Die mandelförmigen Augen dominierten das ebenmäßige herzförmige Gesicht mit dem olivgoldenen Teint. Ihre ebenholzschwarzen glänzenden Haare hatte sie mit einer Spange zusammengebunden. Über einer cremefarbenen Seidenbluse und engen schwarzen Satinhosen trug sie einen schneeweißen Kittel ohne Falten, genau wie Delphine. Cleroc fielen ihre türkisfarbenen Fingernägel auf. Genau in der Mitte riss ein winziger gelber Drache das Maul auf.

»Das ist Kim Lee«, stellte Delphine sie vor. »Sie

kommt aus Südkorea und absolviert bei mir ein dreimonatiges Praktikum. Es ist eine Freude, mit ihr zu arbeiten. Sie denkt mindestens drei Schritte im Voraus, und man muss ihr nicht alles immer wieder erklären.«

Cleroc hatte von ihr noch nie eine derart positive Beurteilung eines Praktikanten gehört.

Kim Lee schien sich über das Lob zu freuen und strahlte. »Darf ich Feierabend machen, Chefin?«, fragte sie mit einem unwiderstehlichen Lächeln. Mit solchen Manövern stieß man bei der Rechtsmedizinerin eigentlich auf Granit, aber Kim Lee war eine tüchtige Kraft und hatte ihren Dienst bereits heute Morgen um sieben Uhr begonnen.

»Natürlich, gehen Sie nur.«

»Danke.« Sie machte auf dem Absatz kehrt, als Delphine noch etwas einfiel. »Darf ich Sie noch um einen Gefallen bitten?«

»Ja bitte, selbstverständlich.« Sie wandte ihr ihre ganze Aufmerksamkeit zu.

»Sie kennen sich doch in stilistischen Fragen aus.« Erklärend wandte sie sich an Cleroc. »Kim Lee gestaltet die Fingernägel von einigen Polizistinnen im Haus, und sie schneidet ihnen die Haare. Das ist ein weiteres Talent von ihr. Diese Aktivitäten finden selbstverständlich in den Pausen oder nach Feierabend statt. Jetzt meine Bitte, Kim Lee. Können Sie sich die Haare der Toten ansehen? Deren Freundin meint, jemand hätte sie kürzer geschnitten.«

»Gerne, Chefin.« Kim Lee streifte sich Einmalhandschuhe über die zierlichen Hände und begutachtete die Frisur der Leiche mit konzentrierter Miene. Schnell hatte sie ihr Urteil gefällt.

»Die schönen Haare sind dilettantisch geschnitten. Von jemandem, der davon überhaupt keine Ahnung hat. Unmöglich.«

»Danke, das bestätigt meine Feststellung dazu. Ich wünsche Ihnen einen schönen Abend.«

»Den werde ich haben. Ich besuche mit Freunden ein Jazzkonzert im Schlosspark des Château des Ravalet. Blumen und Musik, ist das nicht eine wunderbare Zusammenstellung?«

»Ja, bestimmt. Bonsoir, Kim Lee.«

»Bonsoir Chefin, Bonsoir Monsieur.«

Schon war sie aus der Tür. Delphine schob die Wanne zurück in die Kühlzelle und verschloss sie.

Auf dem Weg zurück in ihr Büro fragte Cleroc: »Warum spricht Kim Lee so gut Französisch?«

»Ihre Mutter ist Französin, und sie hat in Paris studiert. Ihre Eltern leben in Korea. Möchtest du noch einen Mokka?«

»Ja, bitte, mir ist noch etwas eingefallen.« Als sie sich wieder am Schreibtisch gegenübersaßen, erzählte er. »Vor ungefähr einem Jahr ist hier in der Gegend eine junge Frau verschwunden. Véronique Rimbaud. Erinnerst du dich?«

»Ja.«

»Wir haben wochenlang überall nach ihr gesucht. In den Dünen, an den Ufern, auf den Klippen und in den Wäldern. Mit Hundertschaften und Spürhunden. Wir haben ein Foto von ihr in den regionalen Nachrichten veröffentlicht.«

»Sie ist nie gefunden worden«, wusste Delphine. »Bis heute ist sie nie mehr aufgetaucht.«

»Genau. Sie sah Anouk Coudrin sehr ähnlich. Groß, schlank, blond.«

»Ist damals nicht auch ihr Hund verschwunden?«

»Ja. Ihrem Vater hat der schreckliche Verlust das Herz gebrochen. Er ruft mich immer noch mindestens einmal in der Woche an und fragt, ob wir seine Tochter gefunden haben. Er ist ein gebrochener Mann. Bisher hat er sie nicht für tot erklären lassen, sie gilt nach wie vor als vermisst, und er wartet noch immer auf ihre Rückkehr. Es ist eine Tragödie.«

»Worauf willst du hinaus?« Sie ahnte es bereits.

»Was, wenn es ein Serientäter ist? Einen, der es auf junge blonde Frauen abgesehen hat?«

Sie wägte ab. »Das ist nicht auszuschließen. Allerdings …«

»Ja, ich weiß. Zwei ähnliche Fälle machen noch keinen Serientäter. Wir wissen ja gar nicht, was mit Véronique Rimbaud passiert ist. Vielleicht ist sie beim Schwimmen ertrunken? Oder sie ist einfach gegangen, ohne sich zu verabschieden, um irgendwo ein neues Leben zu beginnen.«

»Oder eine dritte Frau wird verschwinden.«

»Auf jeden Fall werden sich die Medien auf die Wasserleiche stürzen und nach vergleichbaren Fällen suchen. Sie werden die Bevölkerung in Angst und Schrecken versetzen. Junge blonde Frauen werden sich abends nicht mehr alleine aus dem Haus trauen. Ein furchtbares Szenario.«

»Hast du eine Idee?«

»Lanoux hat eine interne Rundmail an die Führungskräfte der Polizei geschickt. Philippe Lagarde steht ab sofort als offizieller Berater und Profiler bei schwierigen Ermittlungen zur Verfügung. Ich frage mich, ob wir ihn nicht ins Boot holen sollten. Wenn noch eine Frau verschwindet, ist hier die Hölle los.«

»Da kann ich dir nur recht geben. Rede doch mal mit Lanoux, was er davon hält.«

»Das mache ich.«

Er rieb sich die Stirn, dann lächelte er sein Gegenüber an. »Hast du heute schon etwas Ordentliches gegessen?«

»Nein, ich hatte noch keine Zeit.«

»Wenn du Lust hast, lade ich dich zum Abendessen ein. Suzanne ist bei der Schwangerschaftsgymnastik, und anschließend gehen die Frauen immer zusammen essen. Gesunde Sachen, Gemüse, Salat, Putenbrust, Brot und Wasser. Mir steht der Sinn eher nach einem dicken Rindersteak und einem Glas kräftigen Rotwein.«

Delphine lachte. »Das hört sich gut an. Am Fischereihafen hat doch diese neue Brasserie eröffnet. *L'Homard Bleu*, der Blaue Hummer. Man hört nur das Beste über die Küche und den Weinkeller. Ich habe noch kurz im Obduktionssaal zu tun, dann können wir los.«

»Derweilen versuche ich Lanoux zu erreichen.«

Die Geschwister Emma und Hugo Duchamp gingen mit ihrem Hund spazieren. Zum Abendessen sollten sie wieder zu Hause sein, aber bis dahin war noch reichlich Zeit. Der Golden Retriever Benni rannte begeistert vorneweg, seine Frisbeescheibe im Maul. Sie nahmen den Pfad, der von dem Bauernhaus, in dem sie mit ihren Eltern wohnten, stetig bergauf zum Leuchtturm von Barneville-Carteret führte. Die Sonne stand als Feuerball über dem Horizont und färbte den Ozean und die Wolken orangerot. Ein kräftiger Wind fegte durch den Strandhafer. In geschützten Sandmulden wuchs Salbei, der ein herbsüßes Aroma verbreitete.

Dann tauchte der Leuchtturm vor ihnen auf. Majestätisch erhob er sich auf dem Cap. In einem gedrungenen Anbau hatte früher der Leuchtturmwärter gewohnt. Die Kinder bogen rechts in einen Trampelpfad ab, der zu einem Birkenhain führte. Verborgen von Büschen und dornigem Gestrüpp lag dort ihr eigentliches Ziel. Sie wollten zu dem alten Brunnen, auf dessen Wasseroberfläche sie gerne ihre aus Baumrinde geschnitzten Holzschiffchen treiben ließen. Als Segel dienten dreieckig geschnittene Stoffreste, die sie von ihrer Mutter bekommen hatten. Der Brunnen lag im Schatten der Laubbäume und wurde von einer Quelle gespeist. Die Umrandung bestand aus groben Steinen und formte mehrere bogenförmige Einschnitte. So konnten Tiere ihren Durst stillen. Im flachen Wasser glänzten Münzen auf dem Grund. Spaziergänger hatten sie nach altem Brauch über die Schulter geworfen und sich etwas gewünscht. Die Kinder würden sie später mit Stöcken zum Rand ziehen und mitnehmen, um ihr Taschengeld aufzubessern.

Doch zunächst holte Hugo voller Vorfreude die Schiffchen aus seinem Rucksack und begann, die Segel zu montieren. Emma setzte sich auf den Brunnenrand und kraulte Benni hinter den Ohren. Auf einmal wurde das Tier unruhig. Es nahm Witterung auf und begann zu bellen. Aufgeregt lief es vor dem Brunnen hin und her. Schließlich sprang Benni mit den Vorderpfoten auf die Steinmauer und kläffte das Wasser an. Verwundert schaute Emma nach, was er entdeckt hatte. Zunächst konnte sie nichts Ungewöhnliches erkennen. Der Grund war schlammig. Kleine Birkenzweige, von Sturmböen abgerissen, lagen dort verstreut. Dann entdeckte sie, was Benni so erschreckt hatte. Ein kleiner Hund mit weißem Fell und braunen Flecken lag im Wasser. Das Fell am Kopf war dunkel verfärbt. Aufgeregt schrie sie: »Hugo, komm mal schnell her. Da liegt ein toter Hund im Wasser. Wer hat ihn hineingeworfen?« Ängstlich sah sie ihn an. »Was ist mit seinem Kopf passiert?«

»Das ist bestimmt eine Verletzung«, meinte ihr Bruder. Er beugte sich über den Rand, kniff die Augen zusammen und sah genau hin. »Er hat eine Wunde am Kopf. Eine schlimme Wunde. Was ihm wohl zugestoßen ist?«

»Ich finde, wir sollten Papa holen. Wir können ihn nicht einfach hier im Wasser liegen lassen.«

Hugo nickte. Sie hatte recht. »Ich hole ihn«, schlug er vor. »Du wartest hier mit Benni. In Ordnung?«

Seine Schwester sah sich mit großen Augen um. War hinter dem dicken Birkenstamm nicht gerade ein Schatten gewesen? Ihr Lieblingsspielplatz erschien ihr plötzlich düster und bedrohlich. »Mir ist unheimlich, ich will hier nicht alleine bleiben. Ich hole Papa.«

Hugo gab seiner kleinen Schwester immer nach. »Okay. Nimm Benni mit, ich warte hier.«

Sie rief nach dem Hund und rannte, so schnell sie konnte, nach Hause. Hugo setzte sich auf den Brunnenrand und schnitzte in aller Ruhe ein neues Schiff.

Etwa eine halbe Stunde später kam Emma mit Louis Duchamp, ihrem Vater, zurück. Er fuhr seinem Sohn zur Begrüßung liebevoll über den dichten Haarschopf. »Emma sagt, ihr habt einen toten Hund mit einer Verletzung am Kopf entdeckt.«

Hugo nickte und zeigte auf die Stelle im Wasser.

»Ja, dort liegt er. Ich war mir nicht sicher, ob ich ihn herausholen soll. Vielleicht hat ein tollwütiger Fuchs ihn gebissen.«

»Gut gemacht. Man fasst nicht einfach ein totes Tier an.« Er holte seine Arbeitshandschuhe aus der Jackentasche und zog sie über, dann stieg er in den Brunnen. Das Wasser reichte ihm knapp bis unter die Knie. Er watete zu dem Hund, packte ihn mit beiden Händen und zog ihn aus dem Wasser. Vorsichtig legte er ihn in eine Steinmulde der Umrandung. Er besah sich die Verletzung und fluchte empört. »Jemand hat die arme Kreatur erschlagen. Wer macht denn so etwas?«

»Und wenn der böse Mensch als nächstes Benni erschlägt?«, fragte Emma entsetzt.

»Du hast recht. Das muss man anzeigen. Wer so etwas macht, gehört bestraft. Ich werde die Gendarmerie informieren.« Er zog sein Handy aus der Hemdtasche.

Der Gendarm Luc Lavaine nahm den Anruf entgegen. Als er von dem erschlagenen Tier erfuhr, wurde er sofort hellhörig. Sein Chef hatte doch in Zusammenhang mit der Wasserleiche von einem verschwundenen Hund berichtet. Er fragte Duchamp nach dem Fundort. Den Brunnen kannte er. Er bat den Bauern, nichts mehr anzufassen und sich ein Stück vom Fundort zu entfernen. Dort sollte er bitte auf ihn warten.

Lavaine und Dillard machten sich sofort auf den Weg. Der Gendarm fuhr den Dienstwagen, während sein Chef versuchte, Nathalie Baye auf ihrem Handy zu erreichen. Zunächst erklang Rockmusik, dann hatte er sie am Apparat. »Bonsoir, Mademoiselle Baye. Wie geht es Ihnen?«

»Danke, ein wenig besser.«

»Das freut mich. Ich brauche eine Information von Ihnen.«

»Gerne, was kann ich denn für Sie tun?«

»Haben Sie Fotos von dem Hund Ihrer Freundin auf Ihrem Handy gespeichert?«

»Ja, ich habe Filou öfter fotografiert.«

»Können Sie die Aufnahmen auf mein Smartphone senden?«

»Ja sicher.« Jetzt begriff sie. »Haben Sie Filou gefunden? Ist er am Leben? Kann ich ihn abholen?«

»Wir wissen es noch nicht. Deshalb brauche ich die Fotos. Weist das Tier besondere Merkmale auf?«

»Ja, er hat über dem linken Auge einen herzförmigen schwarzen Fleck. Außerdem trägt er immer ein rotes Halsband aus Leder mit einer silbernen Schnalle, in das LED-Lämpchen eingearbeitet sind, die nachts leuchten. Die Schwanzspitze ist weiß.«

»Danke für Ihre Hilfe, Mademoiselle Baye. Wenn es Neuigkeiten gibt, informiere ich Sie. Au revoir.«

»Au revoir, Monsieur Dillard.«

Während der Dienstwagen über einen Feldweg holperte, kamen die Fotos auf seinem Handy an. Er sah sie rasch durch. Auf einigen Bildern war der Hund sehr gut zu erkennen, auch das rote Halsband. Ein Foto zeigte ihn, als er neben einer strahlenden Anouk Coudrin im Gras saß. Bestürzt dachte er an den schrecklichen Fund im Wasserloch. Sein Kollege stellte das Auto am Rand der Schotterpiste ab. Den Rest des Weges mussten sie zu Fuß zurücklegen. Nach wenigen hundert Metern erreichten sie den Brunnen, wo Louis Duchamp auf sie wartete. Seine Kinder hatte er mit Benni nach Hause geschickt.

»Bonsoir, Messieurs«, grüßte Duchamp die Gendarmen.

»Meine Kinder haben den Hund im Brunnen entdeckt, und ich habe ihn herausgeholt. Schauen Sie, dort liegt er.«

Die Gendarmen traten an den Brunnenrand und betrachteten das Tier. Jetzt bestand kein Zweifel mehr, dass es Filou war, den man brutal erschlagen hatte.

Als die Abenddämmerung sich über Barfleur senkte, stand Philippe Lagarde im Anbau seines Hauses und betrachtete unzufrieden die beiden aufgebockten Fensterläden. Obwohl er mit der Heißluftpistole gearbeitet hatte, klebten noch immer alte Lackreste in den Ecken. Eine Stimme riss ihn aus seinen Gedanken.

»Bonsoir, Philippe.« Es war Richard, der mit einer entkorkten Rotweinflasche unter dem Arm und zwei Kristallgläsern in der Hand durch die offenstehende Pforte seinen Vorgarten betrat. Mit der freien Hand winkte er. Richard und Angélique waren seine Nachbarn und bewohnten ein schönes normannisches Fachwerkhaus, das auf den Dünen saß. Das Ehepaar war über achtzig Jahre alt. Die beiden waren lebensfroh, warmherzig und sie genossen jeden Tag zusammen. Sie hatten sich im Algerienkrieg kennengelernt, verliebt und nie mehr getrennt. Richard arbeitete ehrenamtlich bei der Seenotrettung. Er kannte die normannischen Gewässer wie seine Westentasche. Angélique werkelte gerne in ihrem Garten und backte die beste Apfeltarte weit und breit. Sie fuhren jeden Morgen in aller Frühe auf das Meer hinaus und leerten ihre Reusen.

»Was hältst du von einem Schlummertrunk?«, rief Richard. »Ich bin Strohwitwer. Angélique besucht eine Freundin, und ich habe einen Château Saint-Roch aus dem Languedoc mitgebracht, Jahrgang 2013.«

»Gute Idee«, meinte Lagarde.

Richard stellte die Gläser auf die Werkbank und schenkte ein. Dann hielt er ein Glas gegen das Licht. Der Wein funkelte rubinrot. »Schau dir diese Farbe an.« Sie stießen an und tranken. Interessiert betrachtete der Nachbar die Fensterläden. »Du willst sie neu streichen?«, fragte er.

»Ja, taubenblau. Aber, sieh mal, die Lackreste in den Ecken ließen sich nicht ganz entfernen.«

»Welches Werkzeug hast du denn benutzt?«

»Eine Heißluftpistole.«

»Du könntest es mit Beize versuchen. Man lässt sie einige Stunden einziehen, danach kann man den Lack ganz leicht mit einem kleinen Spachtel entfernen.«

»Danke für den Tipp. Ich werde es ausprobieren, aber ich hätte wirklich nicht gedacht, dass es so ein großer Aufwand ist. Und ich habe zwölf Fensterläden.«

»Weißt du was, ich helfe dir. Ich habe Zeit, und handwerkliche Arbeit macht mir Spaß. Morgen fangen wir an.«

»Danke, Richard.«

Die Männer setzten sich auf die Bank vor dem Haus, plauderten und tranken Wein.

»Magst du noch ein Glas?«, fragte Richard.

»Nein, danke. Ich fahre später zum Abendessen zu Odette.« Er lächelte. »Heute gibt es als Menü des Tages Gänseleberpastete mit Portwein und Kalbsrückensteak an Morchelrahmsauce mit Mandelbällchen.«

»Oh là là. Das hört sich ja köstlich an. Richte ihr schöne Grüße von mir aus. Wir könnten auch mal wieder zusammen grillen.«

»Das machen wir.«

»Dann gehe ich jetzt nach Hause und genieße auf meiner Dachterrasse noch ein Glas.« Sie verabschiedeten sich.

Nachdem Lagarde sich geduscht und umgezogen hatte, machte er sich auf den Weg ins Mirabelle. Inzwischen war es dunkel geworden. Durch das geöffnete Seitenfenster hörte er das Rauschen der Brandung.

Der Mond zog eine silbrige Spur auf dem dunklen Wasser, und weiße Lichter reihten sich wie eine Girlande die Küstenlinie entlang. Er konnte das Meer riechen. Plötzlich klingelte sein Handy. Er schaltete die Freisprechanlage ein und meldete sich. Es war Frank Lanoux. Er kam sofort zur Sache und berichtete von der Wasserleiche, die am Morgen in einem Priel im Watt von Barneville-Carteret gefunden worden war.

»Delphine hat bei der Obduktion zweifelsfrei festgestellt, dass Anouk Coudrin einem Gewaltverbrechen zum Opfer gefallen ist.«

Lagarde hörte schweigend zu. Der Polizeipräsident fuhr fort. »Vor einem Jahr ist dort schon einmal eine junge Frau verschwunden, Véronique Rimbaud. Hattest du damals davon gehört?«

Lagarde erinnerte sich, die Presse hatte damals verrückt gespielt und der Polizei Unfähigkeit vorgeworfen. Das Mädchen war nie gefunden worden. Vielleicht war sie ja doch ausgerissen und wollte nicht gefunden werden, warum auch immer.

»Ludovic meint, dass die beiden Frauen sich ähnlich sehen und dass vielleicht ein Zusammenhang zwischen den beiden Fällen besteht. Diese Möglichkeit muss bei den Ermittlungen mit einbezogen werden. Wir brauchen schnelle Ergebnisse. Sobald die Presse Wind von der Sache bekommt, werden sie einen gewaltigen Druck aufbauen. Wir müssen dagegenhalten, dass wir gut aufgestellt sind. Daher meine Bitte:

Kannst du morgen früh um neun an der Besprechung in Cherbourg teilnehmen und dir einen Eindruck verschaffen? Deine Meinung ist mir wichtig.«

Lagarde überlegte kurz. Wenn die Medien einen Serientäter auferstehen ließen, würde auf der Halbinsel womöglich Unruhe ausbrechen. Außerdem reizte ihn der Gedanke, bei der Aufklärung dieses Verbrechens mitzuhelfen. »Selbstverständlich, Frank. Ich fahre morgen früh hin.«

»Danke. Du hast was gut bei mir.«

»*De rien.*«

SAMSTAG, 10. SEPTEMBER 2016

ROSA GRANIT

Als Lagarde sich am nächsten Morgen auf den Weg machte, hatte das Wetter umgeschlagen. Es regnete in Strömen, und vom Ärmelkanal her fegte ein starker Wind über die Gemüseäcker. Die Scheibenwischer seines Renault Express schafften es kaum noch, der Wassermassen Herr zu werden.

Als er seinen Wagen auf dem Parkplatz des Polizeipräsidiums abgestellt hatte, lief er schnell auf den Haupteingang zu. Er grüßte die diensthabende Polizistin hinter dem Empfangstresen und ging in den ersten Stock. Pünktlich um elf Uhr klopfte er an Clerocs Bürotür. Ludovic begrüßte ihn erfreut.

»Bonjour, Philippe. Schön, dass du Zeit hast, an unserer Besprechung teilzunehmen. Ich drucke gerade noch Fotos von Anouk Coudrin aus. Nathalie Baye, ihre Freundin, war so freundlich, sie mir zu schicken. Die beiden Frauen wohnten zusammen, und sie hat gestern die Wasserleiche identifiziert.«

Am runden Besprechungstisch saß die Rechtsmedizinerin und lächelte Lagarde an. »Bonjour, Philippe.«

»Bonjour, Delphine.« Er setzte sich zu ihr.

»Möchtest du eine Tasse Kaffee?«, fragte sie.

»Gerne.«

»Ludovic hat Croissants mitgebracht, wenn du magst.«

»Vielleicht später, danke.«

Cleroc heftete ein Foto an die Pinnwand. »Das ist eine Porträtaufnahme von Anouk Coudrin«, informierte er die Kollegen. »Und daneben sind die Aufnahmen ihrer Leiche, die gestern Morgen im Watt gefunden wurde. Sie war einundzwanzig Jahre alt.«

Der Kommissar betrachtete die Bilder. Die junge Frau war eine Schönheit gewesen. Sie hatte ein apartes ovales Gesicht, eine gerade zierliche Nase und meergrüne Augen. Die glatten blonden Haare fielen in Wellen auf ihre Schultern.

»Ist das ein aktuelles Foto?«, fragte er.

»Ja. Du spielst auf die Haarlänge an, nicht wahr?«

»Genau, die Haare der Toten sind kürzer.«

»Mademoiselle Baye hat uns auch schon darauf aufmerksam gemacht. Das ist eines der Rätsel dieses Falles. Die Praktikantin von Delphine hält den Schnitt für dilettantisch, als hätte sich jemand eine Schere gegriffen und einfach drauflosgeschnippelt. Die Tote trug ein blaues Kleid, aber laut Baye besaß sie überhaupt keine Kleider. Sie bevorzugte Jeans und T-Shirts. Delphine hat auf dem Kleidungsstück einen Fleck entdeckt. Die Untersuchungsergebnisse liegen noch nicht vor.«

Er tippte auf ein weiteres Foto, das den Ohrring zeigte, den die Leiche getragen hatte. »Dieses Schmuckstück hat sie an ihrer Freundin noch nie gesehen. Bemerkenswert ist sein Gewicht, er ist sehr schwer.«

Lagarde studierte die Aufnahme. Der goldene Ohrschmuck bildete ein Septagon und war sehr auffällig. In der Mitte des runden Ohrclips wölbte sich eine halbe Kugel, in die ein verschlungenes L eingraviert war. Das Relief einer winzigen Meerjungfrau schlängelte sich um den Buchstaben.

»Ihr Hund Filou wurde gestern Abend von Kindern gefunden. Er lag in einem Brunnen, der sich in der Nähe des Pfades befindet, der zum Leuchtturm führt. Jemand hat ihn erschlagen und in den Quellenbrunnen geworfen.«

Lagarde besah sich die Aufnahmen, die Dillard geschickt hatte. »Das ist eine große Wunde, die der Hund am Kopf hat.«

»Der Gendarm meint, sie stammt von einem stumpfen schweren Gegenstand, einem Stein zum Beispiel.« Er pinnte ein weiteres Bild an die Wand. »Das ist Véronique Rimbaud, die junge Frau, die vor einem Jahr spurlos verschwunden ist. Genau gesagt am fünften September. Da war sie zweiundzwanzig Jahre alt. Zuletzt wurde sie am Strand von Saint-Germain-sur-Ay gesehen, etwa zwanzig Kilometer südlich von Barneville. Ihr kennt ihn ja sicher alle.«

Die Frau war keine klassische Schönheit wie Anouk

Coudrin, aber sehr hübsch. Sie sah pfiffig aus mit ihrer kleinen Stupsnase und der auffälligen Oberlippe, die voller war als ihr Gegenstück. Die dunkelblonden Haare trug sie raspelkurz geschnitten.

»Beide Frauen waren groß und schlank«, fügte er hinzu. Schweigend verglichen sie die Bilder. »Außerdem hatte Véronique Rimbaud auch einen Hund. Er ist nie mehr wieder aufgetaucht. Es war ein apricotfarbener Zwergpudel, der auf den Namen Bella hörte.«

»Es ist der gleiche Frauentyp«, meinte Delphine. An Lagarde gewandt fuhr sie fort. »Ich habe den Obduktionsbericht für dich kopiert. Da stehen alle Details drin. Anouk Coudrin wurde mit K.-o.-Tropfen betäubt und dann mit einem Gegenstand aus Baumwolle erstickt. Unter Berücksichtigung des Todeszeitpunktes und des Fundortes der Leiche haben Ludovic und ich die Theorie entwickelt, dass sie irgendwo ins Wasser geworfen wurde und die Flut sie auf das Watt getrieben hat. Diese Hypothese erscheint uns naheliegend, es kann sich aber auch ganz anders abgespielt haben. Der Fundort ist nicht der Tatort. Wenn sie bei Flut dort gelegen hätte, hätten die Strömung und der Sog der Tide sie in das offene Meer hinausgezogen.«

»Welche Strömungen gibt es hier vor der Küste eigentlich?«, wollte Cleroc wissen. Diese Frage konnte Lagarde als erfahrener Freizeitskipper beantworten.

»Es gibt den Golfstrom, der nach Norden fließt. Zweitens haben wir die gewaltige Meeresströmung

Raz Blanchard vor dem Cap de la Hague, die Ausläufer bildet, die nach Süden streben. Und schließlich existiert noch eine Strömung, die von den Kanalinseln auf die Westküste des Cotentin zufließt. Im Prinzip kann die Leiche von überall hierhergetrieben worden sein.«

Delphine überlegte. »Wir wissen, dass Anouk Coudrin etwa zehn Stunden tot war, bevor sie gefunden wurde. Kann man sagen, wo ungefähr man sie hätte ins Wasser werfen müssen, damit sie nach dieser Zeitspanne an der Küste angespült wird?«

Lagarde schüttelte den Kopf. »Darüber kann man nur spekulieren. Das hängt von vielen Faktoren ab, von der Wassertiefe, der Stärke der Strömung, den Gezeitenbewegungen, den Unterwasserstrudeln usw. Es kommt auch darauf an, wie oft sie irgendwo, an Unterwasserriffen zum Beispiel, hängengeblieben ist. Vielleicht hat sie sich auch in Algenteppichen verheddert. Wenn ich eine Schätzung abgeben soll, würde ich sagen, es war nicht allzu weit draußen. Vielleicht drei bis fünf Kilometer. Ich gehe davon aus, dass sie von einem Boot geworfen wurde.« Er nahm sich ein Croissant. »Hat die Spurensicherung etwas gefunden?«

»Nein«, antwortete Ludovic. »Weder im Watt, noch in der Gegend um den Brunnen.«

»Was war das für ein Kleid, das sie anhatte?«

»Es handelt sich um ein einfaches Sommerkleid, das man auf jedem Wochenmarkt kaufen kann.«

Lagarde überlegte. »K.-o-Tropfen kann man inzwischen in vielen Internet-Shops bestellen, vor allem in England und in Osteuropa.«

Ludovic nickte. »Ja, die Beschaffung dieser Substanzen ist kein Problem, aber diese Pfade im Internet zu verfolgen ist nahezu unmöglich.« Er schenkte sich Kaffee nach. »Wir müssen mit Nathalie Baye sprechen. Es gibt noch viele offene Fragen. Als die Tote gefunden wurde, war sie in der Gendarmerie und wollte sie als vermisst melden. Das heißt, sie war schon einige Zeit verschwunden. Wo war sie? Wir müssen versuchen, ihre letzten Tage zu rekonstruieren. Welche Freunde hatte sie? Hat sie etwas erzählt, was ihr merkwürdig vorkam? Hat sie sich von jemandem bedroht gefühlt?«

»Wir sollten ein Foto von ihr mit ihrem Hund und von dem Ohrring in den regionalen Zeitungen veröffentlichen«, schlug Lagarde vor. »Vielleicht bekommen wir wertvolle Hinweise aus der Bevölkerung. Irgendjemand muss sie doch gesehen haben.«

»Ich werde das gleich veranlassen«, erwiderte Ludovic. »Was gibt es noch?«

»Wir sollten eine Strategie festlegen. Die vorliegenden Fakten müssen wir ernstnehmen. Die jungen Frauen sehen sich ziemlich ähnlich, sind fast im selben Alter. Eine ist verschwunden, die andere wurde getötet. Beide hatten einen Hund. Bella ist nie mehr aufgetaucht, Filou wurde erschlagen. Das sind auffällige Gemeinsamkeiten.« Er hatte ein ganz ungutes Gefühl.

»Heute Nachmittag kommen die Eltern von Anouk Coudrin hierher. Sie wollen sich von ihrer Tochter verabschieden. Offiziell können sie sie auch identifizieren, aber das hat Nathalie Baye ja schon getan. Sie wohnen in Grandcamp-Maisy. Ich habe gestern mit der dortigen Gendarmerie telefoniert und darum gebeten, dass ein Polizist ihnen die Nachricht persönlich überbringt.« Cleroc überlegte kurz. »Anschließend sollten wir mit Nathalie Baye sprechen.«

»Bei der Gelegenheit können wir uns Anouk Coudrins Zimmer ansehen«, merkte Lagarde an. »Es könnte gut sein, dass wir dort oder auf ihrem Computer einen Hinweis finden.«

»So, die wichtigsten Punkte haben wir jetzt angesprochen.« Er sah auf seine Armbanduhr. »Mittagszeit. Delphine und ich haben gestern ein neues Restaurant ausprobiert, direkt am Fischereihafen. Es ist wirklich empfehlenswert. Jeden Tag gibt es frische Austern aus Cancale.«

Zehn Minuten vor vierzehn Uhr meldete die diensthabende Polizistin vom Empfang, dass das Ehepaar Coudrin eingetroffen war. Cleroc lief über die Treppe nach unten, um sie in Empfang zu nehmen. Lagarde blieb in dessen Büro und wollte den Autopsiebericht in Ruhe lesen.

Verloren standen die beiden im Eingangsbereich. Cleroc schätzte sie auf Anfang bis Mitte fünfzig, die

Frau vielleicht etwas jünger. Das war jedoch schwer zu sagen, weil sie völlig verweint aussah. Schmerz und Trauer hatten sie überwältigt, der Schock gezeichnet. Ihr Mann war auffällig blass, wirkte übernächtigt und hatte dunkle Ringe unter den Augen. Sein Oberkörper war leicht nach vorne gebeugt, so als hätte er Schmerzen im Rücken. Er war kleiner als seine Frau, übergewichtig und hatte eine Glatze. Sie war hager und versuchte, sich aufrechtzuhalten. Die Bewegungen wirkten steif und ferngesteuert. Ihre Haare hatten den gleichen blonden Farbton wie die ihrer Tochter. Beide waren schwarz gekleidet.

Der Hauptkommissar begrüßte sie und sprach ihnen sein Beileid aus. Dann führte er sie in das Kellergeschoss und in die rechtsmedizinische Abteilung. Delphine hatte dafür gesorgt, dass die Bahre in einen stillen Raum gebracht worden war, und dass ihre Praktikantin Kerzen entzündet hatte. Anouks Lider hatte sie geschlossen, da die Totenstarre sich durch Zersetzungsvorgänge im Körper vierundzwanzig bis spätestens achtundvierzig Stunden nach dem Tod wieder aufzulösen begann. Das weiße Laken hatte sie sorgfältig bis zu den Schultern hochgezogen. Der Leichenbestatter hatte sich große Mühe gegeben, Anouk sah aus, als schliefe sie.

Als Cleroc mit den Eltern das Zimmer betrat, stellte er die Rechtsmedizinerin vor sowie den Polizeiseelsorger, der anwesend war, um dem trauernden Ehepaar seinen Beistand anzubieten. Mit versteinerter Miene betrachtete Madame Coudrin das Gesicht ihrer Tochter. Ihr Mann stützte sie.

»Hat sie leiden müssen?«, fragte die Frau mit gebrochener Stimme, so dass sie kaum zu verstehen war.

»Nein, ganz bestimmt nicht«, versicherte die Rechtsmedizinerin.

»Was ist denn genau passiert? Der Polizist, der uns die schreckliche Nachricht überbracht hat, hat uns gesagt, wir müssten auch damit rechnen, dass unser Kind einem Verbrechen zum Opfer gefallen sein könnte.«

Delphine und Cleroc tauschten einen raschen Blick. Er nickte ihr zu. »Ihre Tochter wurde betäubt und dann erstickt. Sie war bewusstlos und hat nichts gemerkt«, erklärte die Ärztin.

Die Frau schüttelte fassungslos den Kopf. »Wer tötet denn unsere Anouk, einfach so?«

Monsieur Coudrin fand keine Worte.

»Wir tun alles, was in unserer Macht steht, um das herauszufinden«, sagte Cleroc. »Unser Polizeiseelsorger wird sich um Sie kümmern und sich alle Zeit für Sie nehmen. Ich würde Ihnen vorher jedoch gerne einige Fragen stellen. Ist das möglich?«

»Ja«, antwortete Madame Coudrin. »Wir wollen helfen.«

Gemeinsam gingen sie in das Büro der Rechtsmedizinerin und setzten sich um ihren Besprechungstisch.

Kim Lee stellte Mineralwasser sowie Gläser auf den Tisch und zog sich lautlos zurück.

»Erzählen Sie mir bitte von Ihrer Tochter«, wandte der Hauptkommissar sich an die Eltern. »Einfach alles, was Ihnen einfällt.« Es erstaunte ihn, dass Anouks Vater das Wort übernahm. Mit viel Zärtlichkeit in der Stimme berichtete er davon, dass sie ihr Nesthäkchen gewesen sei, eine Nachzüglerin. Ihr Bruder Pierre war zehn Jahre älter. Ein ganz liebes fröhliches Kind war sie gewesen, und so intelligent. Als Erste in der ganzen Familie hatte sie Abitur gemacht und studiert. Alle waren so stolz auf sie, hatten aber Bedenken, als sie sich für einen Studienplatz in Cherbourg entschied.

»Einmal in der Woche haben wir telefoniert«, erzählte er weiter. »Meistens am Sonntag. Auch bei unserem letzten Gespräch war, wie immer, alles in Ordnung.« Er warf seiner Frau einen Blick von der Seite zu. »Jetzt kann ich es ja sagen. Sie hat mich gebeten, ihr zweihundert Euro zu überweisen, die sie für ein neues Teleobjektiv brauchte. Meine Tochter war eine begeisterte und sehr gute Fotografin, sie verstand ihr Handwerk wie ein Profi.«

»Haben Sie ihr das Geld geschenkt?«

»Aber ja, natürlich.«

»Hatte sie einen Freund?«, fragte Cleroc.

Jetzt meldete sich die Mutter zu Wort. »Nein, sie hatte keinen Freund. Nach einer unglücklichen Liebe am Lycée wollte sie lieber erst einmal unabhängig bleiben.«

»Hat sie Ihnen erzählt, ob sie Ärger hatte, oder Kummer? Hat sie sich bedroht gefühlt? Oder beobachtet? Verfolgt? Hatten Sie einmal das Gefühl, dass sie vor etwas Angst hatte? Gab es sonst irgendein Problem, über das sie sprach?«

Beide schüttelten den Kopf. »Nichts dergleichen. Sie hat sich wohl gefühlt in Barneville. Ihre Mitbewohnerin mochte sie sehr gerne, und an der Uni lief es gut.«

»Danke, das war alles fürs Erste. Wir werden Sie bestimmt noch kontaktieren müssen, wenn es weitere Fragen gibt. Wenn Ihnen etwas einfällt, egal, was es ist, dann rufen Sie mich bitte an. Jeder Hinweis kann uns helfen.«

»Was ist eigentlich aus Anouks Hund Filou geworden?«, erkundigte sich Monsieur Coudrin. »Die beiden waren unzertrennlich. Wir könnten ihn doch mit nach Hause nehmen und uns um ihn kümmern.«

Cleroc seufzte. »Das geht leider nicht, er wurde tot aufgefunden.«

Die Kommissare folgten der Nationalstraße, die über Les Pieux direkt nach Barneville-Carteret führte. Der Regen vom Vormittag war in ein leichtes Nieseln übergegangen, und durch die graue Wolkendecke lugten die ersten Sonnenstrahlen. Seekiefern, gebeugt durch den stetigen Westwind, säumten die wenig befahrene Straße. Nachdem sie das Zentrum von Barneville erreicht hatten, folgten sie der Wegbeschreibung, die sie von Nathalie Baye bekommen hatten. Sie war inzwischen wieder in ihr Haus zurückgekehrt. Hinter einer Marienkapelle zweigte ein Feldweg ab, dem sie folgen sollten. Clerocs Dienstwagen holperte einige hundert Meter über die von Furchen durchzogene Piste, dann tauchte ein Granithaus mit hellblauen Fensterläden auf.

»Das muss es sein«, sagte Lagarde. »Das Haus ist wirklich einsam gelegen. Außer einer Feldscheune kann ich weit und breit kein anderes Gebäude entdecken.«

Nachdem Cleroc sein Auto neben dem Gartenzaun abgestellt hatte, stiegen sie aus und sahen sich um. Da waren Rübenäcker und Kartoffelfelder, so weit das Auge reichte. Auf einer Koppel hatten Maulwürfe Hunderte Hügel aufgeworfen. Dahinter erhoben sich in einer Reihe Pappeln, deren silbrig grünes Laub im Wind zitterte. In der Ferne konnte man den grauen Ozean sehen. Durch einen Sonnenschirm vor dem Nieselregen geschützt, saß Nathalie Baye auf der Terrasse. Sie trug eine verbeulte graue Jogginghose und einen Kapuzenpullover. Die roten Locken umrahmten zerzaust ihr Gesicht. Ein Bein hatte sie unter das andere gezogen, und sie blätterte in einem Fotoalbum. Jetzt sah sie auf, ging zur Gartenpforte und begrüßte die Kommissare. Cleroc hatte sie angekündigt, um sicher zu sein, dass die junge Frau zu Hause war, und um sie nicht durch ihr plötzliches Auftauchen zu erschrecken.

Nathalie führte ihre Besucher auf die Terrasse und bat sie, Platz zu nehmen. »Oder ist es Ihnen zu kühl hier draußen? Wir können auch in den Salon gehen.«

»Es passt wunderbar hier auf der Terrasse«, versicherte Cleroc.

»Möchten Sie einen Kaffee?«

»Gerne«, antwortete Lagarde. Sein Kollege schloss sich an. Während die junge Frau in der Küche Kaffee kochte und eine Packung Kekse öffnete, betrachteten die Männer den Garten. Die Studentinnen hatten sogar ein Gemüsebeet angelegt. Strauchtomaten rankten sich um hölzerne Stangen, zwei dicke Auberginen glänzten violett zwischen Blättern. Zitronenthymian in einem Tontopf verbreitete einen frischen säuerlichen Duft. Dahinter lag der Obstgarten: Kirschen, Birnen und ein alter Apfelbaum.

Nathalie kam mit einem Tablett und schenkte Kaffee in buntgestreifte Bols. Die Kommissare bedankten sich.

»Geht es Ihnen ein wenig besser?«, erkundigte sich Cleroc.

Sie schüttelte den Kopf, dass die Locken flogen. »Nein, ich stehe noch immer unter Schock. Manchmal denke ich, wenn ich aufwache, ist der Alptraum vorbei. Dann wird mir klar, dass ich gar nicht schlafe. Was passiert ist, ist Realität.«

Traurig sah sie in die Ferne. »Ich habe meine Freundin verloren. Wir haben uns sehr gemocht, und jetzt ist sie tot. Es war kein Unglück, nicht wahr?«

»Nein, es war kein Unglück. Jemand hat sie getötet.«

»Ich habe es befürchtet, nachdem ich sie gesehen hatte. Besonders ihre Haare. Sie hätte sie niemals freiwillig schneiden lassen. Und was ist mit ihren Augen geschehen? Ist sie einem Verrückten in die Hände gefallen?«

»Das war nicht der Täter, sondern Seevögel und Raubfische.«

Sie schauderte. »Haben Sie schon einen Verdacht?«

Lagarde schüttelte den Kopf. »Wir haben mit den Ermittlungen erst begonnen, aber wir werden unser Bestes geben, um den Täter zu finden. Deshalb möchten wir Ihnen einige Fragen stellen.«

»Ja, natürlich.«

»Welche Freunde hatte Anouk Coudrin?«

»Anouk und ich haben uns während des Studiums angefreundet. In Cherbourg kannten wir ja zunächst niemanden. Zu den anderen Kommilitonen hatten wir nur losen Kontakt. Manchmal haben wir uns in der Cafeteria oder in einer Kneipe mit Studienkollegen getroffen, es waren oberflächliche Bekanntschaften. Nur mit drei Studenten, die auch im zweiten Semester sind, waren wir näher befreundet. Tom, Frédéric und Marc. Das sind nette Jungs. Ab und zu sind wir zusammen ins Kino oder Pizza essen gegangen. Sie waren auch schon einige Male hier. Wir haben am Strand ein Treibholzfeuer entzündet und gegrillt. Sie haben dann hier übernachtet.«

»Hatte sie zu einem dieser jungen Männer eine engere Beziehung?«

»Nein, es waren einfach Kumpels.«

»Hatte Anouk einen Freund?«

»Nein, nicht, dass ich wüsste. Obwohl …«

»Was meinen Sie mit obwohl? Ist Ihnen etwas eingefallen?«

»Ja. Am letzten Wochenende haben wir schön zusammen gekocht und etwas zu viel Rotwein getrunken. Wir sind ins Quatschen gekommen. Da hat sie so eine Andeutung gemacht, als hätte sie vielleicht jemanden kennengelernt. So eine Art Traumprinzen, einen *prince charmant*. Aber nur ganz vage, möglicherweise habe ich sie auch missverstanden. Das Thema war dann ganz schnell wieder vom Tisch. Sie wollte nicht mehr darüber sprechen, und ich hatte keine Lust, sie zu drängen.«

Jetzt ergriff Cleroc das Wort. »Wann haben Sie ihre Freundin zum letzten Mal gesehen?«

»Am Montag, den fünften September. Das weiß ich genau, denn wir haben zusammen gefrühstückt, hier auf der Terrasse. Seitdem habe ich sie nicht mehr gesehen. Erst gestern dann …« Sie schluckte. Ihre Augen wurden feucht. »In diesem schrecklichen Wasserloch.«

»Hat sie erzählt, was sie vorhatte?«

»Nein, das war aber nicht ungewöhnlich. Wir haben nicht immer zusammengesteckt, sondern jede hatte auch ihre eigenen Pläne. Ich wollte an dem Tag an einer Hausarbeit weiterschreiben und im Internet Recherche betreiben. Am Abend stand dann eine Strandparty auf meinem Programm.«

»Wo fand die Party statt?«

»Am Strand neben der Hafenausfahrt von Barneville.«

»Sie haben Anouk dort nicht gesehen?«

»Nein, ich bin mir sicher, dass sie nicht da war. Irgendwann im Laufe des Abends hätte ich sie gesehen, auf jeden Fall auf der Tanzfläche. Sie hat so gern getanzt.«

Nathalie schniefte.

»Wo könnte sie denn gewesen sein? Wo hielt sie sich häufig auf?«

»Sie ging gerne mit Filou in den Dünen spazieren. Mal hier, mal da hat sie fotografiert, sich einen schönen Platz in der Sandlandschaft gesucht und gelesen. Sie mochte französische Literatur, besonders Marcel Proust. Oder sie hat für die Uni gelernt. Sie war sehr ehrgeizig und legte Wert auf gute Zensuren. Oder sie hat einfach geträumt.«

»Wann haben Sie festgestellt, dass Ihre Freundin verschwunden ist?«

»Am Dienstag, den sechsten September. Ich bin aufgewacht, und sie war nicht da.«

»Hat Sie das beunruhigt?«

»Nein, ganz und gar nicht. Jede von uns hatte ihr eigenes Leben, wie ich schon sagte.«

»Haben Sie nicht versucht, sie auf ihrem Handy zu erreichen?«

»Doch, schon, aber sie ging nicht ran. Sie hat auch nicht zurückgerufen. Irgendwann war dann wohl ihr Akku leer. Es kam die Nachricht, sie sei zurzeit nicht zu erreichen.«

»Sie wollten Ihre Freundin am Freitag, den neunten September, als vermisst melden. Warum nicht früher?«

»Ich war unterwegs.«

»Wo waren Sie denn?«

»Ich war zelten, auf dem kommunalen Campingplatz in Barfleur.«

»Und wie lange?«

»Von Dienstag bis Donnerstag.«

»Waren Sie alleine unterwegs?«

Sie errötete. »Ich habe auf der Strandparty einen Mann kennengelernt. Er war mir sympathisch, und wir haben spontan beschlossen, einen Kurztrip zu unternehmen.«

»Wie heißt der Mann?«

»Anton Falkenberg.«

»Ein Tourist?«

»Ja, aus Deutschland. Genauer gesagt, kommt er aus Bamberg, einer Stadt in Bayern. Er arbeitet dort als Lehrer an einem Gymnasium.«

»Ist er noch hier?«

»Ja, ich denke schon.«

»Und wo wohnt er zurzeit?«

»Auf dem Campingplatz hinter den Dünen.«

Der Hauptkommissar machte sich eine Notiz.

»Wir möchten jetzt gerne das Zimmer von Mademoiselle Coudrin sehen.«

Nathalie stand auf. »Selbstverständlich, kommen Sie doch bitte mit.«

Gemeinsam gingen sie in das Haus. Die Tür zum Salon, einem behaglich eingerichteten Raum, stand offen. Den Mittelpunkt bildete eine Couch mit vielen Kissen. An einer salbeigrün gestrichenen Wand hingen gerahmte Schwarz-Weiß-Fotografien von Meerlandschaften, die Lagarde sehr ausdrucksstark fand. Gegenüber befand sich die Küche als schmaler Schlauch, der von einem altmodischen gusseisernen Gasherd dominiert wurde. Eine sonnengelbe Gardine bauschte sich im Wind. Sie gingen in den ersten Stock, wo Nathalie eine Tür öffnete.

»Das ist Anouks Zimmer.«

Die Kommissare traten ein, gefolgt von der Studentin. Das quadratische Zimmer war lavendelblau gestrichen. An der Stirnseite stand ein französisches Bett, über das eine mintgrüne Tagesdecke gebreitet war. In einem einfachen Holzregal reihten sich Bücher. Lagarde trat näher und besah sich die Titel. In den oberen Fächern standen Klassiker von französischen Autoren, Hugo, Proust, Zola und Flaubert. Auf den unteren Ablagen gab es psychologische Fachbücher. Cleroc öffnete den Kleiderschrank und inspizierte den Inhalt. Mademoiselle Baye hatte recht gehabt: Es gab kein einziges Kleid. Auf dem Boden des Schrankes standen drei Paar Turnschuhe und ein Paar flache Sandalen mit silbernen Riemchen. Collegeblöcke, Fachzeitschriften und Blätter mit handgeschriebenen Notizen zu einer Vorlesung stapelten sich auf dem Schreibtisch. Lagarde klappte einen neuen weißen Laptop auf und schaltete ihn ein. Die Startseite erschien.

»Den Laptop müssen wir untersuchen«, erklärte er. »Sie bekommen eine Liste über alle Gegenstände, die wir mitnehmen. Die Eltern von Mademoiselle Coudrin erhalten die Sachen zurück, wenn wir alles ausgewertet haben.«

Über dem Schreibtisch hing eine Pinnwand, an die Schnappschüsse von Anouk, Nathalie und Filou geheftet waren. Es waren fröhliche Fotos aus einer fröhlichen Zeit. Auf einem Schränkchen wurden ein Weitwinkelobjektiv in einem ledernen Beutel, ein Ladegerät, ein Fotorucksack und eine handliche Digitalkamera aufbewahrt. Die Kamera, zu der das Objektiv gehörte, fehlte.

»Wissen Sie, von welcher Marke der Fotoapparat ist, den Anouk besaß?«, fragte er.

»Es ist eine hochwertige Spiegelreflexkamera von Olympus. Anouk hat sie von ihrem Vater geschenkt bekommen und war sehr stolz darauf. Ich vermute, dass sie sie mitgenommen hat. Ein Teleobjektiv fehlt auch. Sie ging selten ohne Fotoapparat aus dem Haus.«

Der Kommissar ließ seine Blicke durch das Zimmer wandern. Schließlich ging er in die Knie und sah unter das Bett. Da war nichts.

Das Zimmer verfügte über eine hölzerne Umrandung, wie es sie früher häufig in Bauernhäusern gegeben hatte. Lagarde verrückte das Nachtkästchen und entdeckte dahinter eine Bohle, die ein wenig schief an der Wand saß und sich leicht entfernen ließ. Dahinter verbarg sich ein Versteck, das etwa fünfzehn Zentimeter hoch und dreißig Zentimeter breit war. Lagarde griff hinein und zog einen braunen Umschlag heraus. Er war nicht zugeklebt. Vorsichtig ließ er den Inhalt auf die Bettdecke gleiten, und verblüfft betrachteten die Ermittler die Gegenstände. Es handelte sich um ein grün-golden glitzerndes Eisschirmchen, eine Visitenkarte von der Brasserie Blauer Hummer in Cherbourg und einen rosa Granitstein.

Cleroc wandte sich an Nathalie. »Sagen Ihnen diese Sachen etwas?«

Sie schüttelte verwundert den Kopf. »Ich habe sie noch nie gesehen. Außerdem verstehe ich nicht, warum sie diese Dinge versteckt hat, das ist doch merkwürdig.«

Das fand Cleroc auch. Sein Kollege legte unter Zuhilfenahme eines Taschentuchs die Fundstücke in den Umschlag zurück. »Die Sachen nehmen wir auch mit.«

Ansonsten fanden sie nichts Relevantes mehr. Sie schlossen die Zimmertür und gingen gemeinsam ins Erdgeschoss zurück.

Als sie sich an der Gartenpforte von Mademoiselle Baye verabschiedeten, fiel Lagarde noch etwas ein. »Hatte Ihre Freundin ein Auto?«

»Ja, einen orangen Renault. Normalerweise steht er dort auf dem Stellplatz, aber er ist weg.«

»Wissen Sie, seit wann das Fahrzeug verschwunden ist?«

»Auf jeden Fall schon seit Donnerstagnachmittag. Vorher habe ich nicht darauf geachtet.«

»Kennen Sie das Modell und das Kennzeichen?«

»Ja. Es ist ein restaurierter, fünftüriger R 4, Baujahr 1992, mit Faltdach, Weißwandreifen, Alu-Felgen, Zweispeichen-Lenkrad und Revolverschaltung. Er hat 34 PS. Das Auto ist eine Rarität und unter Sammlern ein kleines Vermögen wert. Anouk hat es zu ihrem achtzehnten Geburtstag von ihrem Bruder bekommen. Pierre hat es monatelang unter großer Geheimhaltung hergerichtet und sie damit überrascht. Das Kennzeichen lautet: NM 827 AC, ihre Initialen.«

»Sie kennen sich aber gut aus.«

»Ich liebe Autos, die Nostalgie auslösen. Manchmal hat Anouk mir das Steuer überlassen, oder sie hat mir den Renault geliehen, dann bin ich mit offenem Faltdach die Küste entlanggefahren. Das war herrlich.« Wehmütig lächelte sie.

»Danke für die Info. Wir geben eine Suchmeldung heraus«, entschied Cleroc. Dann sah er Nathalie fragend an. »Was machen Sie mit dem Haus? Können Sie es behalten?«

»Jean, mein Vermieter, sagt, ich solle mir darüber jetzt keinen Kopf machen in der schwierigen Situation. Er will seine nette Mieterin nicht verlieren, deshalb lässt er mich günstiger wohnen, bis ich jemanden gefunden habe. Vielleicht hänge ich eine Notiz an das schwarze Brett in der Mensa und suche mir auf diesem Weg eine Mitbewohnerin. Wir müssten uns aber gut verstehen, ansonsten fühle ich mich nicht wohl.«

Cleroc nickte. Das konnte er verstehen. »Ist es Ihnen nicht zu einsam hier draußen?«

»Ich lebe gerne hier. Aber seit ich alleine bin, ist es nachts manchmal ein bisschen unheimlich.«

»Verriegeln Sie die Fenster und Türen gut, und halten Sie Ihr Handy griffbereit.«

Sie nickte tapfer. »Das mache ich. Ich kann auch jederzeit bei Alice und Jean übernachten, aber ich bin jetzt lieber für mich. Ich sehe mir Fotobücher von Anouk an und trauere um sie.«

Sie winkte ihnen nach, bis das Polizeifahrzeug in einer Staubwolke verschwunden war.

Auch Yves beobachtete sie. Er stand versteckt hinter einer Pappel und dichtem Schwarzdorngestrüpp. Gestern Morgen, als die Leiche von Anouk in dem Wasserloch entdeckt worden war, hatte er gerade im Café Picasso auf der Promenade einen Cappuccino getrunken. Er wusste sofort, dass sie es war. Dennoch war er in der allgemeinen Aufregung und Verwirrung unauffällig hinter den großen schwarzen Felsen entlanggegangen und hatte sich selbst vergewissert.

Er hatte einen Fehler gemacht. Das durfte nicht wieder vorkommen. Bei der rechtsmedizinischen Untersuchung würden sie feststellen, wie sie gestorben war. Und sie würden ihn suchen, aber finden würden sie ihn nicht. Sie wussten nicht, wer er war, wo er war, und sie kannten die Geschichte nicht, die ihn antrieb. Zufrieden und völlig von sich überzeugt lächelte er. Seine Züge hatten etwas Diabolisches. Schließlich machte er sich auf den Weg zu seinem Boot.

Die Kommissare waren nach Cherbourg zurückgefahren und hatten sich dort auf dem Parkplatz des Polizeipräsidiums voneinander verabschiedet. Cleroc war zum Abendessen mit seiner Lebensgefährtin Suzanne verabredet, und Lagarde musste um neunzehn Uhr in Barfleur sein. Er hatte seiner Freundin Camille versprochen, ihre siebenjährige Tochter Amélie abzuholen und auf sie aufzupassen. Ihre Mutter hatte für den Abend eine Einladung zum Essen, die sie unbedingt annehmen musste. Camille war alleinerziehend, und Lagarde sprang manchmal als Babysitter ein.

Er fand einen Parkplatz in der Rue du Port, wo die beiden in einem Granitsteinhaus wohnten. Pünktlich um neunzehn Uhr klingelte er an der Haustür. Der Summer ertönte, und er öffnete die Pforte. Über eine Holztreppe gelangte er in den ersten Stock. Amélie erwartete ihn bereits.

»Onkel Philippe!«, jubelte sie. »Bonsoir! Ich habe meinen Rucksack schon gepackt.« Ihr Hund Lali bellte zur Begrüßung und rannte um ihn herum.

Lagarde hob sie hoch, wirbelte sie durch die Luft, dann tauschten sie Wangenküsschen. Behutsam stellte er sie wieder auf den Boden.

»Bonsoir, Prinzessin Pippinette.« Das war der Kosename, den er sich für sie ausgedacht hatte. »Du hast dich aber chic gemacht.« Die Kleine strahlte. Die blonden Haare waren geflochten und steckten in Schneckenform am Kopf fest. Glänzende rosa Bänder in der Frisur passten zu ihrem pinkfarbenen Rüschenkleid und dem Nagellack. Die kleinen Füße steckten in weißen Sandalen. Camille erschien im Flur, in einem eleganten Kostüm und dezent geschminkt. Sie sah hübsch, aber ein bisschen gehetzt aus.

»Bonsoir, Philippe.« Sie umarmten sich und küssten sich auf die Wange. »Danke, dass du dich um meine Tochter kümmerst. Der Termin ist dienstlich, ich muss ihn wahrnehmen, das weißt du ja. Im Rucksack ist alles, was sie braucht.«

»Gut, wann soll ich sie wiederbringen?«

»Morgen früh gegen neun? Passt das? Ich lade dich zum Sonntagsfrühstück ein.«

»Neun passt gut. Aber mit euch frühstücken kann ich leider nicht, ich muss um zehn Uhr in Cherbourg sein.«

»Ein neuer Fall?«

»Es sieht ganz so aus.«

Nachdem sie sich verabschiedet hatten, machte sich Lagarde mit dem Mädchen und ihrem Hund auf den Weg zur Gendarmerie von Barfleur. Sie hielt seine Hand fest umklammert und hüpfte von einem Pflasterstein zum anderen. Lali wich ihr nicht von der Seite.

Die Regenfront war inzwischen weitergezogen, die Sonne stand blassgelb über dem Horizont und würde sich bald verabschieden. Eine milde Brise wehte. Die Fischerboote im Hafen lagen im Schlick. Es war Ebbe. Fußgänger flanierten auf der Promenade. Die meisten Tische der Restaurants und Cafés waren besetzt, es herrschte eine fröhliche Stimmung, man trank einen Aperitif und freute sich auf das bevorstehende Abendessen.

Die Gendarmerie von Barfleur lag am Ende der Mole neben dem Tourismusbüro. Die Flügeltüren aus Glas standen einladend offen. Als sie gerade das Gebäude betreten wollten, kam ein Eiswagen angefahren, angekündigt von einer Melodie, die aus dem Fahrzeug erklang. Gegenüber der Wache parkte er direkt am Kai. Amélie warf begehrliche Blicke auf die bunte Auslage. Sie zögerte kurz, dann fragte sie: »Ob man wohl vor dem Abendessen ein klitzekleines Eis essen kann?«

Lagarde grinste. »Ich denke schon. Komm, wir kaufen dir eins.«

Es dauerte eine Weile, bis das Mädchen sich entschieden hatte. Schließlich häufte der Verkäufer zwei Kugeln Erdbeere und Schokolade auf eine Waffel, die mit Schokoperlen verziert war. Nachdem Lagarde bezahlt hatte, überquerten sie die Straße und betraten den Empfangsbereich der Wache. Valérie und Roselin standen am Tresen und diskutierten lebhaft, so dass sie die Besucher zunächst gar nicht bemerkten.

Der korpulente Roselin Dumas war der Chef der Gendarmerie, Valérie seine Assistentin. Er hatte seine Dienstkrawatte gelockert, die Jacke ausgezogen, und seine Glatze mit dem grauen Haarkranz glänzte. Die Polizistin war erheblich jünger als er, schlank und sportlich. Sie trug ihre komplette Uniform, die ihr sehr gut stand. Die fuchsroten Haare waren unter der blauen Mütze zu einem Pferdeschwanz gebunden. Die grünen Augen funkelten angriffslustig in ihrem blassen Gesicht.

Es ging bei ihrer Diskussion mit Dumas nicht um eine Dienstangelegenheit, sondern um Brigitte, die jüngste Tochter des Gendarmen, die kürzlich achtzehn Jahre alt geworden war. Zurzeit befand sie sich auf einem Schüleraustausch in Schottland. Offenbar hatte sie ihrem Vater eine Postkarte geschickt und von einem George erzählt, der Fischer war, und nebenbei ganz süß. Roselin raufte sich empört die verbliebenen Haare.

»Ein Fischer namens George«, polterte er. »Hier trifft sie sich mit diesem Victor de Senneville, und in Schottland macht sie einem Fischer schöne Augen. Hat sie weiter nichts im Kopf als junge verantwortungslose Typen, die sie nur ausnutzen und verführen wollen? Sie soll dort ihre Englischkenntnisse verbessern und nicht herumpoussieren.« Er schnaubte entrüstet.

»Deine Tochter ist volljährig«, konterte seine Assistentin. »Sie kann doch nicht immer nur lernen, lass sie doch ein bisschen Spaß haben.«

»Spaß!« Jetzt bemerkte er den Besuch. »Philippe, Amélie, was macht ihr denn hier? Das ist ja eine schöne Überraschung.«

Sie begrüßten sich herzlich. »Wir möchten euch gerne zum Abendessen einladen«, erklärte Lagarde. »Habt ihr Zeit?«

»Das ist eine gute Idee«, antwortete Valérie. »Was habe ich für einen Hunger! Ich muss nur noch ein Protokoll fertig schreiben.«

Roselin fand auch Gefallen an der Einladung. Er hatte immer Appetit. »Ich muss noch zwei Telefonate führen. Dann mache ich Feierabend. Wollen wir uns in einer halben Stunde im Wind der Inseln treffen?« Das war ihr Stammbistro.

»Einverstanden«, stimmte Lagarde zu. »Treffen wir uns dort, ich freue mich. In der Zwischenzeit machen Pippinette, Lali und ich noch einen kleinen Abendspaziergang.«

Sie liefen zu der Wehrkirche Saint-Nicolas, die sich an der Hafeneinfahrt erhob, und banden Lali neben dem Eingangsportal fest. Amélie versprach ihr, dass sie bald zurückkommen würden.

Sie betraten das Gotteshaus aus wuchtigem Granit durch das Hauptportal. Das Schiff lag im Dämmerlicht. Es herrschte eine andächtige Stille, denn außer ihnen war niemand in der Kirche. Lagarde zeigte dem Mädchen das Weihwasserbecken, das perlmuttfarben schimmerte und die Form einer Auster hatte. Amélie durfte Kerzen anzünden, Philippe warf ein paar Münzen in den Schlitz der Spendenkasse. Sie wollte dann wissen, warum man Kerzen anzündete, und als Lagarde es ihr erklärt hatte, zählte sie auf, wen Gott beschützen sollte: ihre Maman, Lali, Philippe, Oma, Opa und Philibert, ihren liebsten Schulfreund.

Dann holten sie Lali wieder ab. Der Weg, der um die Kirche führte, endete an einer steinernen Plattform, von wo aus eine schmale Treppe direkt auf den

Strand führte. Die Ebbe hatte Algenteppiche und Felsbrocken freigelegt. Begeistert kletterte das Mädchen über die zerfurchten, feucht glänzenden Riffe aus Granit und sprang juchzend auf den nassen Sand, in dem der Wattwurm seine Spuren hinterlassen hatte. Unter den Steinquadern und in Ritzen suchten Wattfischer im letzten Tageslicht nach Wellhornschnecken und Taschenkrebsen. Direkt am Ufer fanden Lagarde und Amélie einige schöne Muscheln, die sie in ihrem Rucksack verstauten.

Als sie schließlich im Bistro eintrafen, wurde es bereits dämmrig. Das gelbe Licht der Straßenlaternen spiegelte sich in den Rinnsalen des Hafenbeckens. Grüne und rote Glühbirnen, an einem Kabel aufgereiht, beleuchteten das Deck eines Fischkutters und warfen Farbtupfer auf die Kaimauer. Die allmählich heranrollende Flut füllte den Hafen und brachte den Geruch von Fisch und Tang mit.

Valérie und ihr Chef saßen an einem Tisch auf der Terrasse nahe der Steinmauer und winkten. Lagarde und Amélie setzten sich dazu, Lali legte sich brav unter den Stuhl des Mädchens. Schon begrüßte sie Gaston, der Wirt, und nahm die Getränkebestellung auf. Zunächst wollten die Erwachsenen ein kaltes Kronenbourg, Amélie eine weiße Limonade. Gaston wies auf das Tagesmenü hin: Artischockenböden mit Kräuterquark, angerichtet auf Salat, Kaninchen mit Backpflaumen und Weißbrot, Käse und als Dessert Clafoutis, der berühmte Kirschauflauf mit Sahneklecks. Dazu empfahl der Wirt einen leichten Rotwein. Die Kleine verweigerte zurzeit Gemüse und mochte keine Wildgerichte, einigte sich dann aber mit Gaston auf Hackfleischbällchen in Tomatensauce und Pommes Frites. Er schenkte ihr ein Bonbon, um die Wartezeit zu versüßen. Als der erste Gang serviert worden war, unterhielten sie sich über eine Touristengruppe, die zu weit auf das Watt gelaufen und von der Flut überrascht worden war. Zum Glück hatte ein Bademeister ihre missliche Situation sofort erkannt und einen Rettungshubschrauber alarmiert, der die Menschen vor dem sicheren Tod retten konnte. Die Geschwindigkeit und die Wucht der heranrollenden Wellen wurden von unerfahrenen Touristen häufig unterschätzt, genauso wie Strömungen und Strudel. Ansonsten gab es die üblichen Probleme. Betrunkene randalierende Jugendliche nachts am Strand, Taschendiebstähle und Verkehrsdelikte. Also nichts Besonderes.

»Im Großen und Ganzen ist es ziemlich ruhig«, berichtete der Gendarm. »Es ist ja auch schon Nachsaison.«

Lagarde erzählte von seinen Fensterläden, die er streichen wollte, und eine Weile fachsimpelten sie über die verschiedenen Methoden, den alten Lack zu entfernen. Amélie hatte aufgegessen und langweilte sich ein wenig bei diesen Erwachsenenthemen. Sie fragte Lagarde, ob sie mit den Scheiben Weißbrot, die noch im Korb lagen, gegenüber auf der Mole Möwen füttern dürfe. Er hatte nichts dagegen und bat sie nur, in der Nähe zu bleiben. Lali begleitete sie natürlich. Als das Mädchen den dunkel werdenden Himmel nach Möwen absuchte, nutzte Lagarde die Gelegenheit, auf das Thema zu kommen, das ihn beschäftigte. Mit Ludovic hatte er sich bereits abgesprochen. »Gestern Morgen wurde im Watt von Barneville eine Wasserleiche gefunden«, begann er. »Eine junge Frau, Anouk Coudrin.«

»Davon haben wir gehört«, antwortete Roselin. »Ist das arme Mädchen ertrunken?«

»Nein, Delphine hat bei der Autopsie eindeutig festgestellt, dass sie getötet wurde. Jemand hat sie erstickt.«

»Mon Dieu! Wie schrecklich.«

Valérie sah ihn bedrückt an. »Schon wieder ein Mordfall auf unserer Halbinsel. Erst Anfang Juni wurde doch dieses Paar auf einem Hochsitz im Wald von Gonneville erschossen.«

Lagarde nickte mit ernster Miene. »Frank Lanoux hat mich gebeten, Ludovic zu unterstützen. Es könnte sein, dass bereits vor einem Jahr eine junge Frau einem ähnlichen Verbrechen zum Opfer gefallen ist. Bisher wissen wir nur, dass sie verschwunden und nie mehr aufgetaucht ist.«

»Du meinst, ein Serienkiller ist dafür verantwortlich?«

»So weit will ich jetzt nicht gehen, aber ganz ausschließen kann ich es auch nicht.«

Der Gendarm war mit dem köstlichen Kirschauflauf beschäftigt, doch seine Assistentin ahnte, welches Anliegen der Kommissar hatte. Die hellen Augen begannen zu glänzen.

»Ich mache es kurz«, fuhr Lagarde fort. »Wir brauchen eine Frau, die uns bei den Ermittlungen unterstützt. Bei manchen Befragungen ist es einfach besser, wenn eine weibliche Person dabei ist oder das Gespräch führt. Die Praktikantin von Ludovic, Karima, ist für drei Wochen nach Marokko geflogen, weil ihre Großmutter gestorben ist. Die Polizistin von der Gendarmerie Barneville-Carteret ist hochschwanger und hat außerdem keinerlei Erfahrung mit Kriminalfällen.«

Roselin hatte noch immer nicht begriffen, worauf er hinauswollte. Das köstliche Dessert lenkte ihn ab.

Lagarde wurde deutlich. »Wir brauchen Valérie, aus den schon genannten Gründen. Außerdem ist sie bei Internetrecherchen unschlagbar.«

Der Gendarm sah ihn überrascht an, seine Assistentin strahlte. Nachdenklich strich er über seinen Haarkranz. »Natürlich, wenn wir helfen können, vorausgesetzt, Valérie ist einverstanden.«

»Sicher bin ich einverstanden. Was für eine Herausforderung.« Sie war ganz aufgeregt.

»Gut«, meinte ihr Chef. »Wie wir schon erzählt haben, ist derzeit nicht so viel los.« Er wandte sich an die

Polizistin. »Alain kann dich vertreten, das macht er bestimmt gern.« Doch selbst wenn viel zu tun gewesen wäre, wäre der Gendarm Lagardes Bitte nachgekommen. Der Kommissar hatte ihm vor einiger Zeit unter dramatischen Umständen das Leben gerettet. Seitdem waren sie beste Freunde.

Lagarde bedankte sich für die Hilfe. Als der Mokka serviert wurde, kam Amélie zurück und kuschelte sich auf den Schoß ihres Babysitters. »Ich bin müde.«

»In Ordnung, dann gehen wir jetzt. Ich muss nur noch die Rechnung bezahlen.«

Sie rieb sich die Augen. »Hmm.«

Nachdem sie sich von den Gendarmen verabschiedet hatten, fuhr er zu seinem Haus. Amélie war in ihrem Kindersitz eingeschlafen. Er stellte sein Auto im Vorgarten ab und trug das Mädchen über die Treppe in das Gästezimmer. Behutsam legte er sie auf das Bett, zog ihr die Sandalen aus und deckte sie zu. Lali rollte sich zu ihren Füßen zusammen.

In der Küche schenkte er sich ein Glas Wein ein und setzte sich dann an den Holztisch auf der Terrasse. Alexandre war nirgendwo zu sehen. Wahrscheinlich jagte er Mäuse, die er Lagarde als Geschenk bringen würde. Seit er mit Katzenmilch und Paté verwöhnt wurde, fraß er keine Mäuse mehr.

Nachdenklich trank er einen Schluck Wein und begann sich Notizen zu machen. Er hoffte wie seine Kollegen, dass der Mord an Anouk Coudrin eine Einzeltat war. Aber er glaubte es nicht. Die Tatsache, dass die beiden Frauen am gleichen Tag verschwunden waren und sich so ähnlich sahen, fand er äußerst beunruhigend.

SONNTAG,
11. SEPTEMBER 2016

DER STRANDGUTSAMMLER

Am Sonntagmorgen brachte Philippe Amélie zu ihrer Mutter. Anschließend kaufte er beim Bäcker Croissants sowie Pains au Chocolat und holte Valérie von zu Hause ab.

Während der Fahrt wollte er sie über den aktuellen Stand der Ermittlungen informieren. Die Besprechung sollte um zehn Uhr im Polizeipräsidium von Cherbourg stattfinden. Da sie gut in der Zeit lagen, beschloss Lagarde, über die landschaftlich attraktivere Küstenstraße zu fahren. Weit draußen lag still der tintenblaue Ozean. Dunstschleier stiegen auf und verdeckten die Sonne. Auf einer Felsnase erhob sich der weiße Leuchtturm von Cap Lévy. Auf dieser Strecke traf man an einigen Stellen auf schöne Aussichtspunkte. Eine weite Bucht erstreckte sich vor ihnen, in der sich auf einem Hügel, eingekeilt zwischen Steinriesen, eine kleine Ansiedlung von Granithäusern befand. Aus einem Seekiefernwald spitzten der Erker eines Schieferdaches und zwei Kamine hervor. Kurz vor Fermanville passierten sie ein Herrenhaus, dessen imposante Flügel von einem Turm miteinander verbunden waren. Weinlaub und rotes Geißblatt rankten sich das Mauerwerk hinauf.

Pünktlich versammelten sie sich um den runden Tisch in Ludovics Büro. Cleroc hatte Kaffee und Wasser organisiert und das Gebäck in einem Korb angerichtet. Delphine stand, wie immer vor Besprechungen, am offenen Fenster und rauchte. Der Hauptkommissar begrüßte die Anwesenden und bedankte sich bei Valérie für ihre Bereitschaft, sie bei ihren Ermittlungen zu unterstützen. Er hatte schon öfter mit der Polizistin zusammengearbeitet und schätzte sie sehr. Sie war engagiert, intelligent, loyal, und sie dachte mit. Ihm fiel auf, dass sie abgenommen hatte und noch blasser war als sonst. Hoffentlich wurde sie nicht krank.

»Beginnen wir«, sagte er. »Es gibt einiges zu besprechen. Möchtest du anfangen, Delphine?«

Die Ärztin drückte die Zigarettenkippe aus und warf sie aus dem Fenster. Als sie sich an den Tisch gesetzt hatte, schlug sie ihre Mappe auf. »Der Bericht vom Labor ist da. Wie ihr bereits wisst, befand sich auf dem Kleid der Toten ein Fleck. Dabei handelt es sich um Blut. Es stammt jedoch nicht vom Opfer. Ein Kollege hat die DNA in alle nationalen und europäischen Polizeiregister eingegeben, aber das Ergebnis ist negativ, sie ist nirgends erfasst.«

»Es könnte also sein, dass es Blut vom Täter ist«, meinte Lagarde.

»Möglich. Es kann aber auch von einer anderen Person stammen.«

Cleroc nickte zustimmend und blätterte in seinen Unterlagen. »IT-Spezialisten haben sich den Laptop von Anouk Coudrin vorgenommen. Sie hat sich in Mails mit Freunden und ihrem Bruder Pierre über private Dinge ausgetauscht. Weiter stand sie in Kontakt mit einem Professor für Psychologie. Es ging um Studienangelegenheiten, aber dabei haben wir nichts Auffälliges gefunden. In einem Ordner für das Studium lagen Hausarbeiten und Artikel aus einschlägigen Fachzeitschriften. Im Ordner »Privat« befinden sich Hunderte von Fotografien von Menschen, Landschaften und viele von ihrem Hund. Auf einigen Ablichtungen ist sie selbst zu sehen. Entweder, sie hat sie mit Selbstauslöser aufgenommen, oder eine andere Person hat sie gemacht.« Er seufzte. »Davon habe ich mir mehr versprochen.«

Lagarde ergriff das Wort. »Ich schlage vor, dass sich Valérie die Fotografien genau ansieht. Die Techniker kennen den Fall nicht so detailliert wie wir. Valérie ist ab jetzt bei den Besprechungen dabei und hat dadurch einen ganz anderen Bezug dazu. Anouk Coudrin ist am fünften September verschwunden, am neunten September wurde ihre Leiche gefunden. Wie wir schon gesagt haben, müssen wir herausfinden, wo sie war. Wann und wo hat sie ihren Mörder getroffen? Wie hat er sie gefunden? Was hat er mit ihr gemacht?

War sie ein Zufallsopfer oder hat er sie ausgewählt? Aufgrund welcher Kriterien? Vielleicht haben sie sich schon länger gekannt, und der Täter hat sich ihr Vertrauen erschlichen? Vielleicht ist sie freiwillig mit ihm gegangen? Hat er sie gewaltsam verschleppt? Valérie soll sich die Menschen auf den Fotos anschauen, besonders die Männer und die Personen, mit denen sie zusammen auf einem Bild ist.«

Die Polizistin sah ihn aufmerksam an. »Du meinst, sie hat ihren Mörder fotografiert?«

»Warum nicht? Einen Versuch ist es wert.«

»In Ordnung. Ich kümmere mich darum.«

Lagarde überlegte. »Nathalie Baye war vom sechsten bis zum achten September mit einem Mann unterwegs, den sie zufällig auf einer Strandparty kennengelernt hatte. Vielleicht war die Begegnung gar nicht so zufällig. Wir sollten ihn auf jeden Fall überprüfen. Er heißt Anton Falkenberg, ist Deutscher und lebt in Bamberg. Dort unterrichtet er an einem Gymnasium.«

Valérie machte sich eifrig Notizen. »Ich werde sehen, was ich über ihn herausfinde.«

»Danke.«

Cleroc las in seinen Unterlagen und blickte dann in die Runde. »Das Smartphone von Anouk Coudrin ist verschwunden, es kann nicht geortet werden. Wenn man die Nummer wählt, kommt die automatische Ansage des Anbieters.«

»Wahrscheinschlich liegt es auf dem Meeresgrund«, mutmaßte die Rechtsmedizinerin. »Wenn unsere Annahme richtig ist, dass sie über Bord geworfen wurde, hat der Täter das Handy vielleicht auch ins Wasser geworfen. So hätte ich es gemacht. Dadurch ist es auf Nimmerwiedersehen entsorgt.« Sie wandte sich an Lagarde. »Wir nehmen doch an, dass die Leiche drei bis fünf Kilometer weit draußen von einem Boot aus in die See geworfen wurde. Ist da irgendetwas? Eine Insel, meine ich?«

Der Kommissar schüttelte den Kopf. »Da ist nichts. Nur Wasser. Die Écréhou-Inseln liegen weiter draußen, knapp fünfzehn Kilometer vom Festland entfernt. Jersey und Guernsey sind noch erheblich weiter weg.«

»Die Kamera des Opfers fehlt«, erinnerte Cleroc. »Wenn sie nicht auch auf dem Meeresgrund liegt, finden wir sie vielleicht. Okay, was haben wir noch? Philippe hat in einem Versteck im Zimmer von Anouk Coudrin einen Umschlag gefunden.« Er stand auf, holte vier Beweismittelbeutel aus einer Schublade und legte sie auf den Tisch. Die Polizistin betrachtete die Gegenstände voller Interesse. »Ein Eisschirmchen.« Sie lächelte. »Diese schillernden Fächer habe ich als Kind gesammelt, ich war ganz verrückt danach. Dann gibt es noch die Visitenkarte eines Restaurants und einen rosa Stein. Was hat das zu bedeuten?« Sie überlegte. »Wo kommt dieser Stein her?«

»Das ist ein rosa Granit«, klärte Lagarde sie auf. »Diese Steine gibt es an der Côte de Granit Rose, der Rosa Granitküste. Das ist ein Landstrich an der Nordküste der Bretagne bei Lannion. Vielleicht hat sie ihn dort am Strand gefunden oder jemand hat ihn ihr geschenkt.«

Cleroc ergriff das Wort. »Die Frage ist doch, warum sie diese Gegenstände versteckt hat? Sie wohnte mit Nathalie Baye zusammen. Sollte ihre Freundin sie nicht sehen? Warum nicht?«

»Anouk Coudrin hat ihrer Freundin gegenüber eine Andeutung gemacht«, griff Lagarde den Faden auf. »Sie erwähnte, dass sie jemanden kennengelernt hätte. Nehmen wir an, sie hat einen Mann kennengelernt und sich mit ihm getroffen, und sie wollte nicht, dass Nathalie Baye davon erfährt. Aber weshalb nicht? Ich hatte den Eindruck, dass sie sich prächtig verstanden und gute Freundinnen waren.«

Cleroc zuckte die Schultern. »Sie wollte ihr Geheimnis vielleicht zunächst für sich behalten. Womöglich war sie sich nicht sicher, ob etwas daraus wird.«

»Das ist durchaus vorstellbar«, entgegnete Lagarde. »Wir müssen mit dem Personal des Blauen Hummers reden. Das ist unser einziger konkreter Anhaltspunkt. Solche glänzenden Wedel gibt es in jeder Eisdiele. Der rosa Granit bringt uns im Moment auch nicht weiter. Ich gehe aber davon aus, dass diese Souvenirs eine große Bedeutung haben.«

»Das glaube ich auch«, bestätigte Cleroc. Er deutete auf den vierten Plastikbeutel. »Dieser auffällige Ohrring bereitet uns Kopfzerbrechen. Das Labor hat festgestellt, dass es sich um eine ungewöhnliche Legierung mit einem hohen Anteil an Bronze handelt. Auffällig ist auch das Gewicht. Die zuständige Kollegin hat uns geraten, den Ohrring von einem Goldschmied beurteilen zu lassen. Ein solcher Spezialist weiß vielleicht, wo dieser Schmuck hergestellt wird und wie wertvoll er ist. Das könnte uns weiterbringen.«

»Ich kenne eine Goldschmiedin, die ihr Geschäft in Barfleur hat«, sagte Valérie. »Wir reiten manchmal zusammen aus. Ich kann sie bitten, sich das Schmuckstück anzusehen.«

»Das ist eine gute Idee«, lobte Lagarde sie. »Ich habe das Gefühl, dass der Ohrring wichtig ist, er hat eine besondere Bedeutung. Auch die Abbildung der Meerjungfrau und der Buchstabe *L*. Wofür steht das *L*? Wir haben im Zimmer von Anouk Coudrin kaum Schmuck gefunden, nur eine einfache Uhr, einen Freundschaftsring und ein Bettelarmband. Also keine teuren exklusiven Schmuckstücke. Es kann sein, dass jemand ihr den Ohrring geschenkt hat.«

Ein Gedanke schoss Delphine durch den Kopf. »Es könnte auch sein, dass jemand ihr den Schmuck angelegt hat, als sie schon tot war. Dann hat der Ohrclip einen symbolischen Charakter.«

Valérie fand diese Vorstellung entsetzlich. Sie bekam eine Gänsehaut. Lagarde sah die Rechtsmedizinerin nachdenklich an. »Das halte ich für möglich. Dieser Gedanke passt auch zu der nächsten offenen Frage: Warum mussten die Haare des Opfers abgeschnitten werden?«

Keiner wusste darauf eine Antwort. Er fuhr fort. »Was mir wirklich Kopfzerbrechen macht, ist, dass beide Frauen am gleichen Tag verschwunden sind. Das kann kein Zufall sein.«

»Du denkst, Véronique Rimbaud ist tot?«

»Ich fürchte, ja.«

Christelle Besnard machte ihren Morgenspaziergang, der ihr, seit sie in Rente gegangen war, ein liebes Ritual geworden war. Bei Wind und Wetter drehte sie ihre Runde. Heute jedoch war ein schöner sonniger Tag. Von Westen her wehte eine leichte Brise. Sie verließ den kleinen Ort Saint-Germain-sur-Ay in südlicher Richtung und folgte einem schmalen Pfad, der zu den Dünen führte. Ihr Ziel war der Mündungstrichter des Flüsschens Ay. Das Dünenband der Westküste des Cotentin wurde von acht natürlichen Fluthäfen unterbrochen, die eine Kette bildeten. Diese Laune der Natur war in Europa einzigartig. Auf der Dünenlandschaft oberhalb des riesigen Trichters gab es ein Brutgebiet, in dem Hunderte von Brandseeschwalben eine Kolonie bildeten und ihre Eier in Mulden ausbrüteten.

Etwa vierundzwanzig Tage hatten die Eltern ihre Eier gewärmt. Jetzt verließen die Jungen das Nest und erkundeten unter der Aufsicht ihrer Eltern die Umgebung. Christelle hatte sich angewöhnt, die Vögel aus einiger Entfernung mit dem Fernglas zu beobachten, um sie nicht zu stören. Die Vögel waren treffsichere Stoßtaucher und ernährten sich von Weichtieren. Ihre krächzenden Schreie durchdrangen die Luft. Christelle beobachtete gerne Tiere. Einmal hatte sie auf einer Sandbank am Rand des Naturhafens sogar zwei Seehunde entdeckt, die sich in der Sonne aalten.

Sie lief an einem kleinen Parkplatz vorbei, von dem aus man nur noch zu Fuß weiterkam. Genutzt wurde die sandige, von einem Lattenzaun umgrenzte Fläche von Wattfischern, Schwimmern und Spaziergängern. Heute stand nur ein Auto auf dem Platz, ein oranger Renault. Christelle wunderte sich. Das Fahrzeug stand schon einige Tage dort, an der gleichen Stelle. Offenbar war es nicht bewegt worden. Es war ihr aufgefallen, weil es altmodisch und sehr gepflegt aussah. Neugierig spähte sie in den Innenraum des Wagens. Auf dem Rücksitz lagen eine Decke, ein Kissen und ein zerkauter Tennisball, ansonsten konnte sie nichts Besonderes sehen. Die ganze Sache kam ihr seltsam vor, und sie beschloss, später bei der Gendarmerie vorbeizugehen und ihre Entdeckung zu melden.

Zufrieden mit dieser Lösung wanderte sie weiter. Der Weg führte jetzt bergauf und schlängelte sich durch Ginsterbüsche und Teppiche von weiß-rosa Strandastern. Als sie den Picknickplatz erreichte, setzte sie sich auf die Bank. Sie genoss den Ausblick, der sich ihr bot. Ein viele Kilometer langes, breites Sandband lag vor ihr, und der tiefblaue Ozean erstreckte sich bis zum Horizont. Auf der heranrollenden Brandung tanzten Schaumkronen. Das stetige Rauschen erfüllte sie mit Ruhe. Sie holte Croissants und eine Thermoskanne mit Milchkaffee aus ihrer Tasche, genoss langsam den ersten Schluck und schlug die Sonntagsausgabe des *Ouest-France* auf. Bald fiel ihr Blick auf ein Foto, das eine hübsche junge Frau mit einem Hund zeigte. Sie kam ihr bekannt vor, dann fiel es ihr ein. Sie hatte die Frau manchmal hier gesehen, wie sie Wanderungen durch die Dünen machte oder mit ihrem Hund am Strand spielte. Einmal hatte sie sich trotz Regen und kaltem Wind in die Dünung gestürzt und war weit hinausgekrault. Das Tier hatte am Strand auf sie gewartet. Als sie an das Ufer zurückgekehrt war, hatte sie ihren Badeanzug ausgezogen und war in Shorts und Pullover geschlüpft. Sie hatte sich in den Sand gesetzt und auf die unruhige See gestarrt. Christelle hatte irgendwie das Gefühl gehabt, dass sie einsam war.

Unter dem Foto stand eine Telefonnummer. Die Polizei bat die Bevölkerung um Unterstützung. Sie seien für jeden Hinweis dankbar. Christelle dachte an die sportliche, unerschrockene Frau, die so melancholisch auf sie gewirkt hatte. Seit einiger Zeit hatte sie sie nicht mehr gesehen. Ihr war doch hoffentlich nichts passiert? Unruhe erfasste sie. Entschlossen griff sie nach ihrem Handy und tippte die angegebene Nummer ein.

Portbail war ein beliebter Ferienort mit Fährverbindungen zu den Kanalinseln und lag ebenfalls an einer Trichtermündung. Nördlich und südlich der Bucht erstreckten sich Strände mit feinem Sand. Eine dreizehnbogige Brücke verband den Ort mit dem Jachthafen, der sich in einem ehemaligen Gezeitendock befand. Durch eine Mole wurde der Hafen vor dem Meer geschützt. Das Städtchen wurde von der Kirche Notre-Dame überragt, einem eindrucksvollen Granitsteinbauwerk, dessen Mauern aufgrund des rauen feuchten Klimas verwittert und die Sockel mit Algen überzogen waren. Der wuchtige Turm verlieh dem Gotteshaus einen wehrhaften Charakter. Da Niedrigwasser war, lagen die Boote im Schlick. Männer standen auf Steinquadern unter der Brücke und angelten im seichten Wasser.

Adeline Hebert lag am Nordstrand auf einer Badematte und sonnte sich. Neben ihr hatte sich ihr Hund, ein weißer Malteser namens Rocci, ausgestreckt.

Yves stand neben dem Gebäude des Jachtclubs, verborgen von einem Strauch, und beobachtete sie. Seine braunen Locken hatte er unter einer Baseballmütze versteckt, und er trug eine verspiegelte Sonnenbrille. Er sah aus, wie Hunderte von anderen Sommerfrischlern auch.

Der schwarze Bikini verdeckte nur wenig von Adelines vollkommenem Körper. Zärtlich ließ er seine Blicke darüber gleiten. Sie hatte schlanke Arme und Beine und kleine feste Brüste. Die langen blonden Haare trug sie heute zu einem Pferdeschwanz gebunden. Ihre meergrünen Augen über der filigranen Nase, den vollen Lippen und hohen Wangenknochen waren geschlossen. Er fand sie sehr schön und begehrenswert. Bisher war alles nach Plan verlaufen. Vor zwei Tagen hatte er sie zum ersten Mal angesprochen. Zunächst hatte sie misstrauisch und abweisend reagiert. Als er ihren Hund bewunderte, der sich von ihm hinter den Ohren kraulen ließ, wurde sie zugänglicher. Sie spielten mit dem Malteser am Strand Frisbee. Danach hatte sie Durst, und er lud sie in das Café Aux Treize Arches, An Den Dreizehn Brückenbögen, ein. Sie unterhielten sich über Gott und die Welt und lachten viel. Gestern hatten sie einen langen Strandspaziergang gemacht und waren schließlich in einer Eisdiele eingekehrt. Dabei hatte er ihr von seinem Boot erzählt und sie mit seinen Schilderungen begeistert. Schon immer wollte sie von einem Schiff aus in den Ozean springen. Für heute waren sie verabredet und wollten mit dem Boot einen Ausflug machen. Die Idee war von ihr gekommen. Er konnte sein Glück kaum fassen.

Adeline setzte sich auf, sah auf die Armbanduhr und ließ ihre Blicke ungeduldig über den Strand schweifen. Er lächelte zufrieden. Sie wartete auf ihn. Ein wunderschöner, ereignisreicher Tag lag vor ihnen, und diesmal würde sein Plan funktionieren. Bis zum Ende.

Nachdem Christelle Besnard mit einem Polizisten in der Zentrale von Cherbourg gesprochen hatte, machten sich Cleroc, Lagarde und Valérie auf den Weg nach Saint-Germain. Die Anruferin hatte sich bereit erklärt, am Dünenparkplatz auf sie zu warten. In der Zwischenzeit würde sie Vögel beobachten und die Zeitung lesen.

Sie fuhren nach Barneville-Carteret und nahmen dann die Küstenstraße, die sie zu ihrem Zielort führte. Sie fuhren an einem alten Dorf vorbei und erreichten schließlich die Ferienhaussiedlung. Dort sollten sie der Hauptstraße nach Süden folgen, bis sie an eine verfallene Mühle kamen, hinter der der Weg zum Parkplatz begann.

Als sie dort ankamen, sahen sie eine ältere Dame, die offenbar auf sie wartete. In Jeans, Pullover und Turnschuhen lehnte sie am Lattenzaun und hatte ihre Tasche neben sich auf den Boden gestellt. Ihre Sonnenbrille hatte sie in die kurzen grauen Locken geschoben. Sie winkte. Die Polizisten stiegen aus und stellten sich vor. Als sie »Kriminalpolizei« hörte, runzelte sie beunruhigt die Stirn.

»Sind Sie Madame Besnard?«, fragte Cleroc. »Die Dame, die angerufen hat?«

Sie lächelte ihn freundlich an. »Ja, die bin ich. Christelle Besnard. Ich wohne in Saint-Germain in der Rue Bordeaux und mache häufig Spaziergänge hier in der Gegend. Als ich vorhin die Zeitung gelesen habe, ist mir das Foto aufgefallen, das die Polizei veröffentlicht hat. Die Aufnahme mit der jungen Frau und dem Hund. Da stand, dass sie Anouk Coudrin heißt und einundzwanzig Jahre alt ist. Ihr ist doch hoffentlich nichts zugestoßen?«

»Leider doch. Sie ist tot.«

»Was ist denn passiert?«

»Ihre Leiche wurde am Freitag im Watt gefunden. Haben Sie es nicht in der Zeitung gelesen?«

»Doch natürlich. Alle reden darüber. Hier, an der rauen Westküste, ertrinken jedes Jahr Menschen. Sie unterschätzen die Strömung, es ist so schrecklich. Aber es stand kein Name in der Zeitung, und ich wusste nicht, dass sie es war. Außerdem hätte mir der Name auch nichts gesagt.«

»Haben Sie sie gekannt?«

»Nein, ich habe sie nur ein paarmal hier gesehen. Seit dem Sommer vielleicht drei-, viermal. Sie war immer mit ihrem Hund unterwegs. Ich kann mich daran erinnern, dass sie Fotos gemacht hat. Mir ist aufgefallen, dass sie immer alleine war. So eine hübsche junge Frau …«

»Haben Sie sie nie in Begleitung gesehen?«, wollte Lagarde wissen.

»Nein, ich glaube nicht. Oder warten Sie mal. Vor ungefähr zwei Wochen saß sie am Strand nahe der Trichtermündung. Da hat sie mit einem Mann gesprochen.«

»Wie sah er aus?«

»Es war ein älterer Mann. Er war einfach gekleidet und hatte einen Plastiksack bei sich. Ich habe ihn schon öfter am Strand gesehen. Er trägt immer einen schwarzen Schlapphut. Im Dorf wird erzählt, dass es sich um einen Obdachlosen handelt, einen Strandgutsammler. Solche Menschen sammeln Sachen, die andere am Strand verloren oder vergessen haben. Und natürlich Dinge, die die Flut anspült. Sie verkaufen die Fundstücke und verdienen sich so ein paar Cent.«

»Wissen Sie, wo wir den Mann finden können?«

»Die Bäckerin hat einmal erzählt, dass er in einer alten, verlassenen Muschelhütte wohnt.«

»Und wo ist diese Hütte?«

»Sie befindet sich auf dem Brachland zwischen dem Naturhafen und dem Hauptort.«

»Wie kommen wir dahin?«

»Auf jeden Fall nicht mit dem Auto. Sie müssen zu Fuß gehen. Folgen Sie einfach dem Wanderweg, der am Trichter entlangführt. Am Ende halten Sie sich links und laufen noch ungefähr dreihundert Meter. Dann sehen sie die kleine Ansiedlung zwischen Schilfpflanzen.«

»Danke, Madame Besnard.« Lagarde reichte ihr seine Visitenkarte. »Wenn Ihnen noch etwas einfällt, rufen Sie bitte an. Jeder Hinweis ist wichtig für uns.«

Sie sah ihn kritisch an. »Sie ist nicht ertrunken, nicht wahr?«

»Es tut mir leid, Madame, aber über laufende Ermittlungen dürfen wir keine Auskunft geben.«

»Ich verstehe. Hoffentlich konnte ich Ihnen helfen. Es tut mir so leid um das Mädchen.« Kurz überlegte sie. »Ach ja, mir ist noch etwas aufgefallen.« Sie deutete auf den Renault. »Er steht schon seit einigen Tagen hier.«

Die Polizisten hatten ihn schon bemerkt. Es war zweifelsfrei das Auto von Anouk Coudrin. Sie würden es mit einem Tieflader abtransportieren und in die technische Halle der Spurensicherung in Cherbourg bringen lassen. »Wissen Sie, wie viele Tage er hier schon steht?«, fragte Cleroc.

»Leider nicht genau. Ich habe zunächst nicht darauf geachtet. Mir ist er erst aufgefallen, als er da alleine immer an der gleichen Stelle stand. Ich schätze, vielleicht fünf oder sechs Tage?«

»Das ist schon in Ordnung. Sie haben uns sehr geholfen. Dürfen wir Sie nach Hause fahren?«

»Nein, danke. Ich laufe lieber. Au revoir.«

»Au revoir, Madame Besnard.«

Die Frau machte sich auf den Weg und verschwand bald hinter einer Düne.

Die Polizisten folgten dem Wanderweg, den sie ihnen gezeigt hatte. Im Gänsemarsch liefen sie am Rand des Trichters entlang. Unterhalb von ihnen saß ein Pärchen auf dem feinen Sand und machte ein Picknick. Sonst war niemand zu sehen. Nach einigen Hundert Metern zwischen Flechten, Wildblumen und Strandhafer erreichten sie die Abzweigung. Sie hielten sich links, wie Madame Besnard gesagt hatte. Durch hohe Schilfgräser und wild wuchernden Bambus bahnten sie sich ihren Weg über den sumpfigen Boden. In der Ferne glänzte das Schieferdach des Kirchturms im Sonnenlicht wie Blei. Die verlassenen Hütten der Muschelzüchter lagen an einem ausgetrockneten Flussbett. Es waren einige schlichte, windschiefe Holzhäuser, deren Wände von der Sonne ausgebleicht waren. Im Wellblechdach eines Hauses klaffte ein großes Loch, eine andere Behausung hatte keine Tür mehr. Ein Fensterladen war aus der Verankerung gerissen, und unter der Dachrinne, in einer Nische, hatte ein Bienenvolk seinen Stock gebaut. Das stetige Summen durchdrang die Stille. Die ehemaligen Holzpoller für die Boote reihten sich krumm am Ufersaum. Ein früher wohl flaschengrünes Ruderboot lag auf dem Grund des Bettes.

Bei einer Hütte, die etwas abseits lag, waren die Fensteröffnungen mit Plastikfolie geschützt. Die Läden saßen in den Verankerungen, und das lecke Dach war notdürftig repariert worden. In einem Beet neben der Seitenwand wuchsen Gemüse und Kräuter. Vor dem Häuschen stand eine blau lackierte Sitzbank.

Lagarde klopfte an die schmale Eingangstür. Nichts geschah. Er klopfte erneut. »Machen Sie bitte auf, Kriminalpolizei. Wir wollen mit Ihnen reden.«

Stille lag über der Ansiedlung. Plötzlich ertönte ein Rumpeln hinter dem Haus. Die Polizisten rannten um die Hütte und sahen gerade noch einen Mann, der im Schilf verschwand. »Polizei!«, rief Cleroc. »Bleiben Sie stehen! Sofort! Wir haben einige Fragen an Sie.«

Die Halme des Schilfgrases zitterten, als der Mann sich entfernte. Sie setzten ihm nach, und Lagarde erreichte ihn als Erster. Er packte ihn am Arm, riss ihn herum und zwang ihn stehenzubleiben. Dabei fiel der Schlapphut zu Boden. Entsetzte Augen starrten ihn aus einem faltigen grauen Gesicht an.

»Was wollen Sie von mir? Ich habe nichts getan.«

»Wir wollen nur mit Ihnen reden. Kommen Sie bitte, gehen wir doch in Ihre Hütte.« Lagarde ließ ihn los und zeigte ihm seinen Dienstausweis. »Es gibt nur ein paar Fragen.« Der Mann hob seinen Hut auf und umklammerte mit der anderen Hand noch immer den Plastiksack, den er auf seiner Flucht mitgenommen hatte.

»Also gut, ich habe ja wohl keine Wahl. Kommen Sie mit, aber wundern Sie sich nicht, ich lebe sehr einfach.«

Die Hütte bestand nur aus einem einzigen Raum. Durch die kleinen Fenster drang wenig Licht. Es roch muffig und feucht. In einer Ecke lagen auf einer alten Matratze ein Schlafsack und einige zerschlissene Decken, sowie ein Kissen mit einem weißen Überzug. Auf einem Holzbrett, das an der Wand befestigt war, standen ein Gaskocher, eine Petroleumlampe und einige Konservendosen. Es gab einen einfachen Tisch, einen Stuhl und einen Hocker. In einem provisorischen Regal aus Sperrholzkisten wurden Geschirr und wenige Kleidungsstücke aufbewahrt, die gewaschen und ordentlich gestapelt waren. Darauf stand eine bauchige Weinflasche, in der eine Kerze steckte. Valérie stellte fest, dass die Hütte karg und ärmlich eingerichtet, aber sauber war. Sogar der Boden war gefegt.

Der Mann sank auf den Stuhl, griff nach der Rotweinflasche, die auf dem Tisch stand und füllte ein benutztes Wasserglas, das er in einem Zug wieder leerte. Seine Hände zitterten. Valérie setzte sich unaufgefordert auf den Hocker. Die Kommissare blieben stehen.

»Wie heißen Sie?«, fragte Cleroc.

»Édouard Rivette.«

»Kann ich bitte Ihren Ausweis sehen?«

»Den habe ich verloren.«

»Dann sagen Sie mir bitte Ihr Geburtsdatum und an welchem Wohnort Sie zuletzt gemeldet waren.«

»Ich bin am dritten Februar 1959 in Narbonne geboren. Zuletzt gemeldet war ich in Nantes.«

»Wir werden das überprüfen. Können Sie sich vorstellen, warum wir mit Ihnen sprechen wollen?«

»Nein. Überhaupt nicht.«

»Warum sind Sie weggelaufen?«

»Strandgut sammeln ist in Frankreich seit einiger Zeit verboten. Als ich ›Polizei‹ hörte, dachte ich, Sie kommen deswegen, und bin in Panik geraten. Aber Sie sind ja von der Kripo.«

»Das ist richtig. Für gesammeltes Strandgut sind wir nicht zuständig. Es geht um Folgendes, Monsieur Rivette. Am Freitag wurde im Watt von Barneville eine tote Frau gefunden. Wir untersuchen den Fall.«

»Damit habe ich nichts zu tun.«

»Das behauptet auch niemand. Wir suchen nach Personen, die uns weiterhelfen können. Eine Zeugin hat ausgesagt, dass sie Sie mit dieser Frau vor zwei Wochen am Strand gesehen hat, in der Nähe des Trichters. Die Frau heißt Anouk Coudrin. Sie war einundzwanzig Jahre alt, groß, blond und attraktiv.«

»Ich habe ihr nichts getan.«

»Das glauben wir auch nicht. Wir wollen nur wissen, ob Sie sich daran erinnern und ob Ihnen etwas aufgefallen ist?«

Ein kleines Lächeln huschte über sein Gesicht. Dabei sah man einen einzelnen gelblichen Schneidezahn.

»Sie war sehr nett. Es tut mir leid, dass sie tot ist. Wir haben uns manchmal ein wenig unterhalten. Einmal hat sie mir sogar ein Stück Kuchen und eine Flasche Wein geschenkt. Sie war nicht so hochnäsig wie die anderen. Die meisten Menschen verachten mich, weil ich keine Arbeit und keine Wohnung habe. Sie reden gar nicht mit mir, dabei gibt es Schicksalsschläge, die einen Menschen aus der Bahn werfen können.«

»Wann haben Sie die Frau zum letzten Mal gesehen?«

»Vor einigen Tagen.«

»Geht es nicht genauer?«

»Nein, ich lebe in den Tag hinein. Ich besitze weder eine Uhr noch einen Kalender.«

»Gut. Haben Sie mit ihr gesprochen?«

»Nein. An diesem Tag nicht.«

»Weshalb?«

»Sie war nicht alleine. Ich wollte sie nicht stören.«

»Sie war in Begleitung?«

»Ja, zum ersten Mal. Vorher war sie immer alleine unterwegs gewesen.«

»Wer war bei ihr?«

»Ein Mann.«

»Können Sie ihn beschreiben?«

»Ich war ein ganzes Stück entfernt, aber so, wie er sich gab und bewegt hat, wirkte er jung. Er trug eine dunkle Baseballkappe und eine Sonnenbrille. Ich glaube, er hatte Jeans an. Mehr habe ich nicht gesehen. Ich bin dann schnell weitergegangen, weil ich nicht wollte, dass sie sich schämt wegen mir.«

Jetzt übernahm Lagarde das Wort. »Monsieur Rivette, Sie haben diesen Sack mitgenommen, als Sie davongelaufen sind. Darf ich fragen, was Sie darin aufbewahren, was so wichtig ist?«

Der Mann hatte den Sack, der mit einem Gummiband verschlossen war, neben den Stuhl gestellt. Sofort griff er danach und hielt ihn fest. »Nein, das geht Sie nichts an.«

Lagarde sah ihn ernst an. »Hören Sie bitte, ich kann ihn auch einfach mitnehmen, wenn Sie nicht kooperieren.«

»Also gut.« Er entfernte den Gummi und reichte ihm die Mülltüte. »Bitte.«

Lagarde zog Einweghandschuhe an und legte dann einen Gegenstand nach dem anderen auf den Tisch. Eine Tube Sonnencreme, eine Bürste, einen Tennisball, einen Müsliriegel, einen Flipflop, eine halb gefüllte Flasche Cola, eine angebrochene Packung Gummibärchen, drei Zehn-Cent-Münzen und einen pinkfarbenen Schnuller. Schließlich zog er eine Kamera heraus. Es war eine Olympus.

»Das ist der Fotoapparat von Anouk Coudrin, nicht wahr?«, fragte er.

Der Strandgutsammler antwortete nicht. »Wir können das durch die Fingerabdrücke, die sich darauf befinden, ganz leicht feststellen.«

Der Mann nickte. »Ja, das ist ihre Kamera.«

»Wie sind Sie in ihren Besitz gekommen?«

»Ich habe sie nicht gestohlen, wenn Sie das meinen. Ich stehle nie etwas, ich sammle nur.«

»In Ordnung, und wo haben Sie sie dann her?«

»Sie hat die Kamera vergessen. Sie hat zusammen mit dem Mann und ihrem Hund den Strand verlassen und hat sie liegen lassen. Der Apparat lag auf einem flachen Stein, vermutlich, um ihn vor dem feinen Sand zu schützen. Ich dachte, wenn ich sie wiedertreffe, gebe ich ihn zurück. Dann freut sie sich bestimmt.« Er sah traurig aus. »Jetzt ist es zu spät.«

»Nach Zeugenaussagen hing Anouk Coudrin sehr an der Olympus und hat sie häufig benutzt. So einen wertvollen Gegenstand vergisst man doch nicht einfach.«

»Unter normalen Umständen sicher nicht. Ich hatte aber den Eindruck, dass sie absolut im Bann dieses Mannes stand. Vielleicht deshalb.«

»Und Sie sind sicher, dass Sie ihr nichts getan haben?«

»Ich schwöre es. Ich hatte doch keinen Grund, außerdem mochte ich sie. Denken Sie, ich töte einen Menschen wegen einer Kamera?«

»Besitzen Sie ein Boot?«

Höhnisch lachte er auf. »Sehe ich so aus, als könnte ich mir das leisten?«

»Gut, Monsieur Rivette, im Moment gibt es keine

weiteren Fragen. Wenn uns noch welche einfallen, kommen wir wieder. Ich möchte Sie bitten, die Gegend nicht zu verlassen und sich jeden Tag bei der Gendarmerie von Saint-Germain zu melden. Wenn Sie dieser Aufforderung nicht Folge leisten, lasse ich Sie zur Fahndung ausschreiben.«

»Keine Sorge. Wo sollte ich denn hin?«

»Danke für Ihre Aussage. Die Kamera nehmen wir mit.«

Sie verabschiedeten sich und verließen die ärmliche Hütte. Der Strandgutsammler sah ihnen lange nach, bis das Schilfgras sie verschluckt hatte.

Zurück am Dünenparkplatz beratschlagten sie, wie sie weiter vorgehen sollten. Cleroc schlug vor, dass sie mit dem Vater von Véronique Rimbaud sprechen sollten. Der Mann habe ein Recht darauf, über die dramatischen Ereignisse der letzten Tage informiert zu werden, denn sie rückten das Verschwinden seiner Tochter in ein völlig anderes Licht. Er wohnte in Lessay. Der Ort war nicht weit von Saint-Germain entfernt. Der Hauptkommissar kannte da ein hübsches Café, in dem sie zunächst einen kleinen Imbiss zu sich nehmen wollten. Es war schon Nachmittag, und sie hatten seit der morgendlichen Besprechung nichts mehr gegessen. Cleroc wählte die Uferstraße, die westlich der Ferienhaussiedlung verlief. Der Asphalt des schmalen Fahrdammes war stellenweise mit Sand bedeckt, den der

Wind über die Böschung geweht hatte. Rechter Hand war er von Feriendomizilen gesäumt, die alle zum Ozean hin mit einer Terrasse oder einem Wintergarten versehen waren. Neben der Rettungsstation reihten sich kleine weiße Hütten, die als Umkleidekabinen dienten. Am Strand ließen Kinder Drachen fliegen, und blaue Quallen mit unzähligen Armen, grüne Lindwürmer, die Mäuler weit aufgerissen, glänzende Riesenherzen und transparente bunte Vierecke tanzten am Himmel. Fröhliches Geschrei war zu vernehmen.

Als sie Saint-Germain verlassen hatten, folgten sie der Straße landeinwärts. Weite Flächen mit Heideland im Schutz von Strandkiefern breiteten sich aus.

Jedes Jahr fand in Lessay im September ein Jahrmarkt mit einer Landwirtschaftsausstellung statt, die weit über die Grenzen des Départements Manche hinaus bekannt war und Besucherströme anzog. Cleroc hatte Mühe, einen Parkplatz zu finden. Schließlich liefen sie einige hundert Meter zum Café Flaubert.

Vor der Granitsteinfassade gab es eine Terrasse, auf der sie einen freien Tisch fanden. Nachdem sie Kaffee, Wasser und Croques Monsieur bestellt hatten, sahen sie den Menschen zu, die durch den schönen Ort flanierten und dem Jahrmarkt einen Besuch abstatten wollten. Während des Essens redeten sie über Édouard Rivette.

»Meint ihr, er hat sie getötet?«, fragte Valérie. »Vielleicht hat er den jungen Mann mit der Baseballkappe nur erfunden, um von sich abzulenken. Vielleicht wollte er die Kamera stehlen. Anouk Coudrin hat es bemerkt, und es kam zum Streit. Er schlägt sie nieder und schleppt sie in seine Hütte. Ihr habt ja heute gesehen, dass kaum Menschen im Trichtergebiet unterwegs waren. Die Gefahr, beobachtet zu werden, ist gering.«

»Womöglich ging es gar nicht um die Olympus«, überlegte Cleroc.

Lagarde nickte und spann den Faden weiter. Er versuchte, sich das Szenario vorzustellen. »Er bringt sie in seine Hütte und hält sie tagelang dort fest. Wie hat er das bewerkstelligt? Hat er sie gefesselt? Geknebelt? Sie hätte sich doch bestimmt gewehrt und um Hilfe gerufen, so einsam ist die Gegend nun auch wieder nicht. Die Brutkolonien ziehen Vogelliebhaber und Ornithologen an. Schließlich besorgt er sich K.-o.-Tropfen, betäubt und erstickt sie. Ich weiß nicht … Das hört sich für mich nicht schlüssig an. Welches Motiv könnte er haben?« Er überlegte. »Die Gelegenheit hatte er. Er wusste, dass sie hin und wieder am Naturhafen spazierenging. Aber die Mittel? Wie kam er an die Betäubungsdroge? Hat er sie im Internet bestellt? Wie hat er das Opfer zu einem Bootsanleger transportiert? Dafür hätte er ein Fahrzeug gebraucht. Aber wie hätte er das alles finanzieren sollen? Wir müssen ihn überprüfen, seine Vorgeschichte und auch, ob er nicht doch ein Boot hat. Wenn er ein Schiff gemietet hätte, müsste das dokumentiert sein.«

»Ich denke, der Anfangsverdacht reicht für eine Festnahme nicht aus«, sagte Cleroc. »Schauen wir, was wir über ihn herausfinden. Vielleicht stoßen wir dabei auf ein mögliches Motiv, dann laden wir ihn vor und befragen ihn offiziell. Falls er in der Zwischenzeit untertaucht, macht ihn das natürlich verdächtig, und er wiederum macht sich strafbar. *On verra.* Wir werden sehen.«

Er bezahlte die Rechnung, und sie machten sich auf den Weg zum Vater der vermissten Véronique Rimbaud.

Armand Rimbaud wohnte in der Nähe des Dorfweihers. Cleroc kannte den Weg. Er hatte ihn vor einem Jahr einige Male aufgesucht und mit ihm gesprochen.

Am flachen Ufer hatten Angler ihre Ruten ausgeworfen und warteten geduldig darauf, dass ein Fisch anbiss. Ein schneeweißes Schwanenpaar glitt elegant über das ruhige dunkle Wasser und verschwand im Schilf. Das ehemals stattliche Granitsteinhaus, dessen Mauerwerk nun bröckelte, stand in einem verwahrlosten Garten. Aus dem Kamin waren Steine herausgebrochen, auf dem Dach fehlten Schieferplatten, und die Fensterrahmen wirkten grau. Durch einen steinernen Torbogen gelangten sie auf das Grundstück und folgten einem gepflasterten Weg durch Gestrüpp und Unkraut zur Eingangstür. Es gab keine Klingel. Cleroc klopfte mit der Faust gegen das verzogene Holz. Nach einer Weile hörten sie Schritte, und ein kleiner schmächtiger Mann in altmodischem Anzug öffnete die Tür. Der Kragen des Hemdes war vergilbt, die Krawatte saß schief. Die spärlichen grauen Haare hatte er streng nach hinten gekämmt. Das Gesicht mit den eingefallenen Wangen war blass und von Furchen durchzogen. Seit seine Tochter verschwunden war, schien er um Jahre gealtert zu sein. Ausdruckslos sah er sie aus wasserblauen trüben Augen an. Als er Cleroc erkannte, huschte ein hoffnungsvolles Lächeln über sein Gesicht.

»Sie haben meine Véronique gefunden!«

Der Hauptkommissar schüttelte den Kopf. Er hatte mit dieser Frage gerechnet, und das stille unendliche Leid dieses Mannes berührte ihn. »Leider nein, Monsieur Rimbaud. Aber wir möchten gerne mit Ihnen sprechen.« Er stellte seine Kollegen vor. »Dürfen wir hereinkommen?«

»Selbstverständlich, gehen wir in den Salon.« Er führte sie durch einen dunklen Flur und öffnete eine Tür. »Nehmen Sie doch bitte Platz. Darf ich Ihnen etwas anbieten? Einen Kaffee vielleicht?«

Sie lehnten dankend ab und setzten sich um den Wohnzimmertisch. Der Salon wirkte steril und unbewohnt, die Einrichtung war altmodisch. Lagarde fiel eine brennende Kerze auf, die auf der Fensterbank stand. Rimbaud bemerkte seinen Blick.

»Das ist mein tägliches Ritual«, erklärte er. »Jeden Morgen zünde ich eine Kerze an, damit mein Kind sieht, dass ich zu Hause bin, wenn es zurückkommt. Vielleicht kommt Véronique ja heute. Ich warte immer auf sie.« Hoffnung lag in seiner Stimme. »Jeden Abend flehe ich Gott an, dass er mir meine Tochter zurückgibt. Bisher hat er nicht geholfen. Auf dem Jahrmarkt gibt es eine Wahrsagerin, die in die Zukunft sehen kann. Sie hat vorausgesagt, dass mein Kind spätestens an meinem Geburtstag wieder daheim sein wird. Das ist im Oktober.«

Lagarde lächelte ihn an. »Erzählen Sie doch bitte etwas über Ihre Tochter, was Ihnen so einfällt. Ich möchte sie mir besser vorstellen können.«

»Das mache ich gerne. Ich habe sie alleine großgezogen, nachdem ihre Mutter bei der Geburt gestorben ist. Véronique und ich, wir waren ein tolles Team. Wir sind gut miteinander ausgekommen. Sie war ein so fröhliches warmherziges Kind. Nur in der Pubertät gab es so manche Auseinandersetzung, aber ich glaube, das ist in diesem Alter normal. Nach dem Abitur wollte sie Journalistin werden. Sie hat schon in der Schule für ihre Aufsätze sehr gute Noten bekommen. Also bewarb sie sich bei einigen regionalen Zeitungen, doch Stellen für Volontäre sind dünn gesät. Damals habe ich in der Gemeindepolitik eine gewisse Rolle gespielt und meine Beziehungen genutzt. So wurde sie Volontärin bei der Lokalredaktion von *Ouest-France*. Die Arbeit begeisterte sie. In ihrer Freizeit schrieb sie Kinderbücher, für die sie sogar einen Verlag fand.«

Jetzt war Stolz aus seiner Stimme herauszuhören. Er wischte sich eine Träne aus dem Augenwinkel. »Halten Sie mich nicht für naiv. Selbstverständlich ist mir klar, dass ihr etwas zugestoßen sein kann. Darf ich fragen, was der Grund Ihres Besuches ist?«

Cleroc erklärte ihm den Sachverhalt und berichtete von der Wasserleiche in Barneville und von den Übereinstimmungen bei den Fällen, dem Datum des Verschwindens, der Ähnlichkeit der beiden Frauen und dass sie beide Hunde hatten.

Rimbaud reagierte beunruhigt. »Das hört sich besorgniserregend an.«

»Ja, das ist leider richtig«, räumte der Hauptkommissar ein. »Wir ermitteln in alle Richtungen und tun wirklich alles, was wir können. Vor einem Jahr haben wir mehrere Gespräche geführt und alle offenen Fragen geklärt, soweit das möglich war. Bis heute gibt es keinerlei Hinweise darauf, was mit Ihrer Tochter geschehen ist. Wir haben damals auch ihr Zimmer durchsucht und nichts gefunden, das uns weitergeholfen hat. Ich möchte Sie bitten, dass wir es noch einmal ansehen dürfen, damit sich meine beiden Kollegen einen Eindruck verschaffen können.«

»Ja, wenn Sie das möchten.« Schwerfällig erhob er sich. »Kommen Sie bitte mit.«

Das Zimmer befand sich im ersten Stock. Rimbaud öffnete eine Tür. »Da ist es«, verkündete er. Gemeinsam traten sie ein.

»Ich habe nichts verändert, alles soll so sein wie immer, wenn sie heimkommt.«

Es war ein heller freundlicher Raum mit einer schrägen Wand und zwei Fenstern, die auf den Garten hinausgingen. Auf einem Sims stand eine Vase mit weißen Rosen. Die Einrichtung war schlicht, aber geschmackvoll. Wie bei Anouk Coudrin standen viele Bücher im Regal. Ein Stoffelch saß auf der Kante. Valérie fiel auf, dass nirgends auch nur ein Körnchen Staub lag. Der Vater musste das Zimmer regelmäßig putzen. Auf dem Schreibtisch stand ein Laptop, den sie damals schon untersucht hatten, daneben ein unbenutzter Schreibblock und einige Stifte. Den Blickfang bildete ein großer Stein, ein rosa Granitstein. Die Kommissare wechselten einen Blick.

»Lag der Stein schon hier, als Ihre Tochter verschwunden ist?«, fragte Lagarde. »Oder hat ihn jemand danach auf den Tisch gelegt?«

»Ich habe das Zimmer genau so gelassen, wie es war. Nichts habe ich verändert. Ich bringe nur einmal in der Woche frische Blumen, häufig Rosen. Das sind ihre Lieblingsblumen. Der Stein muss da schon gelegen haben.«

»Wissen Sie, wie lange er da schon lag?«

»Nein, tut mir leid. Ich war nur selten in ihrem Zimmer. Das war ihr Privatbereich.«

»Hat sie erzählt, woher sie ihn hatte, oder ob sie ihn geschenkt bekommen hat?«

»Ich kann mich nicht daran erinnern, dass wir jemals über diesen Stein gesprochen haben.«

»Ich habe noch eine Frage«, meldete sich Lagarde zu Wort. »Die tote Frau heißt Anouk Coudrin. Sagt Ihnen der Name etwas? Kann es sein, dass Ihre Tochter sie gekannt hat?«

Der Mann überlegte und schüttelte dann bedauernd den Kopf. »Der Name sagt mir im Moment nichts, aber ich werde mir Gedanken darüber machen. Wissen Sie, Véronique ist ein kommunikativer Mensch, sie hat viele Freunde und Bekannte. Die meisten kenne ich gar nicht.«

»Falls Ihnen doch noch etwas dazu einfällt, sagen Sie uns bitte Bescheid. Wir sind für jeden Hinweis dankbar.«

»Selbstverständlich, Monsieur le Commissaire.«

»Vielen Dank für Ihre Hilfe«, sagte Cleroc. »Ich melde mich bei Ihnen, wenn es neue Erkenntnisse gibt.«

»Danke. Ich hoffe, Sie finden meine Véronique. Sie ist bestimmt noch am Leben.«

Gemeinsam gingen sie über die knarrende Treppe in den dunklen Flur zurück. Der Mann brachte sie bis zur Tür.

»Au revoir.«

»Au revoir, Monsieur Rimbaud.«

Erschöpft setzte er sich auf die Treppe und sah ihnen nach. Seine Katze Minou kam um die Ecke und rieb sich schnurrend an seinem Bein.

»Hast du Hunger?«, fragte er. »Gleich gibt es etwas Feines.« Er hob sie hoch und streichelte sie gedankenverloren. Was er soeben erfahren hatte, setzte ihm schwer zu. Schreckliche Gedanken überschlugen sich in seinem Kopf, sein Tinnitus machte sich bemerkbar. Das Pfeifen in seinem Ohr war ein ständiger Begleiter geworden. Seit seine Tochter verschwunden war, konnte er nicht mehr arbeiten. Es war ihm unmöglich, sich längere Zeit auf eine Sache zu konzentrieren. Er lebte von seinem kleinen angesparten Vermögen, das stetig schrumpfte. Aber das war ihm egal. Aus seinen Ämtern in der Lokalpolitik hatte er sich zurückgezogen, und Kontakte pflegte er kaum noch. Er ging nur ans Telefon oder an die Haustür, weil er dachte, es könnte Véronique sein. Eigentlich sprach er nur noch mit seiner Katze.

»Sie muss noch leben«, flüsterte er Minou ins Ohr. »Aber mein Verstand sagt mir etwas anderes.«

Als Philippe Lagarde mit seinen Kollegen nach Cherbourg zurückfuhr, stand die Sonne glutrot am Horizont. Ein Segler weit draußen wirkte wie ein schwarzer Scherenschnitt. Auf ihrer Tagesordnung gab es noch einen letzten Punkt, danach wollten sie für heute Schluss machen. Cleroc bahnte sich einen Weg durch das Verkehrsgewühl in der Altstadt. Auch viele Fußgänger waren unterwegs und genossen den lauen Abend.

In der Nähe des Lokals Blauer Hummer quetschte er seinen Dienstwagen in eine enge Parklücke. Sie stiegen aus und machten einen kleinen Spaziergang um den Fischereihafen, an dessen Anlegern sich Boote und Kutter reihten. Nach wenigen Minuten hatten sie ihr Ziel erreicht. Die Brasserie lag gegenüber der Promenade. Der einstöckige, weiß gestrichene Bau war eingeklemmt zwischen einem Souvenirladen und einer Pâtisserie. Auf dem Schieferdach saßen drei Erker, und vor den Fenstern im ersten Stock wehte die französische Flagge. Dahinter prangte der Schriftzug: *Bar Brasserie.* Eine weiß-rot gestreifte Markise überspannte die gesamte Terrasse.

Alle Tische waren besetzt. Es war Zeit für einen Aperitif und ein ausgiebiges Abendessen. Die Gäste hatten gute Laune mitgebracht, und ein Akkordeonspieler, der sich auf einem Hocker vor dem Lokal niedergelassen hatte, interpretierte Chansons von Gérard Lenorman. Auf einer schwarzen Tafel neben dem Eingangsbereich war mit Kreide geschrieben, welches Tagesmenü der Koch empfahl: Bouillabaisse, frische Fischsuppe, Seeteufel »normannisch«, Ziegenkäsetaler, Crème caramel.

Sie betraten die Gaststätte und sahen sich um. Hinter dem glänzenden Tresen aus Mahagoni stand eine Frau mit kurzen blonden Haaren und zapfte Bier. Sie war dezent geschminkt und hatte über ihr Kleid eine Schürze gebunden.

An der Theke saßen zwei Männer, die sich unterhielten und Pastis tranken. Auf einem verspiegelten Regal hinter der Frau reihten sich unzählige Flaschen mit Spirituosen.

Als sie die Gäste bemerkte, lächelte sie freundlich und begrüßte sie. Cleroc zeigte ihr seinen Dienstausweis. »Bonsoir, Madame, Kripo Cherbourg. Wir möchten gerne mit dem Chef sprechen.«

»Der steht vor Ihnen.«

»Excusez-moi, Madame. Gibt es hier einen Raum, in dem wir uns ungestört unterhalten können?«

»Aber ja, mein Büro. Kommen Sie doch bitte mit.« Sie winkte nach einer Kellnerin. »Caro, übernimmst du mal bitte?«

Dann führte sie die Polizisten durch einen langen Korridor an der Küche vorbei in ein kleines Kabuff. Hinter dem Schreibtisch, auf dem sich Rechnungen, Quittungen und Lieferscheine türmten, stand der einzige Stuhl.

»Leider kann ich Ihnen keinen Platz anbieten«, bedauerte sie. »Ich kann aber gerne Stühle für Sie bringen lassen.«

»Machen Sie sich keine Umstände, Madame. Es dauert nicht lange.«

Sie musterte Cleroc. »Kann es sein, dass wir uns schon einmal irgendwo begegnet sind? Sie kommen mir so bekannt vor.«

Der Hauptkommissar lächelte. »Ich war schon zweimal mit Kollegen zum Essen hier. Wir waren begeistert.«

»Danke schön, ich freue mich über das Kompliment. Was kann ich denn für Sie tun?«

»Wir ermitteln in einem Fall und haben eine Frage.«

»Ja?«

Er holte eine Porträtaufnahme von Anouk Coudrin aus der Innentasche seines Jacketts und zeigte sie ihr.

»Können Sie sich erinnern, ob diese Frau einmal Ihr Restaurant besucht hat? Es ist sehr wichtig.«

Sie studierte das Bild genau und schüttelte dann bedauernd den Kopf.

»Ich kann mich nicht erinnern, aber das ist auch kein Wunder. Seit der Eröffnung ist immer viel los hier. Die Leute mögen meine Brasserie, die Lage ist traumhaft und mein Koch ein Genie. Aber eigentlich glaube ich, dass ich die Frau noch nie gesehen habe.« Sie überlegte kurz. »Wissen Sie was? Wir fragen meinen Sohn. Er wird bald meine Geschäfte übernehmen und ist so gut wie immer hier. Wahrscheinlich hat er auch ein besseres Gedächtnis als ich. Warten Sie bitte, ich hole ihn.« Schon war sie aus der Tür und kam kurz darauf mit einem etwas korpulenten jungen Mann zurück. In seinem Gesicht spross ein Bartflaum, und seine dunklen Augen blickten freundlich.

»Das ist mein Sohn Paul.«

Die Polizisten stellten sich vor.

»Schau dir mal das Foto an, Paul. Kennst du die junge Frau?«

Lange betrachtete er die Ablichtung. »Ja, sie war einmal hier. Vor ungefähr zwei Wochen.«

»War sie alleine hier?«, fragte Lagarde.

»Nein, sie war in Begleitung eines Mannes. Zuerst nahmen sie an der Bar einen Aperitif, danach haben sie etwas gegessen.«

»Wie sah der Mann aus?«

»Ich habe nicht auf ihn geachtet, deshalb kann ich ihn nicht gut beschreiben. Er war jung, wie die Frau. Ich glaube, er hatte dunkle Haare.«

»An mehr Einzelheiten können Sie sich nicht erinnern?«

»Leider nein. Ich hatte nur Augen für die Frau. Sie war wirklich wunderschön, viel schöner als auf der Fotografie.«

»Sind Sie sicher, dass es die Frau auf dem Foto war?«

»Ganz sicher.«

»Konnten Sie hören, worüber sie sprachen?«

»Nein, ich habe nichts mitbekommen. Wir hatten auch viele Gäste, und es war ziemlich laut im Gastraum.«

»Ich danke Ihnen für Ihre Mühe. Falls Ihnen noch etwas einfällt, rufen Sie mich bitte an.« Cleroc legte eine Visitenkarte auf den Schreibtisch.

»Keine Ursache«, erwiderte die Wirtin. Ihr Sohn war schon wieder davongeeilt. »Möchten Sie nicht zum

Abendessen bleiben? Die Bouillabaisse kann ich nur empfehlen. Sie wird aus neun verschiedenen Fischarten und Meeresfrüchten zubereitet. Die weiteren Zutaten sind geheim. Dazu ein weißer Bordeaux, besser geht es nicht.«

Philippe und seine Kollegen sahen sich an und nickten. Ein gutes Essen wäre nach dem langen Tag genau das Richtige.

»Kommen Sie bitte mit mir«, forderte die Frau sie auf. »Ich werde dafür sorgen, dass Sie einen Platz auf der Terrasse bekommen. Es ist so ein schöner Abend.«

Kurz darauf saßen sie an einem Vierertisch hinter dem gläsernen Windschutz, der von Stechpalmen flankiert wurde. Ein Kellner hatte Weißwein in die Gläser gegossen und einen Korb mit Brot, sowie Schälchen mit Oliventapenade, Anchovis und getrockneten Tomaten auf den Tisch gestellt. Sie stießen an und probierten den Wein, der das Aroma von gelben Früchten und eine blumige Note hatte. Die Suppe wurde in einer Terrine serviert und war wirklich hervorragend.

»Wir haben ein Phantom«, erklärte Valérie. »Eigentlich wissen wir nur, dass der Mann jung ist. Manchmal trägt er eine Sonnenbrille, eine Kappe und möglicherweise Jeans. Der Strandgutsammler hat ihn gesehen, ebenso Paul, der Sohn der Restaurantbesitzerin. Die Aussage von Paul entlastet Édouard Rivette.«

»Es kann sich auch um zwei verschiedene Männer handeln«, warf Lagarde ein.

»Das stimmt, aber ist das wahrscheinlich?«

»Warten wir auf deine Überprüfung der Fotos auf dem Laptop.«

»Ja, du hast recht.« Sie nahm sich noch eine Scheibe Baguette und bestrich sie mit Kapernbutter.

»Was haltet ihr von dem Granitstein?«, wollte Cleroc wissen.

»Das ist schon eine auffällige Übereinstimmung, dass beide Frauen einen solchen Stein besaßen«, räumte der Kommissar ein.

Die Polizistin dachte nach. »Christelle Besnard hatte den Eindruck, dass das Opfer einsam war. Wenn sie sich nach einer Beziehung sehnte, rannte der unbekannte Mann vielleicht offene Türen ein.«

Cleroc stimmte ihr zu. »Wenn er sie nicht verschleppt hat, worauf es bisher keinerlei Hinweise gibt, ist sie freiwillig mitgegangen.« Er schenkte sich Wasser nach.

»Armand Rimbaud tut mir leid«, meinte Valérie. »Ich stelle es mir schrecklich vor, wenn man nicht weiß, was mit seinem Kind geschehen ist, und man mit dieser Ungewissheit leben muss.«

»Das ist wahr.« Cleroc dachte an seine Zwillinge, die Suzanne bald auf die Welt bringen würde. Wahrscheinlich würde er immer Angst um sie haben.

Nach dem Abendessen bestellten sie Mokka, ehe Lagarde die Rechnung bezahlte.

Cleroc nahm sie mit zum Parkplatz des Polizeipräsidiums. Von dort aus fuhren die Polizistin und der Kommissar nach Barfleur zurück. Es war spät geworden, und die Dunkelheit war hereingebrochen.

Valérie saß auf dem Beifahrersitz und schwieg. Sie starrte auf die Lichtkegel der Scheinwerfer. Schwarze Bäume huschten vorbei. Nach einer Weile durchbrach sie die Stille. »Roselin hat berichtet, dass du mit alten Weggefährten an der Schlucht von Verdon ein Verbrechen aufgeklärt hast. Das hört sich spannend an, erzähle doch mal.«

Bereitwillig gab er ihr eine Zusammenfassung der dramatischen Ereignisse im Hinterland der Provence. Als er mit der Geschichte fertig war, staunte sie.

»Das ist ja zum Fürchten, was da alles passiert ist.« Dann kam sie auf ihren aktuellen Fall zu sprechen. »Ich habe das ungute Gefühl, das wird etwas Größeres. Irgendetwas daran beunruhigt mich sehr.« Lagarde konnte ihr nur zustimmen, ihm ging es genauso. Einige Minuten hing jeder seinen Gedanken nach, dann räusperte er sich. »Darf ich dich etwas fragen?«

»Aber sicher.«

»Auch etwas Privates?«

»Wir haben doch schon öfter über unser Privatleben gesprochen.«

»Ich finde, du siehst ein wenig erschöpft aus und etwas blass um die Nase«, begann er vorsichtig. Er wollte nicht neugierig wirken, aber er machte sich Sorgen um sie. Es schien, als sei ihr die temperamentvolle Fröhlichkeit abhandengekommen.

Sie schnaubte wütend. »Dieser verdammte Raymond de Clavette ist an allem schuld.«

Raymond war ein ehemaliger Freund von ihr. Er hatte sie wegen einer anderen Frau verlassen und war in die USA gegangen. Der Plan war, dort als Bildhauer berühmt und reich zu werden. Das hatte nicht geklappt, und die neue Frau wollte nichts mehr von ihm wissen. Schließlich war er nach Frankreich zurückgekehrt.

»Ich habe Luc vor den Kopf gestoßen.« Luc war der Chef der Drogenfahndung von Cherbourg, der Valérie seit Jahren beharrlich den Hof machte. Sie führten so eine Art unverbindliche Beziehung.

»Er ist sehr gekränkt. Ich habe ihn einfach links liegen lassen und bin mit Raymond ausgegangen. Ich habe mich von diesem charmanten egomanischen Kerl wieder um den Finger wickeln lassen, ich blöde Kuh. Wie kann man nur so dämlich sein?«

»Ist es denn nicht schön mit ihm?«

»Schön? Pah, er fängt wieder genauso an wie damals. Er will mit mir weggehen. Die Zukunft von bildenden Künstlern liege in Neuseeland, sagt er. Vorher wollte er nach Berlin, dann nach Warschau. Das sei das neue Berlin, hat er verkündet. Und er meint«, jetzt wurde sie richtig wütend, »ich solle hier alles aufgeben. Meinen Job, meine Wohnung, meine Freunde, mein ganzes Leben. Wenn ich ihn frage, wovon wir leben sollen, antwortet er, das würde sich schon finden, dieser Idiot. Was ist, wenn er dort genauso scheitert wie in den USA? Dann stehen wir vor dem Nichts.« Hektisch wickelte sie die Spitze ihres Pferdeschwanzes um den Finger. »Ich will nicht nach Neuseeland. Ich will hierbleiben, ich liebe das Cotentin.« Sie seufzte schwer. »Was soll ich denn nur machen, Philippe?«

»Wenn du hierbleiben willst, bleibst du hier. Raymond kann ja alleine gehen. Mit Luc kannst du sprechen, er ist nicht nachtragend. Oder du verbringst mit Raymond einen Urlaub in Neuseeland, damit du einen Eindruck bekommst.«

»Ich denke noch einmal darüber nach und treffe dann eine Entscheidung.«

»Okay. Meist ist es besser, nichts zu überstürzen.«

Sie hatten das Haus erreicht, in dem Valérie wohnte, und verabschiedeten sich.

»Ich hole dich morgen früh wieder ab, wenn es dir recht ist«, schlug Philippe vor.

»Prima, bis morgen früh dann. Bonne nuit!«

»Bonne nuit!«

Valérie betrat ihre Wohnung und zog als Erstes ihre Uniform aus. Sorgfältig hängte sie Hose und Jacke auf einen Bügel und gähnte dabei. Es war ein langer ereignisreicher Tag gewesen. Sie beschloss, eine Dusche zu nehmen und ließ das heiße Wasser auf ihren Körper prasseln. Sie genoss den Lavendelduft und versuchte, die Gedanken an Raymond wegzuspülen. Als sie die Duschkabine verlassen hatte, trocknete sie sich ab und schlang ein Handtuch wie einen Turban um die nassen Haare. Kritisch betrachtete sie ihr Gesicht im Spiegel. Philippe hatte recht, sie sah tatsächlich blass aus, und sie hatte abgenommen. In Zukunft würde sie darauf achten, wieder regelmäßig zu essen und ihr Sportprogramm zu intensivieren. Morgen früh stand als Erstes eine ausgiebige Joggingrunde auf dem Programm. Erfrischt schlüpfte sie in bequeme Jeans und einen weichen Pullover.

In der Küche setzte sie Kaffee auf. Während sie darauf wartete, dass er durch den Filter lief, dachte sie über ihren komplizierten Fall nach. Das Gespräch mit Armand Rimbaud ging ihr nicht aus dem Kopf. Mit der dampfenden Tasse in der Hand ging sie in ihr kleines Arbeitszimmer, klappte den Laptop auf und steckte den Stick, auf den sie die Fotos von Anouk Coudrin gezogen hatte, in die Buchse. Gerade, als sie begann, die Aufnahmen durchzusehen, klingelte ihr Handy. Sie sah auf das Display, obwohl sie genau wusste, wer es war. Dieser egozentrische Typ glaubte tatsächlich, sie hätte nichts Besseres zu tun, als mit ihm über Neuseeland zu phantasieren. Verärgert drückte sie ihn weg und schaltete das Smartphone aus.

Konzentriert betrachtete sie die Aufnahmen. Die Landschaftsbilder, meistens am Meer aufgenommen, fand sie sehr eindrucksvoll. Anouk hatte wirklich Talent gehabt. Schließlich begann sie die Fotos nach Motiven zu katalogisieren. Der Rest ihrer Arbeit bestand darin, den wenigen Personen einen Namen zuzuordnen. Dabei halfen ihr die digitalisierten Jahrbücher der Universität von Cherbourg. Die Schnappschüsse, die Anouk von Menschen in Alltagssituationen gemacht hatte, vernachlässigte sie zunächst. Es waren meist ältere Personen, die sich unterhielten, oder Einzelporträts. Valérie ging davon aus, dass Anouk sie nicht gekannt hatte, sondern lediglich von dem Motiv fasziniert war. Geduldig arbeitete sie sich durch alle Fotografien und fand etwas heraus, das sie sehr interessant fand.

Sie machte eine kurze Pause und holte sich noch eine Tasse Kaffee. Dann gab sie den Namen Anton Falkenberg in verschiedene Suchmaschinen ein. Dabei stieß sie auf mehrere Eintragungen, die sehr aufschlussreich waren. Sie pfiff durch die Zähne. »Mon Dieu!«, murmelte sie. Kurz überlegte sie, ob sie noch weiter recherchieren sollte, doch inzwischen war sie richtig müde. Sie warf einen Blick auf die Uhr und stellte fest, dass es bereits zwei war. Sie würde ins Bett gehen und am nächsten Tag weitermachen.

Rasch schaltete sie ihr Handy wieder ein. Wenn man an einer Mordermittlung beteiligt war, sollte man immer erreichbar sein. Raymond hatte in der Zwischenzeit sieben Mal versucht, sie zu erreichen, das letzte

Mal vor einer halben Stunde. Sie hoffte, dass er inzwischen aufgegeben hatte und sie nicht aus dem Schlaf reißen würde. Genervt schüttelte sie den Kopf, legte das Handy auf den Nachttisch und schlüpfte zwischen die kühlen Laken. Kurz darauf war sie eingeschlafen. Sie träumte von einer einsamen wilden Gebirgslandschaft inmitten eines riesigen Ozeans und von fliegenden Hunden, von archaischen Echsen und schwarzen Witwen, die sie erbarmungslos jagten.

Armand Rimbaud hatte seine Anzugjacke und die Krawatte abgelegt. Jetzt stand er in seiner Küche am Herd und bereitete ein leichtes Abendessen für sich zu. Schinken und zwei Spiegeleier brutzelten in der Pfanne. Er schnitt Brot auf, holte die Butterdose aus dem Kühlschrank und schenkte sich ein Glas Rotwein ein. Schließlich lud er alles auf ein Tablett und ging damit in seinen Garten. Er wollte im Freien essen, die Nachtluft war warm und samtig.

Schwerfällig setzte er sich an den Tisch, der an der Hausmauer stand, und nahm sein einsames Mahl ein. Schon lange hatte er keinen Appetit mehr, aber er musste bei Kräften bleiben, bis er endlich Gewissheit hatte. Minou war nirgends zu sehen. Die Laterne über der Hintertür beleuchtete einen halbkreisförmigen Ausschnitt des Anwesens. Das erste Mal seit langer Zeit fiel ihm auf, wie vernachlässigt der Garten aussah. Er musste unbedingt Unkraut jäten, die

Sträucher zurückschneiden und sich um die Blumen kümmern. Bedächtig trank er einen Schluck Wein und dachte wehmütig daran, dass Véronique sich manchmal abends, wenn sie Zeit gehabt hatte, zu ihm gesellt und von ihrem Tag erzählt hatte. Ihre Tage waren immer ereignisreich und aufregend gewesen. Sie hatten viel gelacht und Spaß gehabt.

Traurig betrachtete er den Sternenhimmel und die silberne Mondsichel, die auf einem Wolkenband saß. Plötzlich durchdrang ein Fauchen die Stille und ließ ihn zusammenfahren. Das war Minou, die die Avancen des Katers aus der Nachbarschaft abwehrte. Die Tiere rasten über die Wiese und verschwanden um die Ecke, bald darauf kehrte wieder Ruhe ein. Auf einmal kam ihm das Gespräch mit den freundlichen Polizisten in den Sinn. Sie hatten gefragt, ob er den Namen Anouk Coudrin schon einmal gehört und ob seine Tochter sie gekannt hatte. Die Beantwortung dieser Frage war sicherlich sehr wichtig für die Ermittlungen. Je länger er darüber nachdachte, desto mehr hatte er das Gefühl, dass dieser Name ihm irgendetwas sagte. Aber er kam nicht darauf, was es sein könnte.

Inzwischen war es spät geworden. Er trank seinen Wein aus und ging mit dem Tablett zurück ins Haus. Die Lampe über der Tür schaltete er aus. Müde beschloss er, die Küche am nächsten Morgen aufzuräumen. Er sah aus dem Fenster in den dunklen Garten, hinter dem sich die Silhouette des Nachbarhauses abzeichnete. Alles war still. Kein Mensch war zu sehen. Rimbaud trat an die Fensterbank und blies die Kerze aus. Véronique war auch heute nicht gekommen.

BARNEVILLE-CARTERET, 05. SEPTEMBER 2011

Die Geburtstagsgesellschaft von Louise-Anne ließ sich die Schokoladentorte schmecken. Die Gäste lobten ihre Mutter Geneviève, weil sie so gut gelungen war. Fröhliches Gelächter erklang auf der Terrasse, nur ihr Bruder behielt seinen ernsten Gesichtsausdruck bei. Abrupt stand er auf und verschwand im Haus. Louise-Anne sah ihm nach. Was hatte er nur? Sie beschloss, ihn später zu fragen. Er würde sich schon wieder beruhigen. Ab und zu war er etwas launisch und in sich gekehrt. Jetzt wollte sie noch ein Stück von diesem köstlichen Kuchen essen und einen Cappuccino dazu trinken.

Der junge Mann ging in die Küche. Nachdem er sich mit einem raschen Blick durch das Fenster vergewissert hatte, dass seine Eltern die Terrasse im Moment nicht verlassen würden, öffnete er leise eine schmale Tür. Dahinter befand sich die Treppe, die in den Keller führte. Er knipste das Licht an und lief die steilen Steinstufen hinab. Im hintersten Raum befand sich der klimatisierte Weinkeller seines Vaters. Den Schlüssel versteckte der Vater immer an der gleichen Stelle. Auf zwei Regalen, die die gesamte Wand einnahmen, lagerte er seine Schätze. Er war der Einzige der Familie, der diesen Teil des Kellers betreten durfte, nicht einmal seine Frau hatte Zutritt. Der junge Mann kannte sich dennoch gut aus. Er wusste, welche Flaschen wo gelagert wurden. Zielstrebig trat er an das Regal mit dem Champagner und nahm eine Flasche aus der Ablage. Danach schloss er die Tür und versperrte sie wieder.

Schnell ging er in die Küche zurück und holte zwei Sektkelche aus der Glasvitrine. In seinem Zimmer packte er die Gläser und die Flasche in seinen Rucksack und legte ein Päckchen dazu, das in glänzend blaues Geschenkpapier verpackt und mit einer goldenen Schleife versehen war. Dann steckte er noch eine Schachtel Zigaretten und ein Feuerzeug in eine Seitentasche. Jetzt hatte er alles, was er brauchte. Im Badezimmerspiegel überprüfte er sein Aussehen und spritzte sich Aftershave von seinem Vater auf den Hals. Den Rucksack deponierte er im Flur hinter dem Schirmständer. Zurück auf der Terrasse machte er seiner Schwester ein Zeichen.

»Coco wird unruhig. Ich glaube, dein Hund muss mal vor die Tür.«

Louise-Anne wunderte sich. Es war noch nicht lange her, dass sie mit Coco spazieren gegangen war, aber wenn er meinte. Dann konnte sie ihn auch fragen, warum er ausgerechnet an ihrem Geburtstag so griesgrämig war. »Maman, wir drehen eine Runde mit dem Hund«, verkündete sie.

»In Ordnung, aber bleibt bitte nicht so lange weg. Wir wollen doch grillen, und ihr habt versprochen, bei den Vorbereitungen zu helfen.«

»Machen wir doch. Bis gleich.« Sie pfiff nach ihrem Hund. Gemeinsam mit ihrem Bruder verließ sie das Haus. Lä-

chelnd blickte Geneviève ihnen nach. Sie war stolz auf ihre beiden Kinder und liebte sie über alles, so unterschiedlich sie auch waren.

»Was ist denn los?«, fragte Louise-Anne neugierig. »Wohin gehen wir?«

Er lächelte. »Wir gehen zum Turm. Lass dich überraschen.«

Sie nahmen den Dünenpfad, der zum alten Wehrturm führte. Coco rannte vorneweg, der Stummelschwanz kreiste vor Begeisterung wie ein Propeller. Als sie die Anhöhe erreicht hatten, bot sich ihnen ein spektakulärer Blick auf den Ozean. Linker Hand erhob sich der Leuchtturm. Ein Traktor, der Austern geladen hatte, tuckerte mit einem langen flachen Anhänger über den Strand. Eine Frau mit einem Kopftuch saß auf dem Hänger und winkte ihnen zu. Freundlich grüßten sie zurück.

Ihr Weg führte an einem Süßwasserbrunnen vorbei, der Tieren als Tränke diente. An einer Gabelung hielten sie sich links und erreichten nach wenigen hundert Metern den Klippenpfad, der sich nahe der Abbruchkante entlangzog. Hier oben wehte ein kräftiger Wind, der den Strandhafer beutelte. Heringsmöwen kreischten. Jetzt war es nicht mehr weit zum Turm. Düster ragte er über den steilen Felsen auf und trotzte seit Jahrhunderten jedem Unwetter. Schon in ihrer Kindheit war dort ihr Lieblingsplatz gewesen. Sie hatten jede Ecke erkundet und oft dort gespielt.

Als sie ihn erreicht hatten, zog ihr Bruder die schwere verzogene Holztür auf. Rasch schlüpften sie hinein. In dem niedrigen Raum war es dämmrig. Auf dem Erdboden lagen zerbrochene Balken, Steinbrocken und Strohbüschel. Ein klaffendes Loch führte in einen winzigen Nebenraum, den sie früher als Verlies bezeichnet hatten. Aus den Mauerritzen sprossen Unkraut und dunkelrote Steinrosen.

»Was willst du denn heute hier?«, fragte Louanne. »Wir haben Maman versprochen, dass wir bald zurück sind.«

»Das sind wir auch«, beruhigte ihr Bruder sie. »Ich habe eine Überraschung für dich vorbereitet. Los, komm.«

Die Geschwister kletterten über die ächzende Wendeltreppe aus Holz auf die erste Plattform. Sie wussten genau, welche morschen Stufen sie nicht betreten durften. Durch eine kleine Luke konnte man das Meer sehen. In den Ecken hingen Spinnweben, und verkohlte Zweige lagen in einer Feuerstelle. Das gedämpfte Rauschen der Brandung war zu hören.

Ihr Ziel war die zweite und letzte Ebene. Coco hüpfte von einer Stufe auf die nächste und begann zu hecheln. Die Plattform war von einer von Zinnen gekrönten Mauer begrenzt, aus der Steine herausgebrochen waren. Dahinter gähnte der Abgrund. Über dem Aussichtsplatz wölbte sich ein azurblauer Himmel. Böen wirbelten Staub auf. Ihr Bruder holte die Flasche und die Gläser aus seinem Rucksack und stellte sie auf einem flachen Stein ab. Dann entkorkte er den Champagner, goss ein und drückte seiner Schwester einen Kelch in die Hand. »Stoßen wir auf deinen Geburtstag an. Alles, alles Gute für dich! Alle deine Wünsche sollen in Erfüllung gehen! À ta Santé, Louanne.«

»Dankeschön, das werden sie.«

Sie lächelten sich an.

»Und jetzt bekommst du dein Geschenk.« Er holte das glänzende Paket aus seinem Rucksack und überreichte es ihr. »Mach auf.«

Louise-Anne öffnete neugierig die Schachtel. Als sie sah, was auf dem bordeauxroten Samt lag, verschlug es ihr die Sprache. Sie hauchte: »Ist der schön.«

Es war ein auffälliger rotgoldener Ohrclip. Louise-Anne nahm ihn ehrfürchtig aus der Schachtel. Er war schwer. Aufgeregt machte sie ihn an ihrem Ohrläppchen fest. »Wie sehe ich aus?«

»Wunderschön. Das Gold funkelt in der Sonne, er passt perfekt zu dir.«

»Ich danke dir. So ein schönes Geschenk.«

»Es war mir ein Vergnügen. Trinken wir noch einen Schluck.«

»In Ordnung, dann müssen wir aber zurück. Ich will nicht, dass Maman sich ärgert.«

Ihr Bruder zündete für sich und seine Schwester Zigaretten an. Schweigend rauchten sie und genossen die Aussicht. Nachdem sie fertig geraucht hatten, begann Louise den Rucksack zu packen. »Jetzt komm schon.«

Als sie in seine dunklen Augen sah, erschrak sie. Diesen Blick hatte sie noch nie gesehen, und er machte ihr Angst. Plötzlich umarmte ihr Bruder sie und versuchte sie zu küssen. Dabei murmelte er: »Ich liebe dich, Louanne. Ich begehre dich. Nichts wünsche ich mir mehr, als dass du meine Liebe erwiderst und wir ein Paar werden.«

Entsetzt starrte sie ihn an und schubste ihn weg. »Bist du verrückt?«, schrie sie. »Du bist mein Bruder, das ist unmöglich! Und ich will das auch nicht.«

»Wie sind keine Geschwister! Meine Eltern haben dich adoptiert, als du noch ganz klein warst. Wir können ein Paar sein.« Seine Augen glänzten hoffnungsvoll.

»Das ist nicht wahr!«, kreischte sie. »Du lügst. Sie sind auch meine Eltern.«

»Nein!«, schrie er zurück. »Frag doch Maman.«

Louise-Anne stürzte sich auf ihn und begann mit den Fäusten auf ihn einzuschlagen. »Nein, nein, nein! Das glaube ich nicht.«

Die Bulldogge spürte die Gefahr, die in der Luft lag und begann bedrohlich zu knurren. Sie wollte Louanne beschützen. Der Bruder wehrte sich und stieß Louise-Anne zurück. Erneut ging sie auf ihn los, kratzte und trat nach ihm. Er schubste sie mit aller Kraft von sich weg. »Hör auf! Hör bitte auf.«

Sie taumelte rückwärts und sah ihn hasserfüllt an, bemerkte dabei nicht das Loch in der Mauer. Als sie begriff, dass sie der ungesicherten Lücke zu nahe gekommen war, suchte sie Halt. Der Stein, nach dem sie griff, brach knirschend aus dem Mauerwerk

Als sie in den Abgrund stürzte, gellte ihr Schrei weit über das Hochplateau. Ihr Bruder war vor Entsetzen wie gelähmt. Schließlich überwand er seine Angst, ging zum Rand und sah in die Tiefe. Dort lag sie, seine geliebte Louanne. Die Arme ausgestreckt, ein Bein war seltsam verdreht. Es war ihm klar, dass sie einen Sturz aus dieser Höhe nicht überlebt haben konnte. Er wusste nicht, was er machen sollte. Ihm wurde schwindlig. Stöhnend setzte er sich auf den Boden und schlug die Hände vor das Gesicht.

Irgendwann drang hysterisches Hundegebell in sein Bewusstsein. Coco bellte ihn böse an und biss ihn in die Wade. Unbändiger Zorn wallte in ihm auf. Er packte einen Stein und schlug solange auf den Hund ein, bis er tot war.

MONTAG,
12. SEPTEMBER 2016

DIE MEERJUNGFRAU AUS JADE

Adeline und Yves saßen an Deck seines Bootes und frühstückten, während die blassgelbe Sonne gerade hinter den bewaldeten Hügeln auftauchte. Ein leichter Wind wehte den Duft von Kiefernnadeln heran. Der Himmel war klar und wolkenlos. Es würde ein schöner Tag werden. Er hatte den Tisch in der Sitzecke gedeckt und in der winzigen Kombüse Kaffee gekocht. Es gab Baguette, Butter, Marmelade und Käse. Das Schiff schaukelte auf den Wellen der kleinen, einsam gelegenen Bucht, in der sie gestern Abend nach ihrem Ausflug geankert hatten.

Als Adeline aufsah, bemerkte sie, dass Yves sie mit ernster Miene musterte. Schnell zauberte er ein Lächeln auf sein Gesicht. Sie wusste nicht, wie sie es deuten sollte. Eigentlich hatte sie überhaupt keine Ahnung, wie sie ihn einschätzen sollte. Kurz fröstelte sie, die Härchen an ihren Armen stellten sich auf. Dann schalt sie sich selbst und verdrängte ihre Befürchtungen. Schon als Kind hatten ihre Skrupel ihr häufig den Spaß verdorben, dabei war ihr Abenteuer doch bisher sehr amüsant verlaufen. Sie schenke ihm ein strahlendes Lächeln und griff nach einer weiteren Scheibe Brot. Aufmerksam goss er ihr Kaffee nach.

Am Sonntag hatte er sie, wie vereinbart, am Strand von Portbail abgeholt. Gemeinsam waren sie den kurzen Weg zum Hafen gelaufen, und er hatte ihr stolz sein Boot gezeigt. Es war ein gut erhaltener weißer Einkieler mit einem ausklappbaren Steg. Bald darauf legten sie ab und fuhren auf das Meer hinaus. Er stand in der Kabine am Steuer und warf ihr manchmal einen Blick zu. Sie saß auf einer Bank an Deck und genoss die Sonne und den Wind. Er hatte ihr nicht verraten, wo die Fahrt hingehen sollte, und sie war ein wenig nervös, weil sie ihn kaum kannte. Aber bisher war er sehr charmant und aufmerksam gewesen. Entschlossen warf sie ihre Bedenken über Bord. Schließlich war es nur ein kleiner Ausflug. Serge, ihr Freund, hatte es nicht besser verdient. Adeline hatte die ständigen Streitereien mit ihm gründlich satt. Sie sehnte sich nach einer harmonischen Beziehung und einem liebevollen Umgang miteinander, doch mit Serge hatte sie nichts als Ärger. Vielleicht kam er ja endlich zur Besinnung, wenn sie ihn ein, zwei Tage alleine ließ. Er wusste nicht, wo sie war, und es ging ihn auch nichts an. Sie hoffte, dass er die Lektion begriff. Schließlich war sie eine selbständige Frau, die niemanden um Erlaubnis fragen musste. Adeline versuchte, die negativen Gedanken abzuschütteln und die Bootsfahrt zu genießen. Jetzt würde sie einmal machen, was sie wollte.

Yves verließ den Steuerstand, winkte ihr zu und verschwand in der Kombüse. Nach kurzer Zeit kam er mit Drinks zurück. Er hatte Campari Orange gemixt und das Getränk zu den Eiswürfeln in hohe Gläser gegossen, mit denen sie auf ihren schönen gemeinsamen Tag anstießen. Adeline wäre komplett entspannt gewesen, wenn Rocci, ihr Hund, sich nicht so seltsam benommen hätte. Sie erkannte ihn gar nicht wieder und fragte sich, was los war mit ihm. Ständig rannte er unruhig hin und her, kläffte nervös und jaulte plötzlich auf. Sie hatte Mühe, ihn zu beruhigen.

Nach drei Stunden erreichten sie Guernsey. Auf der Überfahrt hatten sie sogar Delfine gesehen, die eine Weile munter neben dem Boot hergeschwommen waren.

Yves ankerte im Jachthafen Victoria Marina von St. Peter Port, wo sich das Castle Cornet trutzig hinter der Mole erhob. Durch enge Kopfsteinpflastergassen schlenderten sie zum Ortskern, wo sie in einem Restaurant etwas aßen. Sie bummelten durch den pittoresken Ort, vorbei an der Kirche und einem Platz, auf dem der traditionelle Markt stattfand. Nachdem sie in einem Pub etwas getrunken hatten, wanderten sie einige Kilometer auf dem Klippenweg. Der Pfad führte an bewaldeter Steilküste, bizarren Felsformationen, blumenübersäten Hängen und malerischen Buchten vorbei. Adeline war noch nie auf Guernsey gewesen und restlos begeistert. Einmal kletterte sie sogar auf einen Fels, um mit ihrem Handy Fotos zu machen. Zurück im Städtchen kauften sie für das Abendessen ein. Da sie beide gerne Fisch aßen, entschieden sie sich für fangfrische Doraden. Sie verließen Victoria Marina gegen achtzehn Uhr.

In der Abenddämmerung ankerten sie in einer Bucht auf der Südseite der Insel Little Sark. Adeline fand den Platz bezaubernd. Das türkisfarbene Wasser war glasklar, so dass sie bis auf den welligen Meeresboden schauen konnte. Der Strand mit dem feinen weißen Sand erstreckte sich sichelförmig bis zu einer zerklüfteten Felsengruppe.

Sie beschlossen, vor dem Abendessen im Meer zu schwimmen. Von der Reling aus sprangen sie ins Wasser und kraulten weit hinaus, sie ließen sich treiben und sahen zu, wie die Sonne sich verfärbte und gemächlich im Ärmelkanal versank. Es war einfach herrlich. Adeline konnte sich nicht erinnern, wann sie das letzte Mal so entspannt und glücklich gewesen war. Nur Rocci weigerte sich, an dem Vergnügen teilzunehmen, obwohl er sonst eine richtige Wasserratte war und jede Gelegenheit nutzte, sich hineinzustürzen. Er lag an Deck, den Wuschelkopf auf den Pfoten, und beobachtete sie mit wachsamen Augen.

Nach dem Schwimmen briet Yves die Fische in einer Pfanne auf dem Gasherd, während Adeline den Salat zubereitete und Baguette aufschnitt. Sie tranken gekühlten Weißwein und Wasser und unterhielten sich über ihren schönen Tag. Als die Dunkelheit hereinbrach, öffneten sie eine Flasche Champagner und betrachteten den funkelnden Sternenhimmel. Yves erklärte ihr die Sternbilder. Der Abend verlief richtig romantisch. Als es Zeit wurde, ins Bett zu gehen, war es schon spät.

Adeline fühlte sich plötzlich nervös. Ein Kribbeln durchströmte ihren Körper. Den ganzen Tag war sie entspannt und glücklich gewesen, doch nun beschlich sie ein etwas mulmiges Gefühl. Bisher hatte sie keinen Gedanken an die Nacht vergeudet. Ihr wurde bewusst, dass sie sich mit einem fremden Mann in einer einsamen Bucht auf einem Boot befand. Sie hatte den ganzen Abend über keinen einzigen Menschen gesehen. Es hatte auch kein weiteres Boot in der Bucht geankert. War es Angst, die sie verspürte? Doch wovor sollte sie sich fürchten? Yves würde ihr nichts tun. Er hatte sie respektvoll behandelt und keinerlei Annäherungsversuche unternommen. Nur in St. Peter Port hatte er einmal kurz ihre Hand genommen und sie zärtlich gedrückt. Sie verwarf ihre albernen Gedanken.

Beschwingt durch den Alkohol, stiegen sie kichernd über wenige Stufen in den Schiffsrumpf. Yves zeigte ihr die Schlafkoje und überließ ihr das bequeme breite Lager. Er wollte an Deck in einen Schlafsack kriechen. Als er weg war, kuschelte sich Adeline in die weiche Decke. Rocci lag unter der Koje und rührte sich nicht mehr. Erleichtert stellte sie fest, dass ihre

Menschenkenntnis sie nicht getäuscht hatte. Yves war ein anständiger Mann. Zum sanften Rauschen der Wellen und den Lockrufen eines Nachtvogels schlief sie schließlich ein.

Als Yves sich mitten in der Nacht aus seinem Schlafsack schälte und in die Schlafkoje schlich, schlief sie tief und fest. Den Hund hatte er ruhiggestellt, indem er ein starkes Schlafmittel in seinem Wassernapf aufgelöst hatte. Mondlicht drang durch ein Bullauge und beschien ihr Gesicht. Der Teint schimmerte wie Alabaster. Wie schön sie war. Als er sie versonnen betrachtete, lächelte er und überlegte, wie sie wohl mit kurzen Haaren aussehen würde. Leise schlich er zurück an Deck und schlüpfte wieder in den Schlafsack. Die Arme hinter dem Kopf verschränkt, starrte er in den Himmel. Würde sie bei ihm bleiben? Nichts wünschte er sich mehr.

Adeline genoss das Frühstück, strich Butter auf eine Scheibe Brot und gab Marmelade darauf. Sie war erleichtert, dass die letzte Nacht ohne unangenehme Zwischenfälle verlaufen war. Sogar Rocci hatte sich beruhigt. Er wirkte müde und döste auf den Planken im Schatten. Sie sah Yves ernst an. »Es ist schön mit dir. Der Ausflug gestern hat mir großen Spaß gemacht, aber jetzt muss ich wieder nach Hause. Das verstehst du doch? Serge kann manchmal ein richtiger Ignorant sein. Aber inzwischen macht er sich bestimmt schon große Sorgen um mich und sucht mich überall. Ich wundere mich, dass er noch nicht versucht hat, mich auf meinem Handy zu erreichen.« Sie schüttelte den Kopf. »Das verstehe ich nicht. Vielleicht ist der Akku leer.« Sie wühlte in ihrer Umhängetasche nach dem Gerät und fand es nicht. Schließlich kippte sie den gesamten Inhalt auf den Boden. »Es ist weg«, stellte sie fest. »Das gibt es doch nicht, ich habe doch gestern noch Fotos auf dem Klippenweg gemacht.« Sie ging in die Schlafkoje und durchsuchte sie gründlich. Nichts. Zurück an Deck informierte sie Yves. »Es ist wie vom Erdboden verschluckt.«

»Vielleicht ist dir das Handy beim Abstieg von dem Felsen aus der Tasche gerutscht. Mach dir keine Sorgen, jemand wird es bestimmt finden, dann bekommst du Post aus Guernsey.«

Wieder schenkte er ihr dieses undurchschaubare Lächeln, das ihren Hund zum Knurren brachte. »Natürlich bringe ich dich heim. Ich will dir nur noch mein Haus zeigen, es wird dir gefallen. Ich glaube, ein bisschen Zeit haben wir noch.«

»Einverstanden, wenn es nicht zu lange dauert.«

Er stand auf, rannte über den Steg und sprang kopfüber ins Wasser. Lachend folgte sie ihm.

Adeline hatte nicht bemerkt, dass er bereits gestern in einem unbeobachteten Moment ihr Handy aus der Tasche geholt und an einer steilen Stelle ins

Meer geworfen hatte. Serge hätte sie gar nicht erreichen können.

Valérie war früh aufgewacht. Voller Elan stieg sie aus dem Bett, ging in die Küche und kochte Kaffee. Bis er fertig war, putzte sie sich die Zähne und schlüpfte in ihre Sportkleidung. Die langen Haare fasste sie mit einer Spange zusammen. Nachdem sie gefrühstückt hatte, schnürte sie ihre Schuhe und verließ das Haus. Sie entschied sich für ihre Lieblingsstrecke. Nach einigen Dehnübungen lief sie am Friedhof vorbei und folgte der Rue des Jardins bis zum Hafen. Weiter ging es auf dem Quai Henri Chardon mit seinen Restaurants und Cafés. Vor der Gendarmerie parkte der Polizeiwagen von Roselin, offenbar hatte er seinen Dienst bereits angetreten. Sie umrundete die Kirche Saint-Nicolas, sowie das Monument von William, dem Eroberer, und gelangte an den Strand. Am Rand der Dünen verlief ein Weg bis zum Leuchtturm von Gatteville. Auf dem Campingplatz waren bereits Frühaufsteher unterwegs und gingen mit ihren Hunden an der Leine zum Bäcker, um Baguette zu holen. Ein Mann saß in einem Ruderboot und angelte. Zwei Kinder spielten am Strand und bauten eine Sandburg mit einem Wassergraben. Sie winkten ihr zu, und die Polizistin grüßte lächelnd zurück. Als sie den Leuchtturm erreicht hatte, folgte sie der Straße nach Gatteville-le-Phare. Der kleine Ort bestand aus etwa einem

Dutzend robusten Granitsteinhäusern und wurde von einer leuchtend weiß gekalkten Seefahrerkirche dominiert. Am Ende des Dorfes, bei einer alten Mühle, hielt sie sich links und folgte einem Schotterweg, der durch Rübenäcker nach Barfleur zurückführte.

Nachdem sie geduscht und ihre Uniform angezogen hatte, packte sie ihren Laptop in die Tragetasche aus hellrotem Leinenstoff, die Luc ihr zum Geburtstag geschenkt hatte. Der Gedanke an ihn lenkte sie ab, und sie schob ihn energisch weg, denn jetzt galt es, sich auf die bevorstehende Besprechung zu konzentrieren. Sie hatte sich gut vorbereitet.

Fünf Minuten vor der verabredeten Zeit stand sie auf dem Gehweg und wartete auf Philippe. Eine Nachbarin kam gerade vom Bäcker. Sie tauschten ein paar freundliche Worte, dann verschwand die Frau im Haus. Pünktlich um halb neun kam Lagarde. Sie begrüßten sich und Valérie setzte sich neben ihn, ihren Laptop hatte sie auf den Rücksitz gelegt. »Können wir am Katharinenhof vorbeifahren?«, fragte sie. »Gestern war das Schmuckgeschäft der Goldschmiedin geschlossen. Ich will nur rasch den Ohrring abgeben und sie bitten, sich ihn anzusehen.«

»Selbstverständlich. Vielleicht kann sie uns weiterhelfen.« Kurz vor dem mittelalterlichen Häuserensemble fand er einen Parkplatz. Valérie stieg aus und lief durch den Torbogen. Nach wenigen Minuten kam sie zurück. »Ich soll heute Nachmittag noch einmal vorbeikommen, dann hat Juliette Zeit für mich. Bis dahin wird sie das Schmuckstück untersuchen. Sie ist sehr gespannt darauf und sagt, so einen Ohrclip habe sie noch nie gesehen.«

»Ja, er ist wirklich ungewöhnlich.«

Inzwischen waren sie knapp dran, und Philippe entschied sich für den schnelleren Weg über die Nationalstraße nach Cherbourg.

Um neun Uhr klopften sie an die Tür von Ludovics Büro. Als sie eintraten, erhob er sich hinter seinem Schreibtisch und begrüßte sie mit einem Lächeln.

»Nehmt doch bitte Platz. Ich habe mich um Kaffee und Gebäck gekümmert, und dann legen wir los.«

Sie setzten sich um den Tisch. Valérie verband ihren Laptop mit einem großen Flachbildschirm, den Ludovic organisiert hatte. Lagarde schenkte für alle Kaffee ein und griff nach einem Eclair mit Mokkacremefüllung. Heute Morgen hatte er keinen Appetit gehabt und nur einen Milchkaffee getrunken. Der schreckliche Gedanke, dass jederzeit eine dritte Frau verschwinden könnte, ließ ihn nicht los.

Cleroc ergriff das Wort. »Techniker der Spurensicherung haben die Kamera von Anouk Coudrin untersucht. Auf der Speicherkarte waren nur sechs Aufnahmen. Sie hat offenbar erst vor kurzem die Fotos auf ihren Computer überspielt und sie dann gelöscht. Diese Bilder zeigen eigentlich nur Landschaftsaufnahmen, die sie gemacht hat, als sie vom Dünenparkplatz zum Trichter gelaufen ist. Sie sind alle auf den fünften September datiert.«

»Der Tag, an dem sie verschwunden ist«, bemerkte Lagarde.

»Genau.«

Valérie hatte den Stick von Ludovic bekommen und klickte ein Bild nach dem anderen an. Großformatig erschienen sie auf dem Schirm. Sie waren perfekt belichtet und gestochen scharf. Eine blühende Insel von Strandnelken und Mohn vor dem Parkplatz. Ein geducktes altes Steinhäuschen einsam auf den Dünen. Ein gewaltiger Seeadler im Sturzflug. Die heranrollende Brandung. Ein Stillleben von schwarzen Muscheln am Ufersaum. Auf dem letzten Bild war ihr Hund Filou abgelichtet, wie er eine Hummel jagte.

»Kein Mann weit und breit«, stellte sie fest.

»Nein, leider nicht«, antwortete Ludovic. »Aber aus welchem Grund nicht? Wenn der Strandgutsammler die Wahrheit gesagt hat und der Mann wirklich existiert, warum hat sie ihn nicht fotografiert? Sie hat doch offenbar alles aufgenommen.«

Valérie überlegte. »Wahrscheinlich wollte sie lieber mit ihm kommunizieren, reden, lachen, als ihn auf einem Foto zu verewigen. Er war wichtiger als ihr Hobby.«

»Ein interessanter Aspekt«, meinte Lagarde. »Vielleicht hatte sie nur Augen für ihn und vergaß dabei ihre Kamera. Sie hat sie ja auch auf einem Stein liegen lassen. Oder der Mann wollte einfach nicht fotografiert werden.«

Ludovic nickte und fuhr fort. »Auf dem Gehäuse des Fotoapparats befanden sich Fingerabdrücke des Opfers und von Édouard Rivette, dem Strandgutsammler. Wir haben seine Abdrücke von dem Wasserglas genommen, aus dem er in seiner Hütte getrunken hat und das ich mitgenommen habe. Auf den Gegenständen, die er gesammelt hat, befinden sich seine und viele andere Spuren. Sie werden noch untersucht, aber ich gehe davon aus, dass sie von den ehemaligen Eigentümern des Strandgutes stammen und uns nicht weiterbringen. Ansonsten waren auf dem Apparat keine Abdrücke. Ich nehme an, dass man eine Kamera nicht gerne jemandem leiht, wenn sie einem so wichtig ist. Speichelproben vom Wasserglas werden auf DNA untersucht und mit dem Blut auf dem blauen Kleid des Opfers verglichen. Das Ergebnis bekommen wir morgen.« Er rieb sich die Hände und sah auf seine Notizen. »Okay, was haben wir noch? Auf das Foto des Ohrrings in den regionalen Zeitungen hat sich bisher niemand gemeldet. Ich finde das merkwürdig. Das Schmuckstück ist doch wirklich etwas Besonderes. Irgendjemandem muss es doch etwas sagen.«

»Heute am späten Nachmittag bin ich mit der Goldschmiedin verabredet«, informierte Valérie ihn. »Das bringt uns vielleicht weiter.«

»Sehr gut. Von dem Ohrring verspreche ich mir viel. Jetzt komme ich zu den Bootsvermietern. Ein Kollege hat bei allen Verleihern angerufen, die sich an der Westküste vom Cap de la Hague bis Agon-Coutainville befinden. Leider Fehlanzeige. Ein Édouard Rivette hat kein Schiff gemietet.«

»Ich bezweifle auch, dass er ohne Personalausweis überhaupt ein Boot bekommen hätte«, merkte Lagarde an. »Außerdem ist das nicht ganz billig. Wie sollte er sich das leisten können?«

»Vielleicht hat er ein Schiff gestohlen«, mutmaßte die Polizistin.

»So einfach ist das nicht«, erwiderte der Kommissar. »Immer mehr Marinas sind mittlerweile videoüberwacht, um dem vorzubeugen. Aber unmöglich ist es natürlich auch nicht. Es gibt alleine hier in der Gegend Hunderte von Anlegern, die nicht gesichert sind. Womöglich hat er es gestohlen und unbemerkt wieder zurückgebracht.«

»Der Abteilung Diebstahldelikte wurden in den letzten zwei Wochen drei gestohlene Schiffe gemeldet«, berichtete Ludovic. »Eines ist inzwischen wieder aufgetaucht. Die sechzehnjährige Tochter des Besitzers ist mit ihrem Freund abgehauen und wurde bei der Insel Sark aus Seenot gerettet. Die Kollegen bleiben dran und halten uns auf dem Laufenden.«

Jetzt war Valérie an der Reihe. »Ich habe mir alle Fotos auf dem Laptop von Anouk Coudrin gründlich angesehen. Es handelt sich in den meisten Fällen um Landschaftsaufnahmen, die einen künstlerischen Anspruch verfolgen, so wie die Fotos auf der Speicherkarte. Häufig hat sie Menschen fotografiert, bei denen ich davon ausgehe, dass sie sie gar nicht gekannt hat. Ältere Leute, die vor ihrem Haus auf einer Bank sitzen und nicht bemerken, dass sie fotografiert werden, zum Beispiel. Einfach ruhige schöne Aufnahmen und Porträtstudien. Einige Bilder zeigen Kommilitonen. Anhand der digitalen Jahrbücher der Uni Cherbourg konnte ich ihnen Namen zuordnen. Es sind die drei Studenten, von denen Nathalie Baye erzählt hat, die Freunde von Anouk. Dabei handelt es sich eher um Schnappschüsse, die am Strand oder in der Kneipe aufgenommen worden sind. Schließlich gibt es noch jede Menge Fotos von ihrem Hund.« Sie sah konzentriert auf den Bildschirm des Laptops und klickte zwei Bilder an. Die Porträtaufnahmen erschienen im Großformat. »Das könnte unser Phantom sein«, sagte sie. »Ich weiß nicht, um wen es sich handelt. Die Fotos sind unscharf und verwackelt, als hätte sich der Mann rasch weggedreht. Sie wurden am dreißigsten August gemacht.«

Hoffnungsvoll betrachteten die Kommissare die Ablichtungen in Schwarz-Weiß. Sie zeigten einen Mann im Halbprofil, dessen Gesicht großteils von dem Schatten seiner Baseballkappe verdeckt wurde. Die Augen verbargen sich hinter einer Sonnenbrille. Die

Nase war ohne besondere Auffälligkeiten, ebenso das Kinn. Ansonsten war nichts zu erkennen. Cleroc war enttäuscht.

»Das könnte jeder Mann zwischen zwanzig und vierzig Jahren sein.«

Sein Kollege stimmte ihm zu. »Damit kann man wirklich nicht viel anfangen. Aber immerhin bestärken die Aufnahmen die Vermutung, dass das Phantom existiert. Der Strandgutsammler hat ihn so beschrieben, und uns noch verraten, dass er jung sei. Und der Sohn der Brasserie-Besitzerin hat von einem jungen Mann mit dunklen Haaren gesprochen. Ich gehe davon aus, dass es sich aller Wahrscheinlichkeit nach um denselben Mann handelt.«

Cleroc sah das genauso.

»Ist er ihr Mörder, was meint ihr?«, wollte die Polizistin wissen.

»Er könnte es schon sein«, antwortete Lagarde. »Wir können auf jeden Fall davon ausgehen, dass sie sich nicht erst am fünften September getroffen haben, sondern bereits am dreißigsten August, oder gar noch früher. Um die Zeit herum wurden sie auch in der Brasserie gesehen. Das würde dafür sprechen, dass sie von dem Mann nicht gewaltsam verschleppt wurde, sondern aus freien Stücken mit ihm gegangen ist. Vielleicht hat er bei diesen Begegnungen versucht, ein Vertrauensverhältnis aufzubauen und sie dann irgendwo hingelockt. Beispielsweise auf ein Boot.«

»Sollen wir das Foto in die Zeitungen setzen lassen?«, wollte sein Kollege wissen.

»Ich verspreche mir nicht viel davon, aber wir sollten nichts unversucht lassen.«

»In Ordnung, ich kümmere mich darum. Danke Valérie, sehr gute Arbeit.«

Sie freute sich über die Anerkennung. »Ich hatte noch die Aufgabe, Anton Falkenberg zu überprüfen, den Gymnasiallehrer aus Deutschland. Das Ergebnis ist wirklich interessant.« Sie klickte ein Foto an. Auf dem Bildschirm erschien eine kleine Gruppe, die in die Kamera lachte. Alle trugen dunkelblaue Trainingsanzüge mit einem goldenen Wappen und weiße T-Shirts.

»Das sind die Sportlehrer des Marie-Curie-Gymnasiums bei einem Sportfest in Bamberg, das letzten Sommer stattgefunden hat. Der Mann ganz rechts, das ist Anton Falkenberg.«

Der Lehrer war mindestens eins neunzig groß und schlank. Die Trainingsjacke hatte er lässig um die breiten Schultern geschlungen, so dass seine kräftigen muskulösen Arme zu sehen waren. Die braunen welligen Haare fielen bis in den Nacken. Sein Lachen, das weiße Zähne zeigte, hatte etwas Spitzbübisches. Er war zweifellos ein attraktiver Mann, und Lagarde konnte sich gut vorstellen, dass viele seiner Schülerinnen ihn anhimmelten.

Valérie berichtete weiter. »Der Mann ist zweiunddreißig Jahre alt und Lehrer für Deutsch, Französisch und Sport. Er ist verheiratet mit Claudia Falkenberg, geborene Minderlein. Das Ehepaar hat zwei Kinder, Leon, drei Jahre alt, und Kyra, sechs Jahre alt. Morgen fängt in Bayern die Schule wieder an. Anton Falkenberg ist aber noch hier. Ich habe heute Morgen in der Rezeption des Campingplatzes *Les Trois Pins* in Barneville angerufen. Falkenberg hat den Stellplatz noch bis zum achtzehnten September gemietet.«

»Aber er müsste doch schon längst auf der Heimreise sein, wenn morgen die Schule anfängt«, warf Ludovic ein.

»Er muss nicht in die Schule zurück«, sagte Valérie mit blitzenden Augen. »Der Mann ist seit drei Monaten bis auf Weiteres suspendiert, solange das Verfahren läuft.«

»Und weshalb?«, fragte Ludovic.

»Ihm wird vorgeworfen, dass er eine siebzehnjährige Schülerin sexuell belästigt hat. Eine Mitschülerin hat den Vorfall beobachtet und ihn dem Direktor gemeldet. Das betroffene Mädchen weigert sich, eine Aussage zu machen. Sie schweigt beharrlich. Es wird vermutet, dass er sie unter Druck gesetzt hat. Die Ehefrau hat öffentlich verkündet, dass sie aufgrund dieses Skandals die Scheidung eingereicht hat. Es sei nicht der erste Vorfall dieser Art gewesen. Sie wirft ihm auch vor, gewalttätig gegen sie geworden zu sein. Falkenberg streitet die Vorwürfe vehement ab.«

»Das ist ja interessant«, meinte Lagarde. »Haben wir ein Foto von dieser Schülerin?«

»Ja, ich habe tatsächlich ein Bild von ihr gefunden. Es wurde auch bei diesem Sportfest aufgenommen. Ihr Name ist Lilly Voss.« Das Foto erschien auf dem Bildschirm. Die Schülerin sprintete gerade über die Ziellinie. Sie war groß und durchtrainiert und hatte die hellen Haare zu Zöpfen geflochten und über den Ohren festgesteckt.

»Der gleiche Typ«, stellte Lagarde fest. »Sie ist hübsch.«

»Ja, und da ist noch etwas«, verkündete Valérie. »Ich habe auch herausgefunden, dass Falkenberg zu der Zeit, als Véronique Rimbaud verschwunden ist, hier war. Genauer gesagt, war er letztes Jahr vom zwanzigsten August bis zum zwölften September auf einem Campingplatz in Saint-Germain-sur-Ay.«

»Weißt du, wie lange er sich schon auf dem Campingplatz in Barneville aufhält?«

»Ja, ich habe bei dem Telefonat nachgefragt. Seit dem fünfzehnten August.«

Ludovic überlegte. »Ein Tourist, der hier Urlaub macht, sich das Vertrauen von jungen Frauen erschleicht und sie schließlich tötet?« Er schüttelte verblüfft den Kopf. »Was soll man davon halten?«

»Es ist eine Hypothese«, erwiderte Lagarde. »Wir wissen nach wie vor nicht, was mit Véronique Rimbaud passiert ist.«

»Das stimmt«, räumte sein Kollege ein. »Aber es ist eine Hypothese, die wir nicht aus den Augen verlieren sollten. Je länger ich darüber nachdenke, desto mehr kann ich mir dieses Szenario vorstellen.«

»Möglich wäre es schon. Dabei stellt sich wieder die Frage nach dem Motiv. Wir müssen mit ihm reden, am besten gleich heute.«

»Ja, das finde ich auch. Was haben wir noch?«

»Wir brauchen mehr persönliche Informationen über den Strandgutsammler, damit wir ihn besser einschätzen können. Vielleicht weiß der Bürgermeister von Saint-Germain etwas über ihn. Können wir einen Termin mit ihm vereinbaren?«

»Ja, klar.«

Cleroc ging zu seinem Schreibtisch und rief in der Zentrale an. Er schilderte dem wachhabenden Polizisten sein Anliegen und bedankte sich. Schließlich kehrte er zurück an den Besprechungstisch. »Der Kollege kümmert sich darum und ruft gleich zurück.« Er schenkte sich noch einen Kaffee ein und sah in seine Unterlagen. Vorläufig hatten sie alles Wichtige besprochen. Es dauerte nicht lange, und der Polizist rief zurück. Cleroc nahm den Anruf entgegen, hörte zu und dankte ihm erneut. An seine Kollegen gewandt, verkündete er: »Heute um vierzehn Uhr dreißig haben wir einen Termin. Ich schlage vor, wir teilen uns auf, damit wir keine Zeit verlieren. Philippe und ich sprechen mit Anton Falkenberg. Valérie nimmt den Termin beim Bürgermeister wahr und fährt dann nach Barfleur, um mit der Goldschmiedin zu reden. Einverstanden?«

Sein Kollege und die Polizistin nickten. »In Ordnung.«

»Du kannst mein Auto nehmen«, bot Lagarde Valérie an. »Wenn du mit den Befragungen fertig bist, kannst du damit nach Hause fahren, und morgen früh holst du mich ab. Wir treffen uns dann hier und besprechen, was wir herausgefunden haben.«

»Alles klar, Philippe. Wie kommst du heim?«

»Ich hoffe, dass Ludovic mich fährt.«

Cleroc grinste. »Aber sicher. Und jetzt gehen wir Mittagessen. Ich schlage Den Blauen Hummer vor. Das Essen dort ist wirklich hervorragend. Darf ich euch einladen?«

Als sie die Brasserie erreichten, studierte Ludovic auf der Schiefertafel das Menü des Tages. Der Vorschlag des Chefkochs lautete: Taubenterrine an Feldsalat mit Walnüssen und Kirschtomaten, dazu Quittengelee sowie Baguette; Wildgarnelen mit Bandnudeln und Rucola; verschiedene Käsesorten aus der Normandie; Käsetorte mit frischen Mangos. Er war begeistert. »Taubenterrine habe ich schon ewig nicht mehr gegessen.«

Sie sahen sich auf der Terrasse vergeblich nach einem freien Platz um. Stimmengewirr war zu vernehmen. Vier Gäste, die den Tisch neben der Eingangstür besetzt hatten, amüsierten sich prächtig und lachten laut. Sie überlegten gerade, ob sie sich in den Gastraum setzen sollten, als die Besitzerin des Restaurants im Außenbereich erschien. Sie erkannte sie wieder und begrüßte sie mit einem herzlichen Lächeln. »Bonjour, Madame et Messieurs. Suchen Sie einen Tisch im Freien? Die Gäste da hinten möchten bezahlen. Wenn Sie ein paar Minuten warten? Gleich bin ich wieder bei Ihnen.«

»Gerne«, erwiderte Ludovic.

»Ihnen schmeckt es bei mir, das freut mich.« Sie ging zu dem Tisch und stellte das Schälchen, in dem die Rechnung festgeklemmt war, auf die weiße Damast-Tischdecke. Als die Gäste gegangen waren, wies sie den Kellner an, den Platz neu einzudecken und bat die Polizisten Platz zu nehmen. »Darf ich Ihnen einen Aperitif anbieten? Auf Kosten des Hauses natürlich? Wie wäre es mit einem Crémant de Loire aus Saumur? Er verfügt über eine feine Zitronennote und ist wirklich hervorragend.«

Sie nahmen die Einladung gerne an. Während sie die Terrine genossen, die Ludovic lobte, unterhielten sie sich leise über ihre Ermittlungen. Valérie ließ die Hypothese nicht los, die ihr Kollege aufgestellt hatte.

»Ein Tourist macht Urlaub im Cotentin und begeht ein Verbrechen. Danach reist er wieder ab, und niemand kommt ihm auf die Schliche. Er sucht sich ein

Opfer aus, zu dem er vorher keine Verbindung hatte. Niemand erkennt einen Zusammenhang. Das ist ja schon fast ein perfektes Verbrechen. Ein Jahr später kommt er wieder und schlägt erneut zu.«

»Wenn Falkenberg der Täter ist, kommen wir ihm auf die Schliche«, versicherte Lagarde. »Warten wir ab, was sich bei dem Gespräch mit ihm ergibt. Wir müssen in jede Richtung ermitteln und offen für alles sein. Es kann leider auch sehr gut sein, dass wir dem Täter noch nicht nahe sind. Und wir müssen unbedingt herausfinden, was mit Véronique Rimbaud geschehen ist.« Er bekam die junge Frau nicht aus seinem Kopf. Inzwischen war er fast sicher, dass sie tot war. Er fragte sich, ob sie jemals ihre sterblichen Überreste finden würden.

Als sie den Mokka getrunken hatten, bezahlte Ludovic, und sie machten sich an die Arbeit.

Valérie erreichte Saint-Germain-sur-Ay kurz nach vierzehn Uhr. Sie stellte das Auto auf dem Parkplatz hinter der Strandpromenade ab. Im Rückspiegel überprüfte sie, ob Mütze und Krawatte richtig saßen. Ein Hauch Lippenstift konnte auch nicht schaden. Schließlich stieg sie aus und lief ein Stück auf der breiten Mole. Die Flut stürzte sich ungestüm auf den Strand. Surfer nutzten die hohen Wellen und die steife Brise und wurden weit draußen von bunten, geblähten Segeln mit erstaunlicher Geschwindigkeit über das Meer getragen. Sie atmete die reine Luft ein und ging den Weg entlang, der von der Slipanlage am Ufer in das Ortszentrum führte. Es war Markttag, deshalb war die Straße für PKWs gesperrt. Auf beiden Seiten reihte sich Stand an Stand, an denen Händler lautstark ihre Waren feilboten. Auf einer breiten, mit einer Tischdecke farbenfroh gestalteten Auslage wurden in geflochtenen Körben verschiedene Kartoffelsorten, rote und weiße Zwiebeln, dicke Knoblauchbündel, Radieschen und Karotten angeboten. Daneben gab es in Holzbottichen eingelegte Oliven in verlockenden Varianten, sowie Salami von Esel, Pferd und Wildschwein. Am meisten begeisterte sich die Polizistin für den Meeresfrüchtestand. Schillernde Fische wurden neben Austern in vier verschiedenen Größen und rosa Crevetten auf Eis dargeboten. Die Meerspinnen krabbelten archaisch träge in Holzkisten hin und her und versuchten zu fliehen. Am liebsten hätte sie gleich eingekauft. Sie kam an einem Straßencafé vorbei, in dem die Besucher unter hohen Platanen eine Pause machten und einen Mokka oder einen kleinen Roten tranken. Ein afrikanischer Straßenverkäufer bot originelle Lederwaren an. Sie brauchte dringend einen Gürtel. Seit sie abgenommen hatte, rutschte ihre Lieblingsjeans, aber jetzt war keine Zeit mehr.

Fünf Minuten vor dem vereinbarten Termin erreichte sie das Rathaus. Es handelte sich um ein schlichtes Granitsteinhaus mit dem typischen Schieferdach und weißen Fenstern. Über der breiten gläsernen Eingangspforte gab es einen Balkon, der von einer kunstvoll geschmiedeten, schwarzen Brüstung begrenzt wurde, auf der die Trikolore flatterte. Auf dem gepflegten Vorplatz erhob sich ein Sandsteinbrunnen, den eine vergoldete Statue von Jeanne d'Arc krönte.

Valérie trat in die Eingangshalle. Kein Mensch war zu sehen. Plötzlich öffnete sich eine Tür, und eine Frau kam aus einem Zimmer. Sie hatte ein unscheinbares mageres Gesicht, das von mausbraunen Haaren umrahmt wurde. Wasserblaue Augen richteten sich auf die Besucherin, und ihre Miene wurde freundlicher. »Bonjour, Madame. Mein Name ist Meunier. Ich bin die Sekretärin des Bürgermeisters. Sie sind bestimmt die Polizistin aus Barfleur, die einen Termin bei unserem Maire hat?«

Valérie stellte sich vor und zeigte ihren Dienstausweis.

»Er erwartet Sie bereits, kommen Sie doch bitte mit.« Sie gingen zusammen durch einen kurzen Korridor, dann klopfte die Sekretärin an eine Tür. »Ihr Besuch ist da, Herr Bürgermeister. Die Polizistin aus Barfleur.«

»Danke, Madame Meunier. Sind Sie so gut und bringen uns etwas zu trinken und ein wenig Gebäck?«

»Gerne.« Schon war sie zur Tür hinaus.

Der Bürgermeister, der an seinem Schreibtisch gesessen und etwas geschrieben hatte, stand auf und kam lächelnd auf sie zu. Er war kleiner als sie und etwas beleibt. Die Augen hinter den Gläsern seiner schwarzen Brille wirkten aufmerksam. Er war tadellos gekleidet mit einem grauen Dreiteiler, Krawatte und polierten Schuhen.

Herzlich schüttelte er ihr die Hand. »Willkommen in Saint-Germain. Mein Name ist Albert Bargas. Nehmen Sie doch bitte Platz.« Er zeigte auf eine elegante Sitzgruppe aus hellbraunem Leder. Schon kehrte seine Sekretärin zurück und stellte ein Tablett mit Kaffee, Wasser und Zitronenkuchen auf den Glastisch.

»Danke, wir bedienen uns selbst.« Er wandte sich an Valérie. »Was darf ich Ihnen anbieten?« Er bekam wohl nicht oft Besuch von einer jungen Frau und gab sich sehr charmant.

»Einen Kaffee, bitte.«

Nachdem er ihnen eingeschenkt hatte, sagte er: »Ich habe am Telefon nicht ganz verstanden, worum es geht. Eigentlich gab es nur eine Terminvereinbarung. Es wäre nett, wenn Sie mir sagen, was ich für Sie tun kann.«

Valérie räusperte sich ein wenig unsicher und überlegte, wie sie beginnen sollte. Am besten kam sie direkt zur Sache. »Die Kripo Cherbourg ermittelt in einem Mordfall. Unterstützt wird sie von einem externen Berater und von mir.«

»Sie meinen den Mord an der jungen Frau, die im Wattenmeer von Barneville gefunden wurde? Ich habe aus der Presse davon erfahren.«

»Ja, genau, Herr Bürgermeister.«

Betroffen schaute er sie an. »Was für eine schreckliche Geschichte.«

»Ja.«

Nach dem Fund der Wasserleiche hatte die Kripo von Cherbourg eine Pressekonferenz abgehalten. Die Öffentlichkeit hatte ein Recht auf Informationen. Seitdem erschienen täglich Artikel über dieses Verbrechen in den regionalen Zeitungen, und eine rasche Aufklärung wurde gefordert. Die Boulevardpresse schreckte auch vor wilden Spekulationen und Panikmache nicht zurück und suggerierte die Unfähigkeit der Polizei.

»Haben Sie schon eine Spur? Derjenige, der dieser Frau das angetan hat, gehört schleunigst hinter Gitter. Die Menschen hier sind beunruhigt. Außerdem wirken sich solche Negativmeldungen nachteilig auf den Tourismus aus. Unsere schöne Halbinsel hat ihren Ruf als Paradies für Naturliebhaber und Individualisten zu verlieren.«

»Es tut mir leid, aber über laufende Ermittlungen darf ich keine Auskunft geben.«

»Das verstehe ich natürlich.«

»Wir sind in diesem Zusammenhang auf einen Strandgutsammler gestoßen. Er heißt Édouard Rivette. Sagt Ihnen der Name etwas?«

»Édouard? Ist er etwa verdächtig?«

»Im Moment ist er ein Zeuge. Sie kennen ihn also?«

»Ja, er ist obdachlos und hat sich in einer alten Muschelhütte in der Nähe des Naturhafens eingerichtet. Am Anfang waren die Gemeinderäte und ich nicht gerade begeistert davon, aber ich wollte nicht gleich mit Flinten auf Spatzen schießen. Man muss die Kirche im Dorf lassen. Das ist mein Motto, und es hat sich bewährt. Wir legen hier Wert auf Toleranz und Hilfsbereitschaft. Also habe ich ihn in seiner Hütte besucht und mit ihm geredet. Ich wollte mir einen persönlichen Eindruck von ihm verschaffen.«

»Und welchen Eindruck hatten Sie?«

»Ich habe ein positives Bild von ihm gewonnen. Er war sehr höflich und hat sich mit mir unterhalten.«

»Seit wann lebt er denn hier?«

»Seit ungefähr zwei Jahren.«

»Hat er Ihnen erzählt, warum er obdachlos geworden ist?«

»Nein, er hat gesagt, dass er nicht darüber reden will, es war eine private Sache. Er meinte nur, dass er sich für eine Auszeit entschieden hat und nicht weiß, ob er überhaupt in das bürgerliche Leben zurückkehren will. Ich hatte das Gefühl, er hat damals viel verloren. Irgendetwas hat ihn aus der Bahn geworfen.«

»Halten Sie ihn für harmlos?«

»Nun, ich bin nicht naiv. Das wäre in meinem Amt fatal. Selbstverständlich habe ich Erkundigungen über ihn eingezogen. Er hat vorher viele Jahre in Nantes gewohnt und sich nichts zuschulden kommen lassen. Seitdem hat er keinen festen Wohnsitz. aber das ist nicht verboten. Er ist ein unbescholtener Mensch. Es liegen keine Vorstrafen vor.«

»Wissen Sie, ob er ein Auto oder ein Boot besitzt?«

»Nein, nicht dass ich wüsste. Er ist arm, ich glaube nicht, dass er sich das leisten kann.«

»Wovon lebt er denn? Für die Dinge, die er am Strand findet, bekommt er doch nur ein paar Euro.«

»Das stimmt. Aber Rivette hilft manchmal bei Bauern aus. Er arbeitet bei der Lauchernte und bei der Kirschenernte mit und hackt im Winter Holz mit ihnen. Einen Teil des Brennmaterials kann er behalten für seinen kleinen Ofen in der Hütte. In den Wintermonaten kann es hier ganz schön kalt werden. Unser Pfarrer lädt ihn manchmal zu Gemeindenachmittagen ein, und vom Bäcker bekommt er Brot und Kuchen vom Vortag. Einmal kam es bei Baumfällarbeiten zu einem Unfall. Rivette hat sich den Fuß verletzt. Daraufhin hat unser Dorfarzt ihn kostenlos behandelt. Ich denke, es läuft ganz gut, und er will es im Moment nicht anders.«

Plötzlich fielen ihm seine Pflichten als Gastgeber ein. »Möchten Sie ein Stück Kuchen? Ich kann ihn nur empfehlen.«

»Sehr gerne.« Valérie fühlte sich richtig verwöhnt.

Geschickt legte er ein dickes goldgelbes Dreieck

auf ihren Teller und goss Kaffee nach. Unaufgefordert schenkte er für sie ein Glas Wasser ein. »Es ist heiß heute«, sagte er.

»Vielen Dank.« Sie dachte nach, ob sie etwas vergessen hatte. Aber eigentlich war es ihr hauptsächlich darum gegangen, eine Rückmeldung von einer Person aus dem Ort zu bekommen. Doch eine Frage beschäftigte sie noch. »Monsieur Rivette lebt schon in sehr einfachen Verhältnissen da draußen. Kann ihm die Gemeinde nicht vielleicht eine Wohnung anbieten?«

Der Bürgermeister strahlte sie an. »Eine junge Polizistin mit einem großen Herz, das gefällt mir. Tatsächlich haben wir ihm eine Einzimmerwohnung im Gemeindehaus angeboten, doch er hat abgelehnt. Aber ich habe eine andere Idee«, jetzt freute er sich richtig. »Bei meinen Erkundigungen in Nantes habe ich herausgefunden, dass er dort fast schon berühmt war. Er hat unter anderem die dortige Basketballmannschaft trainiert und weit nach oben gebracht. Unsere Mannschaft ist völlig erfolglos, es ist wirklich zum Weinen. Als Präsident des Vereins trifft mich das besonders hart. Monsieur Rivette trinkt manchmal ein Glas Wein in der *Bar Tabac*. Wenn ich ihn sehe, werde ich ihn fragen, ob er Interesse hat.« Begeistert rieb er sich die Hände. »Vielleicht heute Abend schon.«

»Ich wünsche Ihnen Glück«, antwortete Valérie. »Jetzt habe ich keine Fragen mehr. Ich danke Ihnen für Ihre Hilfe und für die gute Bewirtung.«

»De rien. Es war interessant, mit Ihnen zu sprechen. Ich wünsche Ihnen und Ihren Kollegen viel Erfolg bei den Ermittlungen. Wenn Sie noch Fragen haben, können Sie sich gerne jederzeit bei mir melden. Au revoir, Madame.«

»Au revoir, Monsieur le Maire.«

Langsam lief Valérie zurück zum Wagen. Es war noch reichlich Zeit bis zu dem Termin mit Juliette, der Goldschmiedin. Manche Händler hatten bereits damit begonnen, ihre Stände abzubauen. Im Café war es noch voller geworden, an der Theke gab es keinen einzigen freien Platz mehr. Das bevorzugte Getränk war kühler Weißwein aus beschlagenen Achtelgläsern, und die Stimmung war ausgelassen. Die Frau am Fischstand begann gerade zusammenzupacken. Valéries Blick fiel begehrlich auf die Crevetten. Plötzlich klingelte ihr Handy. Sie war abgelenkt und meldete sich, ohne auf die Nummer zu achten. Raymond. Ungeduldig versuchte sie, ihn abzuwimmeln. »Ich arbeite und habe keine Zeit, ständig über Neuseeland zu sprechen.« Er versicherte, dass er sie heute Abend nur zu Hause besuchen und ein Glas Wein mit ihr trinken möchte. »Bitte, chérie. Sei doch nicht so hart zu mir. Kein Wort über Neuseeland, ich schwöre.«

Widerstrebend gab sie nach. Es fiel ihr immer schwer, diesem Kerl zu widerstehen. »Also gut, aber nicht so lange. Ich muss noch recherchieren.«

»Wie du willst. Wollen wir etwas kochen?«

»Ich stehe gerade vor einem Fischstand. Was hältst du von frischen Crevetten?«

»Wunderbar, dann bringe ich Wein mit. Ich liebe dich.«

Bevor sie antworten konnte, hatte er aufgelegt. Kopfschüttelnd steckte sie ihr Handy in den Rucksack. Sie hatte sich wieder einmal breitschlagen lassen. Wo sollte das noch hinführen? Sie kaufte ein Kilo von den Schalentieren und bat die Verkäuferin um eine Kühltasche. Beim Bäcker holte sie frisches Baguette. Butter, Knoblauch, Zitronen und Salat hatte sie zu Hause.

Schließlich ging sie zum Parkplatz und verstaute ihre Einkäufe im Auto. Als sie den Motor startete, hatte sie eine Idee und sah schnell auf ihre Armbanduhr. Entschlossen bog sie rechts ab und folgte der Uferstraße über die Sandverwehungen. Ein Fahrradfahrer, der ihr entgegenkam, entlockte ihr ein Grinsen. Das Baguette, das aus seinem Rucksack ragte, hatte der böige Wind im rechten Winkel abgeknickt.

Nach wenigen Minuten hatte sie den Dünenparkplatz erreicht und stellte das Fahrzeug ab. Es war das einzige auf der sandigen Fläche. Auf dem Trampelpfad erklomm sie die Dünen und ging weiter bis zum Rand des Mündungstrichters. Lächelnd beobachtete sie, wie frischgeschlüpfte Seevogelbabys unter den wachsamen Augen ihre Eltern unbeholfen um ihre Nester hüpften. Dann wanderte sie weiter und erreichte bald das Brachland. Einer Eingebung folgend hatte sie beschlossen, den Strandgutsammler erneut aufzusuchen. Philippe würde ihr wegen dieser eigenmächtigen Entscheidung nicht gleich den Kopf abreißen. Sie wollte gerne noch einmal mit ihm sprechen. Ein zweiter Eindruck von einem Menschen war doch nie verkehrt. Vielleicht würde sie noch etwas von ihm erfahren, das ihnen weiterhelfen konnte.

Energisch bahnte sie sich einen Weg durch das störrische Schilfgras. Die Hütte konnte nicht mehr weit sein. Plötzlich vernahm sie ein Rascheln aus dem Dickicht hinter ihr. Erschrocken blieb sie stehen und lauschte, doch jetzt war es wieder still. Da, wieder ein Geräusch! Es kam immer näher. Jetzt bekam sie Angst. Was, wenn Rivette doch nicht so harmlos war, wie der Bürgermeister gemeint hatte? Wenn er gefährlich war? Sie wagte es kaum zu denken. Wenn er doch der Mörder war? Auf einmal wurde ihr bewusst, dass sie sich alleine auf diesem Brachland befand. Auf ihrem Weg hierher hatte sie keine Menschenseele gesehen. Ihr Handy lag in ihrem Rucksack im Auto. Das Geraschel war jetzt dicht hinter ihr. Panisch fuhr sie herum und griff nach ihrer Pistole. Direkt vor ihr stand der Strandgutsammler und sah sie mit einem wirren Blick an, seine Augen funkelten wütend. In der Hand hielt er einen Stock, den er über seinen Kopf erhoben hatte. Sie wich zurück und versuchte, ihre Waffe zu entsichern. Entsetzt stellte sie fest, dass ihre Hand zitterte und sie viel zu langsam war. Dann stolperte sie und fiel rückwärts in die Schilfgräser. Messerscharfe Blätter schnitten in ihre Hand. Rivette kam auf sie zu und ließ den Stock sinken. »Sie sind das! Mon Dieu, ich wollte Sie nicht erschrecken. Es tut mir leid, ich tue Ihnen nichts.« Er reichte ihr die Hand, zögerlich griff sie danach, und er zog sie mit einem Ruck hoch. Auf den Füßen fühlte sie sich wieder sicherer. »Sie haben mich zu Tode erschreckt.«

Er seufzte. »Ich bitte um Entschuldigung. Mit Ihnen habe ich nicht gerechnet. Es waren schon zweimal Jugendliche hier, die faule Eier gegen meine Hütte geworfen und mir gedroht haben. Ich faules Schwein solle endlich hier verschwinden, sonst würden sie mich aus dem Dorf prügeln. Ich habe Geräusche gehört und dachte, es seien die Jungen.«

Valérie hatte sich wieder gefangen. Er klang glaubwürdig. »Ist schon gut«, murmelte sie. »Sie konnten ja nicht wissen, dass ich es bin.«

»Möchten Sie einen Kaffee auf den Schreck?«

Sie nickte und wischte sich über die Stirn. »Ja, bitte.«

»Haben Sie sich bei dem Sturz verletzt? Ich habe Verbandszeug in der Hütte.«

»Nein, nein, das sind nur ein paar Kratzer.«

»Ihre Mütze sitzt schief.«

Sie rückte sie zurecht. »Danke.«

»Kommen Sie.«

Gemeinsam gingen sie die wenigen Schritte bis zu der Muschelhütte. »Setzen wir uns doch auf die Bank in die Sonne«, schlug er vor. »Ich hole nur den Kaffee.« Als er zurückkam, stellte er zwei dampfende Tassen auf das Tischchen und setzte sich. »Ich habe leider nur Instantkaffee.«

»Kein Problem, den mag ich gerne. Danke.« Sie sah ihn ernst an. »Das Problem mit den Jugendlichen dürfen Sie nicht auf die leichte Schulter nehmen. Sie müssen der Gendarmerie Bescheid sagen.«

Er winkte ab. »Mit denen werde ich schon fertig. Mir sind schon ganz andere Sachen passiert.« Er nahm einen Schluck Kaffee und musterte sie misstrauisch. »Was wollen Sie von mir? Ich habe nichts getan. Das habe ich Ihnen und Ihren Kollegen bereits gesagt.«

»Ich dachte, es ist Ihnen vielleicht noch etwas eingefallen.«

»Nein, mehr weiß ich nicht. Mir tut es so leid um die nette junge Frau. Hoffentlich finden Sie den Täter bald.«

»Das hoffen wir auch. Wir tun, was wir können.« Sie probierte den Kaffee. »Er schmeckt gut«, versicherte sie. Kurz dachte sie nach, dann fasste sie sich ein Herz. »Ich möchte so gerne wissen, warum Sie ausgestiegen sind. Nicht aus Neugierde, sondern aus Interesse. Ich möchte es verstehen. Wissen Sie, ich kann mir das gar nicht vorstellen, alle Brücken hinter mir abzubrechen.« Sie dachte an Raymond, der genau das von ihr verlangte. Der Strandgutsammler überlegte lange. Schweigen senkte sich über die kleine Lichtung, nur einige Vögel zwitscherten. »Ich habe die Geschichte noch nie jemandem erzählt, nicht mal dem Pfarrer von hier. Aber Ihnen vertraue ich, warum, weiß ich nicht. Ich hatte ein Geschäft im Zentrum von Nantes, ein gut gehendes Haushaltswarengeschäft. Waschmaschinen, Küchengeräte, solche Sachen. Viele Jahre lang. Ich war mit einer schönen Frau verheiratet und hatte zwei Kinder. Ich war zufrieden und glücklich. Wir beide waren glücklich, dachte ich. Eines Tages trank ich mit einem Freund ein Glas Wein in der Kneipe. Plötzlich fragte er mich, warum ich die offensichtliche Wahrheit nicht sehen wolle. Ich verstand nicht, was er meinte. Dann erzählte er mir, was alle anderen Freunde und Bekannte schon lange wussten, nur ich nicht. Meine Frau hatte mich immer schon mit anderen Männern betrogen. Die Kinder waren nicht von mir. Sie schaffte Geld auf die Seite, um mich wegen eines anderen Mannes zu verlassen. Erst glaubte ich ihm nicht, drohte ihm sogar Prügel an. Aber er hatte recht. Als ich nachforschte, stellte ich fest, dass er die Wahrheit gesagt hatte. Daraufhin verkaufte ich alles, was ich besaß. Die beiden Kinder, die ich liebe wie meine eigenen, bekamen jeweils ein Viertel davon. Den Rest vermachte ich dem Basketballverein. Meiner Frau, die in meinem Geschäft mitarbeitete, konnte ich nachweisen, dass sie durch fingierte Rechnungen viel Geld unterschlagen hatte. Als alles geregelt war, verschwand ich über Nacht. Irgendwann bin ich dann hier gelandet.« Seine Stimme klang belegt. »Ich habe keine Lust mehr auf ein bürgerliches Leben. Ich bin zu sehr enttäuscht worden.« Er verstummte.

Valérie wusste nicht, was sie sagen sollte. Schließlich meinte sie: »Das ist eine traurige Geschichte über Liebe und Verrat.«

Rivette lächelte. »Aber jetzt ist sie vorbei.«

»Danke, dass Sie sich mir anvertraut haben.«

»Vielleicht musste ich das alles einfach einmal loswerden.«

Valérie sah auf ihre Uhr. »Ich muss jetzt gehen, ein wichtiger Termin. Danke für den Kaffee.«

»Gern geschehen. Wenn Sie wieder mal einen trinken und reden wollen, kommen Sie einfach vorbei.«

»Das mache ich.« Sie verabschiedeten sich mit Handschlag.

Als sie zurücklief, teilte sich plötzlich das Gestrüpp, und drei Jugendliche, die Drohgebärden vollführten und Schimpfwörter riefen, sprangen heraus und verstellen ihr den Weg. Als sie die Uniform sahen, verharrten sie zögerlich. Mit einer Gendarmin hatten sie hier in dieser einsamen Wildnis nicht gerechnet. Diesmal war sie besser vorbereitet und legte die Hand auf ihre Waffe, so dass sie sie im Notfall nur noch ziehen musste. Sie richtete den Blick auf die jungen Männer. Ihre grünen Augen sprühten Funken. »Wenn ihr den Mann noch einmal bedroht, wird euch die Gendarmerie festnehmen. Dafür werde ich persönlich sorgen. Dann landet ihr im Knast. Und jetzt verschwindet, sonst nehme ich euch gleich mit.« Einer der drei wollte es genau wissen. Langsam kam er auf sie zu und grinste sie verschlagen an. »Die Schlampe hat hier doch gar nichts zu melden«, sagte er. »So eine kleine Rothaarige, da bekomme ich aber richtig Angst.« Als er kurz vor Valérie stand, trat sie zu. In manchen Situationen zahlte sich das harte Aikido-Training wirklich aus. Er knickte ein und stöhnte: »Hauen wir ab.« Seine Kumpels nahmen ihn in die Mitte und verschwanden, so schnell sie konnten, im Gestrüpp. Valérie stapfte energisch weiter. Jetzt war sie wirklich spät dran.

Der Campingplatz *Les Trois Pins* befand sich außerhalb von Barneville. Die Kommissare verließen das Ortszentrum und folgten einer Uferstraße, die um eine weite Bucht führte. Riesige schwarze Quadersteine waren aufgeschichtet, um das Land bei Springflut zu schützen. Jetzt nutzten Einheimische und Touristen in Badekleidung die warmen glatten Flächen, um sich darauf zu sonnen. Auf der anderen Seite erstreckte sich Marschland, das von einem Kanalsystem durchzogen war. Auf den Wiesen weideten weiße Kühe und eine Schafherde. Sie passierten einen riesigen Wohnwagen, an den ein Pavillon angebaut war. An der Theke saßen Bauarbeiter, tranken Wein und diskutierten lebhaft. Die Strandkneipe *Chez Pauline & Paul* war sehr beliebt, es gab alle Arten von traditionell zubereiteten Meeresfrüchten und einfache Landweine zu moderaten Preisen. Unter dem Sonnenschutz war kein Platz mehr frei. Nach einigen hundert Metern erreichten sie den Eingang des Campingplatzes. Sie stellten den Wagen ab und gingen zum Empfang. An der Eistruhe stand ein kleiner Junge in einer Badehose und studierte die Tafel mit den verschiedenen Sorten Eiscreme. Offenbar konnte er sich nicht entscheiden. Seine kleine Hand umklammerte eine Münze. An der Wand hing eine Liste, in die man eintragen konnte, welches Gebäck und wie viele Baguettes man für den nächsten Morgen bestellen wollte. Hinter dem Tresen saß eine junge Frau und tippte auf die Tasten eines Computers ein. Als sie die Ankömmlinge bemerkte, blickte sie auf und lächelte freundlich. »Bonjour, Messieurs. Was kann ich für Sie tun?«

»Bonjour, Madame«, antwortete Cleroc und zückte seinen Ausweis. »Wir hätten gerne eine Auskunft. Wo befindet sich der Stellplatz von Anton Falkenberg? Er ist eventuell ein wichtiger Zeuge in einem Fall.«

»Einen Moment bitte.« Sie blätterte in einem Buch, bis sie den Eintrag gefunden hatte. »Gehen Sie geradeaus am Kiosk vorbei und biegen dann hinter dem Boule-Spielfeld rechts ab. Nach ungefähr hundert Metern liegt der Platz auf der linken Seite, Nummer dreiundzwanzig.«

»Merci, Madame.«

»Keine Ursache.«

Den Hauptweg säumten Homemobile aus Holz mit schmalen Terrassen. Camper saßen darauf und tranken Kaffee oder spielten Karten. Nach dem Bouleplatz begann der Bereich für die Zelte, die auf großzügig bemessenen Parzellen standen und alle über einen Stromanschluss verfügten. Das Terrain wurde von Seekiefern und Zedern beschattet.

Auf dem Stellplatz Nummer dreiundzwanzig standen ein blaues Steilwandzelt, daneben ein schwarz glänzender Landcruiser und ein Bootsanhänger. Auf einem Rasenstück lag ein Surfbrett. Ein großer, kräftiger Mann in Badeshorts war gerade dabei, einen Grill anzuschüren. Unter seiner goldbraun schimmernden Haut zeichneten sich Muskeln ab, und auf den nackenlangen dunklen Locken saß eine Baseballkappe. Aus dem Nichts fegte eine orkanartige Böe über den Platz, fuhr unter das Vordach, hob es hoch und riss es aus der Verankerung. Der Camper packte die flatternde Plane. Mit der anderen Hand griff er nach dem Metallstab und fädelte dessen Spitze in die Öse. Als das Dach wieder gespannt und befestigt war, bemerkte er die Besucher. Er nahm die Sonnenbrille ab und kam auf sie zu. »Bonjour Messieurs. Kann ich Ihnen helfen?«

Sie zeigten ihre Dienstausweise. »Bonjour, Monsieur. Kripo Cherbourg.« In seinen hellblauen Augen flackerte kurz Nervosität auf. »Sind Sie Anton Falkenberg?«

»Ja. Was will denn die Polizei von mir? Ich mache hier Urlaub.«

»Wir möchten Sie gerne sprechen.« Lagarde zeigte auf die Sitzgelegenheit. »Dürfen wir uns setzen?«

»Selbstverständlich. Darf ich Ihnen etwas anbieten? Ich kann einen Kaffee kochen, und ich habe Wasser und Orangensaft. Oder lieber ein kaltes Bier? Es ist ganz schön heiß heute.«

Die Kommissare lehnten dankend ab. »Sie sprechen sehr gut Französisch«, stellte Lagarde fest.

Falkenberg lächelte. »Danke. Während meines Studiums habe ich an einem Austauschprogramm teilgenommen und zwei Semester in Toulouse studiert.« Er grinste. Eine winzige Lücke zwischen den Schneidezähnen wurde sichtbar. Seine Ausstrahlung war wirklich charmant. »Also, studiert habe ich eigentlich weniger, mehr gefeiert. Aber Französisch habe ich gelernt.«

Lagarde stellte fest, dass der Mann in Wirklichkeit noch attraktiver war als auf dem Foto. »Wir ermitteln in einem Mordfall«, begann er. »Das Opfer heißt Anouk Coudrin und wurde im Watt von Barneville gefunden.«

»Ich habe davon gehört.«

»Haben Sie sie gekannt?«

»Nein, wie kommen Sie denn darauf?«

»Wir wissen, dass Sie Nathalie Baye kennen. Sie hat mit Mademoiselle Coudrin zusammengewohnt. Da ist es doch naheliegend, dass Sie sie kennengelernt haben.«

»Ich kenne Nathalie, das ist richtig. Ich habe sie auf einer Strandparty getroffen. Sie hat mir auch erzählt, dass ihre Freundin einem Verbrechen zum Opfer gefallen ist, aber Anouk kannte ich nicht.« Er wirkte betrübt. »Nathalie will sich im Moment nicht mit mir treffen. Es geht ihr sehr schlecht, sie trauert um ihre Freundin.«

Cleroc legte ein Foto von Véronique Rimbaud auf den Tisch. »Kennen Sie diese Frau?«

Er studierte das Bild genau. »Nein, ich habe sie noch nie gesehen.«

»Ist es richtig, dass Sie vor einem Jahr in Saint-Germain-sur-Ay Urlaub gemacht haben?«

Er dachte einen Moment nach. »Ja, das stimmt. Ich mache oft in Frankreich Urlaub. Aber warum wollen Sie das denn alles wissen?«

»Wir verfolgen Spuren. Ist der Landcruiser Ihr Wagen?«

»Ja.«

»Besitzen Sie ein Boot?«

»Ja, es liegt in der Marina von Carteret, die *Leon I.*«

Jetzt übernahm Cleroc das Wort. »Sie sind verheiratet?«

»Sie haben Erkundigungen über mich eingezogen?

Ich bin doch nicht verdächtig? Das ist lächerlich, ich bin ein harmloser Urlauber. Ich habe Anouk Coudrin wirklich nicht gekannt. Und die andere Frau auch nicht.«

»Beantworten Sie bitte unsere Fragen.«

»Ja, schon gut. Ich will Ihnen ja helfen, ich weiß aber nichts. Es stimmt, ich bin verheiratet. Meine Frau heißt Claudia.«

»Das hält Sie aber nicht davon ab, hier mit einer anderen Frau zu flirten?«

Er wurde rot. »Unsere Ehe ist zerrüttet. Meine Frau will die Scheidung.«

»Sie bezeichnet Sie als gewalttätig.«

Er brauste auf. »Das ist nicht wahr! Ich würde Frauen niemals wehtun. Diese Vorwürfe sind haltlos, aber Claudia behauptet das, weil sie mir die Kinder wegnehmen will. Wir haben ein Mädchen und einen Jungen, Kyra und Leon. Ich liebe sie sehr und will sie nicht verlieren.«

»Ihnen wird in Deutschland vorgeworfen, eine Schülerin sexuell belästigt zu haben.«

Falkenberg erschrak, dann seufzte er. »Ich habe Lilly nicht belästigt. Wir haben uns verliebt, unser Sex war einvernehmlich. Ihre Mitschülerin hat das falsch verstanden und ist gleich zum Direktor gerannt. Wir lieben uns wirklich. Das mit Nathalie war ein kleiner Urlaubsflirt, aber sobald Lilly volljährig ist, wollen wir heiraten.«

»Herr Falkenberg, wir brauchen eine Speichelprobe von Ihnen.« Cleroc war der Meinung, dass die akkurat geschnittene Buchsbaumhecke genug Sichtschutz bot, um den Lehrer nicht zu kompromittieren. Er zog einen kleinen Plastikbeutel mit einem Stäbchen aus der Tasche. »Sie brauchen es nur kurz über den Gaumen zu streichen, das ist alles. Wir können Sie aber nicht zwingen, wenn Sie nicht wollen. Sind Sie einverstanden?«

»Also gut, geben Sie her. Ich habe nichts zu verbergen.« Er nahm den Beutel, zog das Stäbchen heraus und fuhr damit durch seinen Mund. Dann steckte er es zurück und reichte Cleroc das Tütchen. »Zufrieden?«

»Danke. Wir werden auch Ihr Boot untersuchen, es ist ab sofort beschlagnahmt. Sie dürfen es nicht mehr betreten, bis wir fertig sind und es wieder freigeben. Ich werde gleich die Gendarmerie von Barneville informieren, damit sie es bewacht. Wir brauchen dafür einen richterlichen Beschluss, aber den bekommen wir ganz schnell. Es macht keinen guten Eindruck, wenn Sie unsere Ermittlungen verzögern.«

»Bitte, durchsuchen Sie es. Sie werden nichts finden.«

»Danke für Ihr Entgegenkommen. Sie haben den Stellplatz bis zum achtzehnten September gemietet?«

»Sie sind wirklich gut informiert.«

»Beabsichtigen Sie, so lange zu bleiben?«

»Ja, wahrscheinlich sogar länger.«

»Gut, wenn Sie abreisen wollen, sagen Sie uns bitte vorher Bescheid.« Der Hauptkommissar legte seine Visitenkarte auf den Tisch. »Das war es vorläufig. Danke für Ihre Bereitschaft, mit uns zu sprechen. Wenn Ihnen noch etwas einfallen sollte, melden Sie sich bitte bei uns. Wir sind für jeden Hinweis dankbar.«

»Das mache ich.«

Sie verabschiedeten sich. Anton Falkenberg sah ihnen lange nach, dann holte er sich ein Bier aus der Kühlbox und setzte sich auf einen Campingstuhl. Er entfernte den Bügelverschluss und nahm einen großen Schluck. Nie im Leben hätte er sich vorstellen können, jemals so viel Ärger am Hals zu haben. Schließlich beschloss er, schwimmen zu gehen und später zu grillen. Er brauchte dringend Bewegung.

Lagarde und Cleroc machten sich auf den Weg nach Cherbourg. Sie wollten alle Akten, Notizen und Protokolle noch einmal durcharbeiten. Vielleicht hatten sie etwas übersehen.

»Ist er der Täter?«, fragte Ludovic.

»Ich weiß es nicht.«

Als Valérie Barfleur erreichte, war es schon später Nachmittag. Der Cours Sainte Catherine, der Katharinenhof, lag in der Nähe des Hafens. Die alten Granitsteinhäuser formten ein quadratisches Carré. Den Eingang bildete ein Torbogen. Die Schieferdächer glänzten in der Sonne wie Blei, die Kamine waren naturbelassen und ragten in den blauen Himmel. In den Häusern des mittelalterlichen Ensembles hatten sich einige kunsthandwerkliche Geschäfte angesiedelt. Vor kurzem war ein angesagtes Künstlercafé eröffnet worden. Die Musikkneipe, in deren Räumlichkeiten sich früher eine Schmiede befunden hatte, war ein beliebter Treffpunkt. Im ehemaligen Waschhaus befand sich ein Kino, das französische Filme und Stummfilme mit melodramatischer Cellobegleitung zeigte.

Das Goldschmiedeatelier von Juliette Andrieu lag im ersten Stock eines Hauses direkt neben dem Torbogen. Die bordeauxrot lackierte Eingangstür erreichte man über eine steinerne Außentreppe, über deren Stützmauer Geißblatt kletterte. In einer Auslage wurde auf rotem Samt und beleuchtet von winzigen goldenen Strahlern eine exklusive Auswahl ihrer selbst entworfenen Schmuckstücke ausgestellt. Valérie sah auf den ersten Blick, dass das Schaufenster alarmgesichert war. Der Schmuck war sehr wertvoll, häufig waren es Unikate. Ihre Freundin war wirklich eine Künstlerin. Neben dem Eingang hing ein schlichtes Messingschild: Juliette Andrieu, Goldschmiedemeisterin.

Valérie trat zu den Klängen eines Glockenspiels ein. Juliette saß an einer alten Werkbank aus Holz, die sie auf einem Flohmarkt entdeckt hatte. Auf der Oberfläche befanden sich Werkzeug und verschiedene Gerätschaften, die Valérie völlig unbekannt waren. Daneben stapelten sich abgegriffene Bücher, Folianten und lose Blätter mit Entwürfen, Skizzen und Notizen. An der Wand hing, als Blickfang, ein Ölgemälde des Katharinenhofes von Paul Blanvillain, der 1891 in Barfleur geboren worden war.

In Juliettes rechtem Auge klemmte eine Lupe, mit der sie konzentriert einen Gegenstand betrachtete. Als die Melodie erklang, blickte sie auf.

»Valérie, schön, dass du da bist.« Sie stand auf und umarmte ihre Reitgefährtin. Wangenküsschen wurden ausgetauscht. »Salut, Juliette.«

Die Goldschmiedin war eine beeindruckende Erscheinung. Alles an ihr war rund, der Körper, das Gesicht, die Wangen und die Nase. Ihre Augen glänzten veilchenblau und waren mit Kajalstift umrandet. Die platinblonden Haare hatte sie mit von ihr hergestellten Spangen zu einer komplizierten Frisur hochgesteckt. Der Mund schimmerte erdbeerrot. Über ihrer Jeans trug sie eine nachtblaue, golddurchwirkte Tunika.

»Magst du einen Kaffee?«, fragte sie.

»Nein, danke, ich habe heute schon genug davon getrunken.«

»Ein Gläschen Wein?«

»Jetzt nicht, danke.«

»Dann setz dich zu mir an die Werkbank. Euer Ohrclip gibt mir Rätsel auf. Ich beschäftige mich schon den halben Nachmittag mit ihm.« Sie nahm ihn, legte ihn auf ihre Handfläche und sah ihn bewundernd an. »Ein selten schönes Stück. In dieser Ausführung habe selbst ich noch nie etwas gesehen.«

Beide schwiegen für einen Augenblick und ließen die Schönheit des Schmuckstücks auf sich wirken. Juliette schilderte, was sie herausgefunden hatte.

»Es handelt sich um eine Bronzelegierung. Als weiteres Material wurde zweifellos Rotgold verwendet. Siehst du, der Ohrring schimmert rötlichgolden, das heißt, es wurde wenig Silber und mehr Kupfer beigefügt. Das ist sehr ungewöhnlich. Mit so einem Material habe ich noch nie gearbeitet. Es stellt eine große Herausforderung dar und setzt enormes künstlerisches Können voraus. Beim Schmelzen ist es ein gewagtes Experiment. Bemerkenswert ist auch, dass die Bronze neben Kupfer auch Zink enthält.«

Die Polizistin staunte. »Was wird aus einer Bronzelegierung üblicherweise hergestellt?«

Juliette musste nicht lange überlegen. »Schiffsschrauben, Schlagzeugbecken, Klanginstrumente, zum Beispiel Tonschalen, Uhren, Kunstgegenstände, Medaillen, allerdings ohne Gold, und seit der Erfindung des Schießpulvers Geschütze.«

Die Frauen schauten sich ratlos an. »Was sagt uns das jetzt?«, wollte Valérie wissen.

»Das frage ich mich auch schon die ganze Zeit.« Mit einer Pinzette ergriff sie den Schmuck und hielt ihn unter eine starke Lampe. »Die Legierung erinnert mich an etwas. Warte mal.« Begeistert schnippte sie mit Daumen und Mittelfinger. »Weißt du, was das ist?«

»Sag schon.«

»Das könnte die mit Gold angereicherte Legierung für einen Glockenguss sein, also Gusszinnbronze. Durch den Goldanteil wird sie natürlich viel wertvoller, und deshalb ist der Ohrring auch so schwer. Das ist Glockengold. Aus diesem Material werden Glocken hergestellt. Was für eine geniale Idee! Es muss sich sicherlich um einen begnadeten Künstler handeln. Der Ohrschmuck könnte ein Unikat sein, aber sicher bin ich mir da nicht.«

Valérie konnte es kaum glauben. »Glockengold?«

Juliette nickte voller Überzeugung. »Glockengold. Ich fasse es nicht. Du kannst dir gar nicht vorstellen, wie schwierig es ist, so eine winzige feine Figur wie diese schöne Meerjungfrau aus diesem Material zu gestalten und zu formen. Dafür braucht man nicht nur eine ruhige Hand. Dafür muss man begabt sein. Diesen Goldschmied möchte ich zu gerne einmal kennenlernen.«

Sie zeigte auf die Schmucksteine, die die sieben Elemente verbanden. »Das sind Brillantsplitter, die nimmt man gerne für diesen Zweck. Sie funkeln schön und sind nicht so teuer.« Entzückt betrachtete sie den Schmuck. »Einen Ohrring septagonal anzulegen, das ist eine tolle Idee.«

»Wo könnten wir diesen Goldschmied finden?«

»Natürlich in Villedieu-les-Poêles, der Glockengießerstadt. Man nennt den Ort auch Stadt des Kupfers.«

»Liegt er nicht in der Nähe von Granville?«

»Ein Stück landeinwärts. Ich war da schon mal. Es ist ein wunderschönes Städtchen mit einer langen Tradition in diesem Kunsthandwerk. Warte mal.« Sie griff nach einem in Schweinsleder gebundenen Buch, zog es vorsichtig aus dem Stapel und blätterte eifrig darin. »Es gibt noch zwei Goldschmiede dort, die diese Kunst beherrschen. Alphonse Robine und Benoît Tuel. Mit denen müsst ihr reden.«

Valérie machte sich eine Notiz. »Ich danke dir, Juliette. Du hast uns sehr geholfen. Wie kann ich das wieder gutmachen? Darf ich dich zum Essen einladen? Nur heute kann ich leider nicht. Raymond kommt zum Abendessen.«

Juliette grinste. »Etwa dieser Raymond?«

Ihre Freundin nickte errötend. »Dieser Raymond.«

»Du hast dich wieder auf ihn eingelassen?«

»Nein, wir essen nur zusammen, sonst nichts. Das ist rein freundschaftlich.«

Die Goldschmiedin schüttelte ungläubig den Kopf. »Oh, Valérie. Er hat dir schon einmal das Herz gebrochen.«

»So weit wird es nicht kommen. Ich bin vorsichtig.«

»Na, hoffentlich, aber das musst du selbst wissen. Weißt du was, wenn du einmal Zeit hast, reiten wir zusammen aus und speisen anschließend in einem edlen Landgasthof wie Königinnen.«

»Einverstanden, und ich lade dich ein. Es kann aber leider noch einige Zeit dauern. Wir stecken mitten in einer komplizierten Ermittlung.«

»Geht es dabei um die tote Frau im Watt?«

»Ja.«

»Es ist so furchtbar. Hat der Ohrclip etwas damit zu tun?«

»Das darf ich dir eigentlich nicht sagen, aber ja.«

»Dann wünsche ich euch viel Glück und Erfolg.«

»Danke, das können wir brauchen. Den Ohrclip nehme ich wieder mit.« Sie verpackte ihn sorgfältig und stand auf. »Ich muss jetzt gehen. Wir sehen uns.«

»Salut, Valérie.«

Das Haus von Serge Crabec und Adeline Hebert lag ungefähr zweihundert Meter nördlich der Kirche von Portbail und grenzte an das Marschland. Es war ein kleines altes Granitsteinhaus mit flaschengrünen Fensterläden und zwei Kaminen auf dem verwitterten Schieferdach. Ein Jahr, nachdem sie sich kennengelernt hatten, hatten sie es zu einem Schnäppchenpreis gekauft und waren voller Enthusiasmus eingezogen. Der Kaufpreis war so günstig gewesen, weil das Gebäude stark renovierungsbedürftig war. Sie hatten viele Pläne gemacht. Serge wollte die bröckelnde Fassade und die maroden Räume des ehemaligen Fischerhauses selbst herrichten und Schritt für Schritt ein schönes Heim für sie schaffen. Doch es war immer nur bei diesem Vorhaben geblieben. Nur das Dachgeschoss hatte er für sein Atelier ausgebaut. Zwei große Fenster in der Schräge ließen das klare durchscheinende Licht der normannischen Küste in das Zimmer fallen, das den gesamten Grundriss des Hauses einnahm. Alle anderen Räume waren nach wie vor in einem schlechten Zustand. Das winzige Bad mit der alten Emaille-Wanne und dem Holzbadeofen für die Warmwasserbereitung war eine Katastrophe. Sogar die einfache neue Brausegarnitur hatte sie selbst anbringen müssen. In der Küche sah es nicht besser aus. Die Wände waren feucht, und der ockerfarbene Spülstein aus den sechziger Jahren wies Risse auf. Grund für den schlechten Zustand des Hauses war einerseits Serges mangelnde Motivation, aber auch ihre prekäre finanzielle Situation. Das Geld reichte hinten und vorne nicht. Das Paar hatte oft Streit deswegen, aber Serge war mit seiner Karriere als Maler beschäftigt. Er hatte vor etlichen Monaten ein riesiges abstraktes Ölgemälde an die Crédit Agricole von Portbail verkauft, das jetzt den Eingangsbereich der Bank verschönerte, und dafür viertausend Euro bekommen. Seitdem wurde kein einziges seiner Bilder mehr verkauft. Er hatte Adeline auch verschwiegen, dass er den Auftrag nur bekommen hatte, weil er mit dem Sohn des Direktors in die Schule gegangen war. Dennoch war Serge fest davon überzeugt, dass ihm bald der große Durchbruch gelingen würde. Sein Erfolg als Künstler stand für ihn absolut im Vordergrund. Er hatte inzwischen jeglichen Realitätssinn verloren.

Jetzt stand er in seinem Atelier vor einer Staffelei, auf der eine große, über einen Rahmen gespannte Leinwand lehnte, und versuchte, sich zu konzentrieren. In den Händen hielt er eine Palette und einen Pinsel. Das Bild war ausschließlich in Schwarz und in Rottönen angelegt und wirkte ausgesprochen düster, fast schon feindselig. Er hatte auf abstrakte Weise Dämonen und das Böse schlechthin in der Hölle darstellen wollen, doch das war ihm gründlich misslungen. Frustriert mischte er den Rotton neu, aber jetzt hatte er einen blauen Stich. Es war einfach unmöglich. Am liebsten hätte er die Leinwand von der Staffelei getreten. Wütend warf er den Pinsel durch den Raum, der auf dem hellen Holzparkett landete, mit dem er sich so viel Mühe gegeben hatte, und einen hässlichen Fleck verursachte, der aussah wie Blut. Er fluchte. Schuld war Adeline, sie war immer schuld. Ständig setzte sie ihn unter Druck, dass er endlich Geld verdienen sollte. Sie wollte ein schönes Bad und eine moderne Küche. Ebenso sollte er die vorhandene baufällige Terrasse befestigen und eine kleine Mauer gegen den Wind hochziehen, der stetig vom Ärmelkanal her blies. Forderungen über Forderungen stellte sie. Die Fassade musste neu verputzt und gestrichen werden.

Wenn er daran dachte, was alleine schon das Baugerüst kosten würde, bekam er Magenschmerzen. Wie sollte er unter diesen widrigen Bedingungen ein großes Werk schaffen?

Nervös sah er auf seine Armbanduhr. Sie war immer noch nicht nach Hause gekommen. Gestern Vormittag war sie gegangen, hatte sich nicht einmal verabschiedet. Er hatte ihre Abwesenheit erst bemerkt, als er seine künstlerische Arbeit unterbrochen und in die Küche gegangen war. Normalerweise kochte sie am Sonntag immer ein ausgiebiges feines Mittagessen. Gestern nicht. In der Röhre war kein Braten gewesen, im Kühlschrank nur noch verschrumpelte Tomaten und ein Stück Käse. Serge wurde immer unruhiger. Es war schon öfter vorgekommen, dass sie nach einem heftigen Streit zornig das Haus verlassen und bei einer Freundin übernachtet hatte. Aber am nächsten Morgen zur Frühstückszeit war sie mit frischen Croissants vom Bäcker wieder hier gewesen. Dann hatten sie sich immer wieder sofort versöhnt. Als ihm gestern Abend klargeworden war, dass sie nicht kommen würde, war er ausgegangen und mit Kumpels in einer Kneipe versackt. Er war noch immer verkatert und hatte fürchterliche Kopfschmerzen. Im Bad nahm er zwei Aspirin aus dem verrosteten Spiegelschränkchen und spülte sie mit Wasser hinunter.

Schließlich begriff er, dass er dringend etwas unternehmen musste. Diese Situation konnte er nicht aussitzen. Ungeduldig suchte er nach seinem Handy und begann, Freunde und Bekannte anzurufen. Dort war sie auch nicht. Niemand hatte eine Ahnung, wo sie sich aufhalten könnte, auch schien niemand wirklich beunruhigt. Die meisten wussten von ihren ständigen Streitereien und dass sie sich dann eine Weile aus dem Weg gingen.

Er lief in den ersten Stock und betrat ihr Zimmer. Dort schlief sie, wenn sie sich gezankt hatten. Alles sah aus wie immer. Er hatte keinen Überblick über ihre Kleidung und ihre Taschen, so dass er einfach nicht sagen konnte, ob etwas fehlte. Er wusste nur, dass sie ihren Hund mitgenommen hatte, aber das machte sie immer. Sein Blick fiel auf die kleine Malecke am Sprossenfenster, die sie sich eingerichtet hatte. Das Licht in diesem Raum war keineswegs optimal. Plötzlich bekam er ein schlechtes Gewissen, als er an sein Atelier dachte. Er wischte den Gedanken beiseite und überlegte weiter. Ihr Auto stand vor dem Haus. Serge konnte sich kein eigenes Fahrzeug leisten und benutzte es häufig. Seine Verzweiflung und seine Sorge wuchsen. Furcht beschlich ihn. Ihr war doch nichts zugestoßen? Sogleich versuchte er, sich zu beruhigen. Was sollte ihr hier schon passieren? Portbail war ein Dorf. Man kannte sich. Rocci, ihr Hund, konnte richtig aggressiv werden, wenn man ihr zu nahe kam und sie das nicht wollte. Sie war bestimmt einfach sauer und ließ ihn schmoren. Er ging in den Salon und schenkte sich einen doppelten Calvados ein, den er in einem Zug kippte. Der Schnaps brannte in seinem Magen. Auf einmal fiel ihm die Wattleiche von Barneville ein. Die Zeitungen berichteten täglich darüber und versuchten inzwischen, sich mit Sensationsmeldungen, abenteuerlichen Hypothesen und passenden Schauergeschichten aus der Mythologie zu übertreffen. Die Polizei geriet immer mehr unter Druck. Als ihm die Fotografie der toten Frau in der Regionalzeitung in den Sinn kam, beschloss er zu handeln. Er hastete in den Flur und suchte in der Kommode nach den Autoschlüsseln, aber er konnte sie nirgends finden. Schließlich verließ er das Haus, vergaß, die Eingangstür abzuschließen, und rannte, so schnell er konnte, auf dem kürzesten Weg in das Zentrum von Portbail. Dort, direkt am Marktplatz, befand sich die Gendarmerie.

Der Gendarm Henri Boisard war schon seit Jahrzehnten im Polizeidienst. Das blaue Hemd spannte über dem gewaltigen Bauch, und seine Jacke hatte er ausgezogen. Es war immer noch heiß. Er war die Ruhe selbst und fest davon überzeugt, dass ihn so schnell nichts mehr erschüttern konnte. Im Moment stand er am Tresen im Eingangsbereich, las Zeitung und trank Kaffee. Noch fünf Minuten, dann hatte er Feierabend. Den Notdienst würde heute die Gendarmerie von Barneville-Carteret übernehmen. Boisard freute sich auf ein kühles Glas Rosé mit einigen Freunden in seinem Stammbistro, in dem sie sich fast jeden Abend trafen. Anschließend wollte er seine Frau Marianne, die er nach all den Ehejahren noch immer anbetete, zum Abendessen in das Restaurant Les Treize Arches einladen. Gerade griff er nach seiner Tasche und wollte die Polizeistation verlassen, als ein junger Mann in den Empfangsraum stürzte. Vom Sehen kannte er ihn, aber seinen Namen wusste er nicht.

»Meine Freundin ist verschwunden«, keuchte der Mann. »Sie müssen sie suchen.«

»Immer mit der Ruhe. Wie heißen Sie denn?«

»Serge Crabec.«

»Und Ihre Freundin?«

»Adeline Hebert.«

»Seit wann ist sie verschwunden?«

»Seit gestern Vormittag.«

»Sie wird schon wieder auftauchen. Schließlich ist sie erwachsen und muss sich nicht bei Ihnen abmelden.«

Boisard wollte Feierabend machen.

»Ich bin in großer Sorge um sie. Sie müssen etwas unternehmen.«

Der Gendarm seufzte. »Haben Sie ein Foto von Ihrer Freundin?«

»Ja, auf meinem Smartphone.« Er holte es aus der Hosentasche, tippte etwas ein und zeigte dem Polizisten die Porträtaufnahme. Boisard erstarrte, als er das

Foto betrachtete. »Setzen Sie sich bitte für einen Moment, ich muss telefonieren.«

Als die Sonne hinter der Reede von Cherbourg langsam im Meer versank, saßen die Kommissare noch immer in Ludovics Büro und diskutierten über den Fall. Sie spielten immer wieder wechselnde Szenarien durch, sprachen über mögliche verdächtige Personen, Motive und Hintergründe. Als das Telefon klingelte, stand Ludovic auf, streckte sich und griff nach dem Hörer. Es war die Zentrale, die den Anruf durchstellte.

»Ein Gendarm namens Boisard aus Portbail will eine Meldung machen«, informierte er Lagarde, den ein ungutes Gefühl beschlich. Sein Kollege hörte zu und wurde blass. »Begleiten Sie den Mann bitte nach Hause und warten Sie auf uns. Wir wollen dort mit ihm sprechen. Bis Portbail über Bricquebec sind es rund vierzig Kilometer, in spätestens einer Stunde sind wir da. Geben Sie mir bitte noch die Adresse.« Er machte sich eine Notiz. »Danke. Wir fahren jetzt los.« Er legte auf und sah Philippe an.

»Eine dritte Frau ist verschwunden«, sagte dieser tonlos. Er wusste es einfach.

»Ja, Adeline Hebert. Ihr Lebensgefährte hat dem Gendarmen ein Handyfoto gezeigt. Der Kollege sagt, dass sie Anouk Coudrin zum Verwechseln ähnlich sieht.«

»Verdammt.«

Cleroc missachtete einige Verkehrszeichen sowie Geschwindigkeitsbegrenzungen und fuhr in Rekordzeit, nämlich in weniger als vierzig Minuten, nach Portbail. Lagarde saß neben ihm und sah abwesend durch die Windschutzscheibe. Seine Gedanken überschlugen sich. Die Männer wechselten kaum ein Wort. Sie passierten die Kirche und folgten einer schmalen Straße, die zum Marschland führte. Vor dem Granitsteinhaus mit den grünen Fensterläden stellten sie den Wagen ab, gingen zur Eingangstür und klingelten. Boisard öffnete, sie stellten sich vor. Er führte sie in den Salon.

Serge Crabec saß zusammengesunken auf dem Sofa. Der Gendarm hatte Kaffee gekocht, aber die gefüllten Tassen standen unberührt auf dem Tisch. Die Kommissare schüttelten dem jungen Mann die Hand und zeigten gleichzeitig ihre Dienstausweise. »Dürfen wir uns setzen?«, fragte Cleroc.

»Selbstverständlich. Nehmen Sie doch bitte Platz.«

»Danke.« Der Hauptkommissar wandte sich an den Gendarm. »Haben Sie noch etwas in Erfahrung bringen können?« Boisard schüttelte bedauernd den Kopf. »Leider nein, Monsieur Crabec ist verständlicherweise ziemlich durcheinander. Er hat eigentlich nur wiederholt, was er bereits auf der Wache gesagt hat. Soll ich noch dabeibleiben?«

»Sie können jetzt in Ihren wohlverdienten Feierabend gehen. Wir übernehmen die Sache. Vielen Dank für Ihre Hilfe, au revoir.«

»Au revoir.« Bedrückt verließ Boisard das Haus. Er hatte inzwischen eins und eins zusammengezählt und begriffen, worum es ging. Jetzt hatte er keine Lust mehr auf einen Wein mit seinen Kumpels. Er fürchtete um das Leben von Adeline Hebert und betete, dass die Kripo sie rasch finden würde, bevor man sie auch tot im Schlick entdeckte.

Lagarde musterte Serge Crabec. Er hatte feine Gesichtszüge, helle wache Augen und kurzes braunes Haar. Sein Teint war blass, die Jeans und das T-Shirt mit Farbflecken übersät. Dem Kommissar fiel auf, dass der Salon einen sehr renovierungsbedürftigen Eindruck machte. Die Ränder der altmodischen Blümchentapete wölbten sich, und der Teppich war abgetreten. Der einzige Farbtupfer waren rote Astern, die in einer Glasschale schwammen. Jemand hatte offenbar versucht, den tristen Raum etwas freundlicher zu machen.

Crabec trank einen Schluck von dem inzwischen kalten Kaffee und fand seine Sprache wieder. Er rang sichtlich um Fassung. »Sie sind von der Kripo. Also befürchten Sie das Schlimmste, Sie denken, Adeline ist etwas zugestoßen, so wie der Frau in Barneville.«

»Wir brauchen zunächst Informationen von Ihnen«, sagte Cleroc mit betont ruhiger Stimme, »damit wir die Situation besser einschätzen können. Erzählen Sie doch bitte, was genau passiert ist.«

Der junge Mann seufzte gequält. »Am Samstagabend saßen wir zusammen und haben ein Glas Rotwein getrunken. Ein Wort gab das andere, es kam zu einem Streit.«

»Worüber haben Sie gestritten?«

»Immer über das gleiche Thema, über Geld und meine Zukunft als Künstler. Ich male abstrakte Werke und arbeite an meiner Karriere. Ich bin fest davon überzeugt, dass ich bald den großen Durchbruch schaffen werde. Adeline will, dass ich mir einen Job suche und Geld verdiene. Und sie verlangt, dass ich endlich das Haus renoviere. Dafür habe ich aber keine Zeit. Ich muss hart für den Erfolg arbeiten. Das versteht sie aber nicht. Ständig nörgelt sie herum und macht mir Vorwürfe. Das stört meine Inspiration.«

»Wovon leben Sie denn?«

»Adeline malt auch, kleine gefällige Bilder, die sie in der Galerie einer Freundin und auf dem Markt an Touristen verkauft. Kommerzielle Sachen eben. Es handelt sich hauptsächlich um Aquarelle und Rötelzeichnungen mit typisch normannischen Motiven, meistens sind es Landschaften. Was sie damit verdient, reicht natürlich nicht zum Leben. Deshalb unterrichtet sie auch an der Kunstakademie von La Haye-du-Puits. Sie gibt an drei Abenden die Woche Kurse für Erwachsene, die glauben Talent zu haben.« Er konnte die Verachtung in seiner Stimme nicht ganz verbergen. »Ich sage ihr immer, dass dieses Arrangement nur eine vorübergehende Lösung ist. Wenn ich den Durchbruch erreicht habe, werden wir genug Geld haben, mehr als genug. Ich will ihr ja nicht ewig auf der Tasche liegen.« Er fuhr sich über die blassen Wangen. »Am Sonntag habe ich ausgeschlafen und bin dann in mein Atelier gegangen, um zu arbeiten. Als ich zum Mittagessen in die Küche kam, war sie nicht mehr da.«

»Haben Sie sie am Morgen gesehen?«

»Nur kurz, als ich mir in der Küche einen Kaffee holte. Da hat sie kein Wort mit mir gesprochen.«

»Hat sie einen Hund?«

Crabec sah ihn erstaunt an. »Ja, woher wissen Sie das? Sie hat ein weißes Malteserhündchen, Rocci.«

Die Kommissare tauschten einen ernsten Blick. »Haben Sie eine Ahnung, wo sie hingegangen sein könnte?«, fragte Lagarde.

»Nein. Ich habe unsere Freunde und Bekannten angerufen. Dort ist sie nicht. In der Kunstakademie habe ich auch nachgefragt. Fehlanzeige. Sie hat am Montag keinen Kurs.«

»Hat sie einen Lieblingsplatz?«

»Sie war oft am Strand mit ihrem Hund oder ist in den Dünen spazieren gegangen.«

»War sie öfter länger weg?«

»Nein, nie.« Er rieb sich die roten Augen. »Sie müssen sie finden.«

»Wir tun alles, was in unserer Macht steht«, versicherte Cleroc. »Und sie ist ja noch nicht lange weg.

Können Sie das Foto Ihrer Freundin auf mein Handy überspielen? Wir leiten es an alle regionalen Zeitungen weiter. Wenn wir Glück haben, schaffen wir es bis Redaktionsschluss. Wir geben eine Suchmeldung heraus. Irgendjemand muss sie doch gesehen haben und hat vielleicht einen Hinweis für uns.«

»Ja, das kann ich gerne machen. Geben Sie mir bitte Ihre Nummer.«

Lagarde dachte über weitere Schritte nach. »Wir fordern eine Suchmannschaft an. Sie sollen morgen bei Tagesanbruch beginnen. Es wird jetzt bald dunkel, da macht das keinen Sinn mehr. Unsere Leute werden jeden Stein umdrehen, mehr können wir im Moment nicht machen.«

»Haben Sie versucht, Ihre Freundin auf ihrem Handy zu erreichen?«, fragte Cleroc.

»Bestimmt schon hundertmal. Es kommt immer nur die automatische Ansage.«

Wie bei Anouk Coudrin, dachte Cleroc zutiefst besorgt. »Hat Ihre Freundin ein eigenes Zimmer?«

»Ja, dorthin zieht sie sich manchmal zurück, und sie malt auch dort.«

»Dürfen wir es sehen?«

»Selbstverständlich. Es ist im ersten Stock, kommen Sie doch bitte mit.« Er führte sie über eine ausgetretene knarrende Holzstiege hinauf und öffnete eine Tür. »Bitte, das ist ihr Zimmer.«

»Dürfen wir uns mal umschauen? Sie können dabeibleiben, wenn Sie möchten. Wir brauchen nicht lange.«

»Ich warte lieber im Salon auf Sie.« Crabec ließ sie alleine.

Sie sahen sich aufmerksam um. Adeline Hebert hatte versucht, ihr Zimmer zu verschönern. Sie hatte die alte Tapete zum großen Teil entfernt und die Wände sonnengelb gestrichen. Auf dem Bett lag eine Tagesdecke in warmen Farbtönen. In der Ecke, in der ihre Staffelei stand, waren die Holzdielen mit einer Plastikplane geschützt. Das Aquarell, an dem sie gerade arbeitete, zeigte die Brücke und den Hafen von Portbail im Winter. Lagarde fand das Bild sehr gelungen. Sie untersuchten den Kleiderschrank, die Frisierkommode und sahen unter das Bett, konnten jedoch keine Auffälligkeiten entdecken. Auf einem Holztisch neben der Staffelei standen saubere Pinsel in Gläsern und mehrere Kästen mit Farben, daneben lagen einige lose Blätter mit Entwürfen. Sie wurden von einem blassgrünen Gegenstand beschwert. Der Kommissar betrachtete ihn näher und runzelte die Stirn. Es war eine kleine Figur, noch kleiner als seine Handfläche. Eine Meerjungfrau aus Jade. Sie hatte perfekte Gesichtszüge, Flossen an den Schultern, kleine Brüste und eine schuppige Schwanzflosse. »Schau dir das mal an.«

Cleroc betrachtete den schimmernden Stein. »Eine Meerjungfrau wie auf dem Ohrring.«

»Das muss nichts heißen.«

»Nein.« Aber daran glaubten sie nicht. »Wir nehmen sie mit. Und die Haarbürste, um Spuren vergleichen zu können.«

Beide Gegenstände kamen in einen Beweismittelbeutel. Dann gingen sie zurück in den Salon. Cleroc zeigte Crabec die Jadefigur. »Haben Sie diesen Stein schon einmal gesehen?«

»Nein.«

»Dürfen wir ihn und die Haarbürste Ihrer Freundin mitnehmen? Die Gegenstände können vielleicht bei der Aufklärung helfen. Sie bekommen sie zurück, wenn wir sie nicht mehr brauchen.«

»Ja, in Ordnung.«

»Wir gehen jetzt, Monsieur Crabec, es gibt noch einiges zu tun. Sobald es Neuigkeiten gibt, informieren wir Sie selbstverständlich.«

Der Künstler brachte sie zur Tür. »Bitte finden Sie Adeline.«

Als die Kommissare weggefahren waren, setzte er sich auf eine Treppenstufe und verbarg das Gesicht in seinen Händen. Er vermisste sie und wusste, dass er mehr auf ihre Wünsche hätte eingehen müssen. Er liebte sie, und jetzt hatte sie ihn verlassen. Oder sie war mit einem anderen Mann durchgebrannt und hatte ihr gemeinsames Leben hinter sich gelassen. Oder sie war tot. Dieser Gedanke machte ihn fast verrückt.

DIENSTAG, 13. SEPTEMBER 2016

GLOCKENGOLD

Michel Cahuzac stand bei Tagesanbruch im strömenden Regen auf dem Hof des Polizeipräsidiums von Rennes und überwachte die Vorbereitungen für die Suche nach Adeline Hebert. Sein alter Freund Philippe hatte ihn am Vorabend angerufen und über den aktuellen Stand ihrer Ermittlungen informiert. Er wollte, dass Michel die Koordination übernahm, wenn er das irgendwie einrichten konnte. Eine Suchaktion in dieser Größenordnung war eine logistische Herausforderung, für die man einen erfahrenen Spezialisten brauchte. Dieser Mann war Cahuzac. Lagarde hielt ihn für den Besten. Er war Polizist in leitender Funktion und hatte überall in Frankreich schon zahlreiche Suchen organisiert und zu einem erfolgreichen Ende geführt.

Der Bitte von Lagarde war er sofort nachgekommen und hatte andere Verpflichtungen hintangestellt. Sie hatten vor vielen Jahren eine Zeit lang in einer Eliteeinheit zusammengearbeitet und sich gut verstanden und respektiert. Außerdem war er Philippe noch einen Gefallen schuldig.

Cahuzac war achtundfünfzig Jahre alt, durchtrainiert und ein Schrank von einem Mann. Er war fast zwei Meter groß. Das graue Haar trug er militärisch kurz geschnitten. Seinen stahlblauen Augen entging nichts. Er war mit einer Richterin verheiratet, die am Amtsgericht für Strafsachen, dem *Tribunal de police*, in Rennes tätig war, und hatte vier erwachsene Kinder. Mit seiner Frau und der jüngsten Tochter lebte er in der Nähe von Rennes in einem Manoir, das er selbst renoviert hatte. Nachdem die Arbeiten fertiggestellt worden waren, sah es aus wie ein kleines Schloss. Lagarde hatte die Familie dort schon einige Male besucht.

Eine Hundertschaft von Polizeianwärtern mit ihren Einsatzleitern bestieg vier Busse mit Anhängern, in denen die Ausrüstung und das Gepäck transportiert wurden. Die Diensthundeführer hatten ihr eigenes Fahrzeug. Der Capitaine de Police Cahuzac stieg in einen Jeep, der von einem Bereitschaftsfahrer gesteuert werden sollte. Der junge Mann war ziemlich aufgeregt, es war sein erster Einsatz dieser Art. Schließlich setzte sich der Konvoi in Bewegung. Cahuzac nutzte die Zeit und studierte verschiedene Landkarten und weiteres Material. Er wollte sich vorab mit den topografischen Besonderheiten der Halbinsel Cotentin vertraut machen. In spätestens eineinhalb Stunden würden sie in Portbail eintreffen und ihr Bestes geben, um Adeline Hebert zu finden.

Der Bürgermeister von Portbail, Thomas Laffont, ließ sich von seiner Frau Ségolène den Krawattenknoten binden und schlüpfte in ein elegantes Jackett. Seine Haare hatte er akkurat frisiert. Heute war ein wichtiger Tag. In Kürze würde eine Suchmannschaft der Polizei aus Rennes eintreffen, und er wollte sie persönlich begrüßen. Als ihn der Anruf des Chefkoordinators Michel Cahuzac erreicht hatte, war er sofort bereit gewesen, alles in seiner Macht Stehende zu tun, um die Suchaktion zu unterstützen. Seit er erfahren hatte, dass Adeline Hebert verschwunden war, empfand er größte Besorgnis. Er kannte die nette junge Frau vom Sehen, und Ségolène hatte bei ihr während einer kreativen Phase einen Aquarellkurs an der Kunstakademie von La Haye-du-Puits belegt und in höchsten Tönen von ihr und ihrem Talent geschwärmt. Laffont hatte die große Sporthalle von Portbail als Unterkunft für die Polizisten vorgeschlagen. Dort war genug Platz für alle, und es gab ausreichend sanitäre Anlagen. Der Hausmeister wusste bereits Bescheid. Auch das Corps Mondial de Secours, kurz nur CMS genannt, war informiert. Es war eine Katastrophen-Einsatztruppe für verschiedene Fälle mit erstklassiger technischer Ausstattung. Die Mitglieder erhielten eine spezielle Ausbildung von durchschnittlich mehr als zwölf Monaten. Der Truppführer wusste bereits, welche Herausforderungen bevorstanden. Der Chef war ein Vollprofi und fest entschlossen, seine Organisation in bestem Licht erscheinen zu lassen. Er war sehr stolz darauf, mit seinen Leuten die Suche nach der vermissten Frau mit allen Kräften zu unterstützen.

Laffont gab Ségolène einen Kuss und eilte aus dem Haus. Das Ermittlerteam aus Cherbourg und er waren um acht Uhr an der Sporthalle verabredet, wo sie gemeinsam auf die Suchtrupps warten wollten. Die Halle lag auf einem großen Terrain am Rande des Städtchens. Auf den weitläufigen Grünanlagen konnten Zelte aufgebaut werden, falls dies erforderlich sein würde. Der Bürgermeister ging die wenigen hundert Meter zu Fuß, sein Arzt hatte ihm ohnehin mehr Bewegung empfohlen. Der Regen hatte aufgehört, und zwischen den dunklen Wolken kamen die ersten Sonnenstrahlen zum Vorschein. Er kannte sich mit Suchaktionen nicht aus, dachte aber, dass trockenes Wetter dafür sicher günstiger war. Auch für die verschwundene Adeline war warmes Wetter besser. Vielleicht hatte sie sich irgendwo da draußen verletzt, lag hilflos in einer einsamen Gegend und konnte nur warten, bis man sie fand. Den Gedanken, dass sie nicht mehr am Leben sein könnte, ließ er überhaupt nicht zu.

Vor dem Eingang der Sporthalle traf er auf die beiden Kommissare und die Polizistin aus Barfleur. Sie stellten sich vor. Laffont nahm zufrieden zur Kenntnis, dass die breite Glastür vom Hausmeister bereits aufgesperrt worden war. Auf den Mann war Verlass. Böen fegten über den freien Platz und zerrten an ihrer Kleidung. »Wollen wir nicht in der Eingangshalle auf die Suchmannschaft warten?«, schlug Laffont vor.

»Cahuzac, der Einsatzleiter, hat soeben angerufen. Sie sind schon in Saint-Germain-sur-Ay«, antwortete Lagarde. »In wenigen Minuten werden sie eintreffen. Warten wir doch einfach hier.«

Zeitgleich mit dem Konvoi aus Rennes trafen das Corps Mondial de Secours und Mitglieder der Freiwilligen Feuerwehr von Portbail ein. Sie sollten beim Aufstellen der Feldbetten und beim Aufbau der Versorgungszelte helfen. Cahuzac sprang aus dem Jeep und begrüßte die Wartenden. Lagarde stellte ihn vor. »Wir wollen keine Zeit verlieren«, erklärte der Chef der Suchmannschaft. »Bei der Suche nach einer vermissten Person zählt jede Sekunde.« Er lief zu den Bussen, aus denen Polizeianwärter in blauen Uniformen, schwarzen Springerstiefeln und mit Baretten auf den Köpfen stiegen. Etliche junge Frauen waren dabei, die sich mit ernsten Mienen umsahen. Sie versammelten sich auf dem Rasen vor der Sporthalle und warteten auf Anweisungen. Ein Ausbilder gab lautstark einige Kommandos. Als er »Hundertschaft antreten!« rief, standen alle innerhalb von Sekunden in Reih und Glied. Capitaine Cahuzac teilte sie in vier Gruppen ein und verteilte Fotos von Adeline Hebert, ihrem Hund Rocci und diverses Kartenmaterial.

»Eine Mannschaft nimmt sich den Strand vor, die zweite Gruppe geht über die Dünenlandschaft, und der dritte Trupp durchsucht das weitläufige Waldgebiet landeinwärts, das sich an den Ort anschließt. Das vierte Team ist für das Marschland zuständig. Wir bewegen uns zunächst in einem Radius von zehn Kilometern mit Portbail als Mittelpunkt. In unebenem, moosigem oder belaubtem Gelände setzt ihr die Metallstäbe ein und durchsucht den Untergrund. Ihr bewegt euch in einer geschlossenen Reihe und nehmt euch jeden Zentimeter vor. Ihr schaut in jedes Loch, in jede Felsspalte und in jede Schäferhütte. Denkt daran, Funkkontakt zu halten und euch regelmäßig zu melden. Wenn ihr etwas findet, sagt sofort Bescheid.« Er winkte die Diensthundeführer zu sich. Es waren vier Hundestaffeln mit jeweils einem Leichenspürhund an der Leine. Es handelte sich um einen Deutschen Schäferhund, einen Malinois, einen Riesenschnauzer und einen Rottweiler. Diese Rassen waren für die Suche nach vermissten Personen besonders gut geeignet, weil sie intelligent, ausdauernd, diszipliniert und von Natur aus neugierig waren. Die Tiere saßen neben ihren Führern und warteten mit gespitzten Ohren und wachsamen Augen auf ihren Einsatz. Sie rührten sich nicht.

»Haben wir die Kleidung der Frau?«, fragte Cahuzac Lagarde.

Der Gendarm Boisard war inzwischen ebenfalls eingetroffen. Er hatte den Auftrag erhalten, getragene Kleidungsstücke von Adeline Hebert zu besorgen.

Ihr Lebensgefährte hatte ihm bereitwillig am frühen Morgen den Wäschekorb im Badezimmer gezeigt, in dem Unterwäsche, T-Shirts und ein Rock von ihr lagen. Mit behandschuhten Händen hatte er die Kleider in Beweismittelbeutel gepackt. Diese Maßnahme war ganz wichtig, denn sein spezifischer Geruch würde die Hunde nur verwirren. Cahuzac nahm die Säcke in Empfang und verteilte sie. »Ich wünsche euch viel Erfolg. Wir sehen uns heute Abend.«

Die Mannschaften salutierten und machten sich auf den Weg. Die Kommissare und Valérie sahen ihnen nach und hofften sehr, dass sie die vermisste Frau lebend aufspüren würden. Der Chefkoordinator blickte sich suchend um und zeigte dann auf einen Fußballplatz. »Dort kann der Hubschrauber landen.« Er wandte sich an den jungen Polizisten, der ihn gefahren hatte. »Sagen Sie dem Piloten über Funk Bescheid, dass er auf dem Platz landen kann, er wird bald eintreffen. Wir teilen die Küste und das Hinterland in Planquadrate auf, die nach und nach systematisch abgesucht werden. Unsere Taucher nehmen sich zunächst die Weiher, Tümpel und Kanäle im Marschland vor, anschließend die Grotten an der Felsküste. Die Polizeiboote fahren entlang der Küste zu den Unterwasserriffen, die davorliegen, und kontrollieren Höhlen. Das war es vorläufig. Wir treffen uns nach Sonnenuntergang hier zur Einsatzbesprechung.«

Die Bootsbesatzungen stiegen mit den Tauchern

jeweils in einen Bus und fuhren ab. Das Rotorengeräusch des Hubschraubers wurde schnell lauter. Unter ohrenbetäubendem Lärm landete er exakt in der Mitte des Spielfeldes. Cahuzac rannte mit eingezogenem Kopf darauf zu, sprach kurz mit dem Piloten und erteilte Anweisungen. Gleich darauf stieg der Hubschrauber wieder auf, flog eine elegante Kurve und steuerte auf die Küstenlinie zu. Der Chef kehrte zurück. »Zuerst wird mein Büro eingerichtet«, befahl er seinem Fahrer, der Alain hieß. »Haben Sie einen geeigneten Raum für mich?«, wollte er von Laffont wissen.

»Ich dachte, das Büro der Hausverwaltung wäre optimal für Sie. Dort ist alles an Technik vorhanden, was Sie brauchen. Wenn etwas fehlt, sagen Sie bitte dem Hausverwalter Bescheid, er wird es regeln. Wenn Sie möchten, gehen wir gleich zusammen hin.«

»Sehr gut, danke. Also Alain, alle technischen Geräte werden abgebaut, und unsere Ausrüstung wird installiert. Ich brauche mindestens zwei Drucker und drei Laptops, wenn Recherchen durchgeführt werden müssen. Anschließend kümmern Sie sich bitte mit der örtlichen Feuerwehr um die Einteilung der einzelnen Räume. Die Essens- und Aufenthaltsräume bitte an die Außenwände. Und besprecht mit dem Hundestaffelleiter, wohin die Zwinger mit den Hütten kommen. Wahrscheinlich stellen sie sie aber selbst auf.«

Der junge Mann hastete eifrig und mit geröteten

Wangen davon. So eine Verantwortung hatte er noch nie getragen. Cahuzac betrachtete zufrieden das erste Versorgungszelt, das das CMS bereits teilweise aufgebaut hatte. »Gute Arbeit«, lobte er. Dann wandte er sich an einen Adjutanten. »Das CMS hat sich für die Organisation der kompletten Verpflegung angeboten. Klären Sie mit dem Gruppenleiter alles ab. Die Mannschaften haben unheimlich viel Erfahrung in solchen Dingen. Sie stellen auch die Feldküche, die sowohl außen als auch innen aufgebaut werden kann. Im Außenbereich wäre es aber wegen der Gerüche besser. Und jetzt entschuldigen Sie mich bitte, ich muss die Einsätze koordinieren und Funkkontakt halten. Wir sehen uns bei der Einsatzbesprechung heute Abend.«

Laffont hielt ihn zurück. »Die Freiwillige Feuerwehr, die Pfadfindergruppe und einige Privatpersonen aus unserem Ort und der Umgebung haben ihre Unterstützung angeboten.«

Der Capitaine überlegte kurz. »Vielen Dank dafür, wir haben zwar genug ausgebildete Kräfte, aber eine Gruppe von ortskundigen Helfern können wir gut brauchen.« Er drehte sich um und wollte in die Sporthalle gehen, um sein Einsatzbüro aufzusuchen. Lagarde packte ihn kurz am Arm. »Danke, Michel.«

Er grinste. »Keine Ursache, mein Freund.« Und weg war er. Cleroc und Valérie waren von seiner Effektivität schwer beeindruckt. Das kleine Ermittlerteam beschloss, die Kollegen aus Rennes in Ruhe ihre Arbeit machen zu lassen, während sie sich im Rahmen einer Besprechung austauschen und weitere Schritte planen wollten.

Eine gute halbe Stunde später saßen sie um den Besprechungstisch in Ludovics Büro. Er hatte aus der Polizeikantine Kaffee und Croissants besorgt. Die Stimmung war sehr bedrückt. Ihre schlimmsten Befürchtungen, dass eine weitere Frau auf unerklärliche Weise verschwinden würde, waren eingetroffen. Valérie hatte die Fotografie von Adeline Hebert ausgedruckt und an der Pinnwand neben den Fotos von Anouk Coudrin und Véronique Rimbaud befestigt. Der Anblick war erschütternd. Die Frauen ähnelten sich wie Schwestern.

Die Haare von Adeline Hebert waren lang und hellblond. Sie hatte eine hohe Stirn und runde kindliche Wangen. Der kleine Mund sah aus wie eine Rosenknospe. Ihre weit auseinanderstehenden Augen waren groß, jadegrün und von dichten hellen Wimpern umkränzt. Sie wirkte fragil.

»Das ist sie also«, sagte die Polizistin mit belegter Stimme.

Ludovic berichtete, was sie bisher erfahren hatten. »Sie ist laut ihrem Freund Serge Crabec am Sonntag zwischen der Frühstückszeit und dem Mittagessen verschwunden. Wohin sie wollte, weiß er nicht. Sie ist weder bei Freunden, Bekannten, noch an ihrem Teilzeitarbeitsplatz an der Kunstakademie. Kollegen haben diese Angaben überprüft und bestätigt. Am Abend zuvor gab es Streit. Nach Aussage von Crabec ging es um Geld, so wie häufig. Bisher ist sie immer wieder zurückgekommen, und sie haben sich versöhnt. Diesmal nicht.«

»Vielleicht hat er sie verschwinden lassen, weil er ihre Vorwürfe nicht mehr ertragen konnte?«, überlegte Lagarde.

»Du meinst, er hat sie getötet?«

»Nicht unbedingt. Ich versuche nur, in alle Richtungen zu denken. Schließlich ist er auf ihr Einkommen angewiesen. Tötet man denjenigen, der einen finanziell unterstützt? Es ist aber auch durchaus vorstellbar, dass sie lebt, deshalb lassen wir sie ja suchen. Dann sehe ich zwei Möglichkeiten. Sie nimmt sich eine Auszeit und taucht bald wieder auf. Das andere Szenario ist, dass jemand sie in seiner Gewalt hat. Dann müssen wir sie schnell finden. Sie ist seit drei Tagen verschwunden, Anouk Coudrins Leiche wurde am fünften Tag entdeckt.«

Valérie meldete sich zu Wort. »Es stellt sich die Frage, ob Serge Crabec die anderen beiden Frauen überhaupt gekannt hat? Welchen Grund könnte er gehabt haben, Anouk Coudrin zu töten?«

Ludovic nickte. »Das ist genau unser Problem.«

»Wir sollten einmal den Ansatz ändern«, schlug Lagarde vor. »Fragen wir doch, ob sich die Frauen kannten? Gibt es eine Verbindung zwischen ihnen? Wenn ja, woher kannten sie sich?«

»Das ist ein interessanter Ansatz, den wir weiterverfolgen müssen«, stimmte Cleroc zu. »So eine Verbindung ist durchaus möglich. Die Frauen kannten sich, und der Täter hat sie irgendwo getroffen, er ist nicht durch die Gegend gefahren und hat sie einzeln ausgesucht. Es wäre viel einfacher für ihn. Meiner Ansicht nach deuten die Fakten immer mehr auf den gleichen Täter hin, nicht nur wegen der verblüffenden Ähnlichkeit der Frauen und wegen der Hunde. Wir haben die rosa Granitsteine von Véronique Rimbaud und Anouk Coudrin, den Ohrring und jetzt die Jadefigur in Form einer Meerjungfrau.« Er zeigte seiner Kollegin den Stein. »Wir haben ihn im Zimmer von Adeline Hebert gefunden.«

Valérie studierte ihn genau. »Noch eine Meerjungfrau, mon Dieu. Kann das noch ein Zufall sein?«

Ludovic schenkte für alle Kaffee nach. »Was meint ihr, wenn das Phantom für diese Verbrechen verantwortlich ist, was ist es für ein Mensch? Wen suchen wir? Welche Persönlichkeitsmerkmale hat er?«

Lagarde dachte nach. »Es könnte sich um einen Narzissten handeln. Um jemanden mit einer Persönlichkeitsstörung. Erich Fromm, ein deutsch-amerikanischer Psychoanalytiker, hat diesen Charakter sehr gut beschrieben. So ein Mensch hat äußerst stark ausgeprägte Phantasien über Schönheit, Macht und ideale Liebe. Er hält sich für einzigartig und will bewundert werden. Aus zwischenmenschlichen Beziehungen zieht er Nutzen nur für sich, um seine eigenen Ziele zu erreichen. Er gibt nichts zurück. Mangel an Empathie und Mitleid ist ebenfalls ein Wesensmerkmal, genauso wie Gefühlskälte. Die Selbsteinschätzung ist übertrieben hoch. Narzissten manipulieren und benutzen andere Menschen für ihre Zwecke, Zurückweisung können sie nicht ertragen.« Er schwieg für einen Moment, dann meinte er: »Narzissmus ist kein ungewöhnliches Merkmal bei Serientätern.«

Seine Kollegen schwiegen verblüfft, ehe Ludovic lakonisch meinte: »Das sind sehr interessante Ausführungen, jetzt müssen wir ihn nur noch finden.« Er rieb sich angespannt die Stirn und sah auf seine Notizen. »Also, was haben wir noch? Der DNA-Abgleich von Rivette und Falkenberg mit dem Blut auf dem blauen Kleid, das Anouk Coudrin trug, ist negativ. Die Spurensicherung hat das Boot von Anton Falkenberg untersucht. Es wurden keine Fingerabdrücke von den drei Frauen gefunden, die anderen Spuren werden noch überprüft. Dabei brauchen wir Amtshilfe aus Deutschland, aber das dauert eine Weile.

»Hat Falkenberg Adeline?«, wollte Valérie wissen. »Ist er das Phantom?«

»In dem Fall bräuchte er ein richtig gutes sicheres Versteck«, meinte Ludovic. »Sein Boot ist es jedenfalls nicht. Ich weiß nicht, ob es für einen Touristen so einfach ist, jemanden zu verstecken. Vielleicht in einem abgelegenen Ferienhaus?«

Er schwieg nachdenklich und fuhr schließlich fort. »Bei der Untersuchung des Renaults fanden sich Fingerabdrücke von Anouk Coudrin, Nathalie Baye und einem Automechaniker, der das Fahrzeug regelmäßig gewartet und repariert hat. Seine Fingerabdrücke waren wegen einer Jugendsünde, einem Rauschgiftdelikt, registriert. Ein Teilabdruck auf dem Außenspiegel konnte bisher niemandem zugeordnet werden.« Er lächelte Valérie hoffnungsvoll an. »Hast du gestern noch etwas herausgefunden?«

»Der Bürgermeister von Saint-Germain-sur-Ay hält den Strandgutsammler für harmlos. Er hat auch Erkundigungen über ihn eingezogen, die ich sicherheitshalber überprüft habe. Gegen ihn liegt nichts vor. In Bezug auf Édouard Rivette habe ich also nichts Neues in Erfahrung bringen können, er hat mir nur seine Geschichte erzählt, den Grund, warum er ausgestiegen ist. Das war wirklich interessant.«

Lagarde sah sie erstaunt an. »Du warst noch einmal bei Rivette? Alleine?«

»Ich dachte, ich rede noch einmal mit ihm. Vielleicht finde ich noch wichtige Hinweise.«

»Valérie, er ist nach wie vor eine verdächtige Person. Es hätte gefährlich werden können. Mach das bitte nicht noch einmal.«

»In Ordnung, Philippe.« Sie versuchte abzulenken.

»Der Besuch bei der Goldschmiedin war sehr aufschlussreich. Sie hat festgestellt, dass der Ohrring aus Glockengold hergestellt wurde.«

»Aus Glockengold?« Jetzt waren die Kommissare wirklich überrascht.

»Ja, wobei die Legierung für den Glockenguss mit Gold angereichert ist. In Villedieu-les-Poêles gibt es noch zwei Goldschmiede, die diese Kunst beherrschen.«

»Wir müssen hinfahren und mit ihnen reden«, entschied Lagarde.

»Ich habe noch etwas herausgefunden«, verkündete Valérie. »Ich weiß nicht, ob es wichtig ist, aber ich will es euch zumindest erzählen. Véronique Rimbaud ist doch am fünften September des letzten Jahres verschwunden. Deshalb habe ich im Internet recherchiert, ob um diesen Zeitpunkt herum noch etwas in der Gegend passiert ist.«

»Ein guter Gedanke«, lobte Lagarde sie.

Sie lächelte erfreut und hoffte, dass ihr Alleingang gestern vergessen war. »Es ist tatsächlich etwas passiert, zwei Tage später. Ein Fischer, Florent Gaspard, ist ums Leben gekommen. Er war nachts auf seinem Boot, der *Lydie II*, und hat vor der Küste von Barneville gefischt. Ein Sturm kam auf, und er kehrte nicht mehr zurück. Seine Frau hat sich am Morgen große Sorgen gemacht und die Küstenwache alarmiert. Nach einer längeren Suche fanden sie das Boot. Es war von der Strömung weit hinausgetrieben worden. Gaspard lag an Deck und war tot. Er hatte eine schwere Verletzung am Kopf. Man ging damals davon aus, dass er während des Unwetters gestürzt war und sich so die tödlichen Verletzungen zugezogen hatte, also dass es ein Unfall war. Seine Frau hat das immer bestritten. Sie sagte damals aus, dass ihr Mann ein sehr erfahrener Fischer sei und oft bei Sturm seiner Arbeit nachginge. Sie behauptete, jemand hätte ihn umgebracht, aber niemand hat ihr geglaubt. Auf dem Schiff wurde Blut gefunden. Es ist jedoch nie untersucht worden, ob es von ihm stammt. Außer Madame Gaspard waren alle Beteiligten völlig überzeugt von der Unfalltheorie. Ich habe mich gefragt, ob wir das Blut nicht analysieren lassen sollen. Proben davon wurden damals aufbewahrt, falls es doch noch zu weiteren Nachforschungen kommen sollte. Wenn das Blut nicht von Gaspard stammt, könnten wir die DNA mit dem Blutfleck auf dem blauen Kleid vergleichen.«

Lagarde war beeindruckt. »Das ist eine sehr gute Idee. Eine verschwundene Frau und ein toter Fischer. Das sind mir zu viele Zufälle. Kannst du das veranlassen, Ludovic?«

»Ja, sicher.« Er stand auf, um zu telefonieren. In dem Moment klingelte der Apparat, es war die Zentrale. Er hörte zu und bedankte sich. Schließlich legte er den Hörer auf und informierte seine Kollegen. »Es gibt eine erste Rückmeldung zu dem Suchaufruf in den

Zeitungen.« Sie hatten ein Bild und eine Personenbeschreibung von Adeline Hebert veröffentlicht und die Bevölkerung um Hinweise gebeten. »Der Besitzer eines Strandcafés hat sie am Sonntagmorgen gesehen.«

»Wir sprechen mit ihm«, sagte Lagarde. »Vielleicht hat er einen entscheidenden Hinweis für uns. Danach fahren wir nach Villedieu-les-Poêles und suchen die beiden Goldschmiede auf.«

Seine Kollegen waren einverstanden. Sie mussten unter Hochdruck weiterermitteln. Die Zeit lief ihnen davon. Wenn das Phantom Adeline Hebert in seiner Gewalt hatte, zählte jede Sekunde. Die Suchtrupps hatten sie bisher noch nicht gefunden, sonst hätte Michel sich gemeldet.

Nach Carteret gab die Landschaft den Blick auf den Ozean frei. Still und türkis erstreckte er sich bis zu einem schmalen dunkelblauen Band am Horizont. Wolkengebirge zogen tief darüber hinweg. Hin und wieder führten Wege durch die Dünen zum Sandstrand. Landeinwärts erhoben sich Hügel mit Wiesen und Feldern, die von Hecken begrenzt wurden. Die Sonne brannte vom Himmel. Hinter der Kirche von Portbail fuhrte eine schmale asphaltierte Straße über eine Brücke nach Portbail-Plage.

Auf einem Parkplatz stellten sie ihr Fahrzeug ab. Von dort aus erreichte man auf einem gewundenen Plankenweg den weitläufigen Strand. Er führte an einem Amphitheater für Sommeraufführungen, einer Hüpfburg und einem Kajakverleih vorbei. Das Café von Louis Miro befand sich etwa fünfzig Meter vom Ufer entfernt und war in einem himmelblau gestrichenen Holzhaus untergebracht. Die Terrasse war so breit wie das Gebäude und auf Stelzen errichtet. Auf dem weißlackierten Boden standen Korbmöbel, die zum Verweilen einluden. Aus rustikalen Bottichen spross weiß und dunkelrot blühender Oleander. Fast alle Tische waren besetzt. Auf der Fläche vor der Balustrade standen Sonnenschirme und Liegen, die von sonnenhungrigen Menschen belegt waren. Zwischen Pfosten gespannte Bastmatten schützten vor dem Wind.

Die Kommissare und Valérie traten an den Tresen, hinter dem ein Mann stand und Weißwein in bauchige Gläser goss. Cleroc zeigte seinen Ausweis, stellte sich vor und fragte nach Monsieur Miro.

Der Mann, groß, hager, mit blitzenden schwarzen Augen, lächelte ihn unbefangen an. »Das bin ich. Ich habe bei der Polizei in Cherbourg angerufen, nachdem ich heute Morgen die Zeitung gelesen und das Foto gesehen habe. Eine schreckliche Geschichte. Aber setzen wir uns doch.«

Er winkte einem jungen Mann. »Robert, übernimmst du kurz den Ausschank, und bringe uns bitte Mokka und Wasser. Nach dem Regen heute früh hätte ich nicht gedacht, dass es so heiß wird.«

Er führte die Polizisten zu einem Tisch, der von der

Markise beschattet wurde. Sie setzten sich. Schon kam Robert mit einem Tablett und servierte die Getränke. Sie bedankten sich bei ihm.

Miro zupfte nervös an seiner Goldkette, an der ein Kreuz hing. »Sie haben doch hoffentlich schon eine Spur von ihr?«

Lagarde schüttelte den Kopf. »Leider nein. Wir hoffen, dass Sie uns weiterhelfen können.«

»Ich tue, was ich kann. Wo mag sie nur sein?«

»Kennen Sie Adeline Hebert?«

»Kennen ist vielleicht zu viel gesagt, wir kennen uns vom Sehen. Mein Café ist ihr Stammlokal, wenn sie sich am Strand aufhält. Sie kommt auf einen Eiskaffee oder ein Glas gekühlten Rosé, manchmal holt sie sich ein Eis. Wenn ich Zeit habe, plaudern wir ein wenig über dies und das, nichts Besonderes. Ich habe mich darüber gewundert, dass so eine schöne Frau immer alleine ist. Doch dann hat sie einmal ihren Freund mitgebracht, und sie haben eine Kleinigkeit gegessen. Das war das einzige Mal, dass er dabei war. Sie hat bezahlt, das fand ich ungewöhnlich. In meiner Generation lädt der Mann die Frau ein.«

»Sie haben sie am Sonntagmorgen gesehen?«

»Ja, so gegen elf Uhr. Sie lag da drüben auf einer Decke.« Er zeigte auf einen Strandabschnitt hinter den Liegen. »Ihr Hund war auch dabei, wie immer.«

»Ist Ihnen dabei etwas Ungewöhnliches aufgefallen?«

»Nein, alles war wie immer, sie hat gelesen. Einmal ist sie schwimmen gegangen.«

Lagarde versuchte, seine Enttäuschung zu verbergen. »Nichts Ungewöhnliches!«

»Danach aber schon. Ich hatte gerade überlegt, ob ich ihr einen Eiskaffee bringen sollte. Manchmal hatte ich das Gefühl, dass niemand sie verwöhnte. Doch da sah ich, dass sie zusammengepackt hatte und mit einem Mann wegging.«

Cleroc war die Aufregung anzusehen. »Wie sah der Mann aus? Kannten Sie ihn?«

»Ich kann mich nicht erinnern, ihn jemals hier gesehen zu haben. Das heißt aber nichts. Ich habe jeden Tag so viele Gäste, und der Strand ist manchmal richtig bevölkert. Aber ich weiß, wie er ausgesehen hat. Das hat mich interessiert. Wissen Sie, ich habe es respektiert, dass Adeline einen Freund hat. Sonst hätte ich schon versucht, bei ihr zu landen. Und dann geht sie einfach mit so einem Typen mit. Also, er war jung, schlank, mittelgroß und trug eine Sonnenbrille sowie eine Baseballkappe, deren Schirm er tief in die Stirn gezogen hatte. Einige braune Locken lugten unter dem Rand hervor. An seinem Profil gab es nichts Auffälliges. Es war absolut durchschnittlich, würde ich sagen. Er trug eine Jeans, einen blauen Pullover und Leinenschuhe.«

»Würden Sie ihn wiedererkennen?«

»Genau in der gleichen Aufmachung vielleicht, ansonsten eher nicht.«

»Haben die beiden sich berührt, zum Beispiel Händchen gehalten?«

»Nein. Sie sind einfach nebeneinander hergelaufen.«

»Und sonst ist Ihnen nichts aufgefallen?«

»Doch, eine Sache noch. Der Mann trug ein ungewöhnliches Armband am rechten Handgelenk. Ich war ein ganzes Stück weg, aber es sah aus, als bestünde es aus großen hellgrünen Steinen. Mehr kann ich dazu leider nicht sagen.«

»Könnte es Jade gewesen sein?«

»Das weiß ich nicht.«

»Wohin sind sie gegangen?«

»Sie sind in Richtung Hafen gelaufen. Dann habe ich nicht mehr auf die zwei geachtet. Es ging mich ja eigentlich nichts an.«

»Danke, Monsieur Miro. Sie haben uns sehr geholfen. Melden Sie sich bitte, wenn Ihnen noch etwas einfällt.«

»Das mache ich. Ich hoffe, Sie finden sie. Adeline ist ein ganz besonderer Mensch.«

Auf dem Weg zum Parkplatz schwiegen sie zunächst. Der Mann hatte ihnen nicht wirklich weiterhelfen können. Lagarde sprach aus, was auch seine Kollegen dachten. »Wenn sie mit einem Schiff weggefahren sind, können sie überall sein. Dann kann Michel sie nicht finden.« Diese Vorstellung war kaum zu ertragen und die Konsequenzen erst recht nicht.

Die Polizeianwärterin Clementine war dem Suchtrupp zugeteilt, der die Dünenlandschaft nördlich von Barneville durchkämmen sollte. Sie war eine hübsche junge Frau mit einem Kurzhaarschnitt und absolut durchtrainiert. Jetzt ging sie in einer geschlossenen Reihe mit den Kollegen durch eine Matte von hohem Strandhafer, den der Meerwind zerzauste. Sie war aufgeregt. Es war ihre erste Teilnahme an einer Suche nach einer vermissten Person. Sie hoffte sehr, dass sie die Frau finden würden. Schweiß lief über ihre Stirn. Sie bewegten sich langsam in der prallen Sonne, und auf der Hochebene gab es nichts, das Schatten spenden könnte. Vor einer Stunde hatten sie an einem Dünenparkplatz eine Pause eingelegt. Das CMS war schon da gewesen und hatte sie mit einem Eintopf, Brot, Kaffee und Wasser versorgt. Hungrig hatten sie sich über die einfache, aber gute Hausmannskost hergemacht. Die ehrenamtlichen Frauen und Männer waren sehr nett und aufmerksam gewesen.

Jetzt näherten sie sich einer Schäferhütte, die einsam und windschief in einer Senke kauerte. Plötzlich nahm die Hündin Loona Witterung auf. Aufgeregt wedelte sie mit dem Schwanz, sie schnupperte mit ihrer schwarzen glänzenden Nase und zog ungeduldig an der Leine. Ihr Führer folgte ihr zu dem Häuschen, zog vorsichtig die knarrende Holztür auf und spähte hinein. Durch ein kleines Fenster drang ein wenig

Licht in den Raum. Davor schwebten goldene Staubpartikel. Auf der blanken festgetretenen Erde lagen ein paar Strohbüschel, angefaulte Bretter und eine verrostete Axt. An der Wand lehnte eine Sense, ansonsten war die Hütte leer. Ein seltsamer Geruch lag in der Luft, süßlich und unangenehm. Clementine, die dem Kollegen gefolgt war, fand, dass es nach Verwesung roch. Ihr Herz begann zu pochen. Loona setzte sich in eine Ecke und bellte. An der Stelle schien die Erde lockerer zu sein. War dort die vermisste Frau begraben? Clementine fühlte Übelkeit in sich aufsteigen. Sie hatte noch nie eine Leiche gesehen.

Sie begannen sofort mit der Arbeit und entfernten Zentimeter um Zentimeter den Boden. Das war relativ einfach, da die Erde an dieser Stelle nicht festgetreten war. Der Gestank wurde immer unerträglicher. Sie banden sich einen Mundschutz um. Loona vibrierte am ganzen Körper und winselte. Nach etwa zehn Minuten stießen sie auf etwas, das nicht tief vergraben war und eine schmutzig rosa Farbe hatte. Ein rundes trübes Auge starrte Clementine an. Entsetzt fuhr sie zurück. Dann erkannte sie, was es war: ein halb verwestes Schwein. Jemand hatte es hier vergraben, wahrscheinlich um die Kosten für den Abdecker zu sparen. Sie informierten die Einsatzleitung, die sich um alles Weitere kümmern würde, und begaben sich dann wieder auf die Suche nach Adeline. Clementine war froh, dem Gestank in der Hütte entronnen zu sein, und trank erleichtert einen Schluck Wasser aus ihrer Feldflasche. Es war noch erstaunlich frisch.

Als Nächstes näherten sie sich einem Gebiet, das dicht mit Ginsterbüschen bewachsen war, zwischen denen sich mannshohe Felsquader und Zwergkiefern erhoben. Aus dem Dickicht drang ein Rascheln. Dann teilten sich die Äste, und eine Frau kam heraus. Sie starrte die Polizisten mit wirren Augen an. Ihre grauen Haare standen vom Kopf ab. Das Kleid war ihr viel zu groß und abgetragen. Auf einmal erschien ein Strahlen auf ihrem fahlen Gesicht.

»Ihr sucht meine Tochter, endlich sucht ihr sie. Darauf habe ich lange gewartet.« Ein Hoffnungsschimmer glomm in ihren Augen. »Habt ihr sie gefunden?«

»Wir suchen eine junge Frau, Madame«, klärte ein Polizist sie auf. »Sie heißt Adeline Hebert. Kennen Sie sie? Haben Sie sie vielleicht gesehen?«

Mit einem irren Gesichtsausdruck fixierte sie ihn. Dann winkte sie enttäuscht ab, drehte ihnen den Rücken zu und verschwand hinter einem Felsen. Sie war erstaunlich schnell. Clementine rannte hinter ihr her. »Bitte warten Sie, Madame! Ich möchte mir Ihren Namen und Ihre Adresse notieren.« Sie bekam keine Antwort.

Von Portbail aus fuhren die Polizisten auf der Nationalstraße Richtung Süden. Nach etwa dreißig Kilometern erreichten sie Coutances. Die Stadt lag auf der Höhe der südlichsten Trichtermündung, in die die Sienne floss. Die Kathedrale Notre-Dame mit ihren Steinbögen und Türmen dominierte den Ort. Sie war eines der schönsten gotischen Bauwerke der Normandie. Nach einer knappen halben Stunde erreichten sie Villedieu-les-Poêles, die Stadt des Kupfers, die eingebettet in eine Flussschleife der Sienne lag. Die meisten der Bewohner waren Pfannenmacher und Kesselflicker gewesen, und viele von ihnen waren im Laufe der Jahre durch das ständige Hämmern auf Metall taub geworden. Seit achthundert Jahren hatten sich Betriebe entwickelt, die auf die Herstellung von Blechwaren und auf die Goldschmiedekunst spezialisiert waren. Hier wusste man Kirchenglocken zu gießen, kleine, große und mächtige, die auf der ganzen Welt läuteten.

Ludovic steuerte den Wagen über eine mittelalterliche Brücke, deren Bögen von Efeu und Eichenlaub überwuchert waren. Dann erreichten sie die historische Altstadt, die ihren mittelalterlichen Charme bewahrt hatte. Charakteristisch waren vor allem die schönen alten Granitsteinhäuser mit ihren bezaubernden Hinterhöfen. Valérie hatte das Gefühl, das Tor der Zeit zu durchschreiten.

Der Hauptkommissar fand einen Parkplatz hinter der Kirche Notre-Dame de Villedieu. Die Stellplätze wurden von einer gewaltigen Kastanie überschattet.

Gegenüber lag ein Café. Um einen Bistrotisch hatte sich eine Gruppe von Wanderern niedergelassen. Vor ihnen standen riesige Eisbecher. Über eine schmale Kopfsteinpflastergasse, die an der Kirche vorbeiführte, gelangten sie an den Place des Chevaliers de Malte, auf dem sich das stattliche Rathaus mit seinem Glockenturm erhob. Breite Steinstufen führten zum Eingangsportal. Die Straße war gesäumt von Geschäften, die Kunsthandwerk aus Kupfer anboten, Schüsseln, Pfannen, Töpfe, Milchkannen und Miniaturglocken. Dazwischen lag eine Pâtisserie. Valérie bewunderte die mit rosa Zuckerguss überzogenen Cremetörtchen, die dunkel glänzenden Schokoladenpralinen und die mit Pistazien und Erdbeeren verzierten Torten in der Auslage. Sie konnte nicht widerstehen und kaufte sich eine Tüte mit glasierten Maronen. Auch ihre Kollegen kosteten, und sie waren sich einig, dass die süßen Früchte wunderbar schmeckten. Schließlich bogen sie in die Rue aux Mières ab, in der sich eine Kunstgießerei befand.

Der Handwerksbetrieb von Alphonse Robine lag im Hinterhof Cour Ledo, den man durch einen hohen Torbogen betrat. Er bildete ein steinernes Rechteck. Über der Eingangstür schwebte, befestigt an einem Metallstab, eine mittelalterliche Laterne. Auf der gegenüberliegenden Mauer war eine riesige Schwarz-Weiß-Fotografie angebracht, die einen Arbeiter aus den dreißiger Jahren zeigte, der in einer düsteren Werkstatt einen Kupferkessel austrieb. An der Stirnseite des alten Handwerkerhofes befand sich ein schmaler Turm mit einem Durchgang, hinter dem träge und dunkel die Sienne floss. Am Fluss lagen noch immer die mit Holzdächern geschützten Lavoirs, die öffentlichen Waschplätze. Früher hatte man dort die Wäsche gewaschen.

Lagarde betätigte den bronzenen Türklopfer in Form einer Forelle, und sie traten ein. In dem weiß gekalkten, mit schlichten Holzmöbeln eingerichteten Raum saß ein Mann mit langem weißen Haar und wildem Bart hinter einem Schreibtisch. Seine kräftige Nase war gebogen, die Augen rund wie Knöpfe und dunkel. Über seinem Arbeitskittel trug er eine auffällige Kette aus groben rotgoldenen Gliedern, an denen winzige Glocken baumelten. Auf einer Auslage, die an der Wand stand, reihten sich goldgelb glänzende Haushaltsgegenstände, Glöckchen und Schmuckstücke. Der Mann begrüßte sie mit einem freundlichen Lächeln. »Bonjour. Was kann ich für Sie tun, Madame et Messieurs?«

»Bonjour, Monsieur.« Cleroc zeigte ihm seinen Dienstausweis und stellte sich und die Kollegen vor. Der Mann runzelte die Stirn.

»Wir hatten noch nie mit der Kripo zu tun. Das hier ist ein anständiger Handwerksbetrieb. Ich habe ihn von meinem Vater geerbt, und er von meinem Großvater, so wie es hier Tradition ist.«

»Wir möchten mit dem Goldschmied Alphonse Robine sprechen«, erklärte Cleroc.

»Zu Ihren Diensten. Wie kann ich Ihnen helfen? Aber nehmen Sie doch zunächst einmal Platz.« Er zeigte auf eine Sitzgruppe. »Darf ich Ihnen etwas zu trinken anbieten?«

Sie lehnten höflich ab. »Wir ermitteln in einem Mordfall«, klärte der Hauptkommissar den Goldschmied auf. Der Mann machte ein erschrockenes Gesicht, sagte aber nichts. »Dabei spielt ein Ohrring eine gewisse Rolle. Wir möchten Ihnen das Schmuckstück zeigen, und wir wollen wissen, ob Sie es hergestellt haben oder vielleicht jemanden kennen, der diese Kunst beherrscht.« Er holte das Tütchen aus der Jackentasche, zog den Ohrring heraus und legte ihn auf den Tisch.

»Darf ich ihn anfassen?«

»Ja, bitte.«

Robine nahm ihn und legte ihn behutsam auf seine linke Handfläche. Er betrachtete ihn lange und lächelte dann wissend. »Das ist eine Legierung aus Kupfer und Bronze, wie sie für das Gießen von Kirchenglocken benutzt wird. Dabei wurde Rotgold, auch Russengold genannt, beigefügt.«

»Wie wertvoll ist so ein Schmuckstück?«, wollte Valérie wissen.

»Nun, die Goldschmiedekunst hat natürlich ihren Preis. Aber das verwendete Material ist nicht so teuer.

Bis auf das Gold. Der Anteil ist jedoch nicht so hoch. Ich schätze, dass Benoît solch einen Schmuck für etwa dreihundert Euro verkauft.«

»Welcher Benoît?«

»Benoît Tuel. Er hat den Ohrring hergestellt. Seine Goldschmiede befindet sich im Nachbarhof, im Cour Gohier. Ich habe mich auf Halsketten und Ringe spezialisiert, und auf Haushaltswaren aus Messing. Nicht nur die Touristen, auch Familien, aber vor allem Spitzenköche aus der ganzen Welt lieben die glänzenden Pfannen und Töpfe.«

»Dann werden wir jetzt mit ihm sprechen«, verkündete Cleroc. »Danke für Ihre Auskunft, damit haben Sie uns sehr geholfen. Wissen Sie zufällig, ob er um diese Zeit in seiner Werkstatt ist?«

»Den Weg können Sie sich sparen. Er ist nicht da.«

»Wissen Sie, wo er sich aufhalten könnte? Ist er vielleicht zu Hause?«

»Nein, leider nicht. Er befindet sich auf einer Urlaubsreise. Seine Frau und er verreisen immer um diese Zeit.«

»Wo ist er denn hingefahren?«

»Keine Ahnung. Das weiß er vorher selbst nicht. Sie setzen sich in ihr Wohnmobil und fahren ins Blaue hinein, irgendwohin, wo es schön ist.«

»Man kann ihn doch sicher auf seinem Handy erreichen?«

»Nein, das können Sie nicht. Er hat es gar nicht dabei, das hat er mir selbst erzählt. Er will im Urlaub seine Ruhe haben und nicht gestört werden.«

»Haben Sie die Nummer?«

Er wühlte in einem Stapel Blätter. »Hier muss sie irgendwo sein. Ich habe sie einmal aufgeschrieben. Wir verabreden uns hin und wieder zum Boule spielen. Ah, da ist sie ja.«

Er kritzelte die Ziffern auf ein Stück Papier und reichte es Cleroc. Der wählte sofort die Nummer. Es kam die automatische Ansage. Verärgert zog er die Stirn in Falten. »Wann kommt Monsieur Tuel zurück?«

»Das hat er nicht gesagt, aber er bleibt immer ungefähr zwei Wochen weg. Jetzt ist er schon elf, zwölf Tage unterwegs. Ich denke, in den nächsten Tagen wird er wieder zurückkommen.«

Cleroc legte eine Visitenkarte auf den Tisch. »Wenn er wieder da ist, sagen Sie ihm bitte, dass er mich sofort anrufen soll. Es ist wirklich wichtig.«

»Wird gemacht.«

»Danke für Ihre Hilfe, Monsieur Robine.«

»Das mache ich gerne.« Er stand auf und ging zu dem Tisch an der Wand. »Der netten Polizistin gefällt das Geschirr, das habe ich genau gesehen. Darf ich Ihnen eine Pfanne schenken? Sie wird Ihre Küche schmücken.« Valérie strahlte. »Dankeschön. Die Pfanne gefällt mir wirklich besonders gut. Ich möchte sie aber bezahlen.«

»Das kommt gar nicht in Frage. Damit es nicht wie Bestechung aussieht, können Sie zwei, drei Euro für die Kaffeekasse spendieren.« Er zeigte auf ein geblümtes Schwein, das auf seinem Schreibtisch stand. Die Polizistin steckte einen Fünfeuroschein in den Schlitz. Schließlich verabschiedeten sie sich, verließen den Hof und gingen zum Auto zurück. »Es ist so ärgerlich, dass dieser Tuel verreist ist«, schimpfte Cleroc. »Wir brauchen unbedingt seine Aussage. Er muss doch wissen, wem er das Schmuckstück verkauft hat. Das könnte endlich der Durchbruch sein.«

»Es hilft alles nichts«, erwiderte Lagarde. »Wir müssen warten, bis er zurück ist. Wenn er seine Gewohnheiten nicht geändert hat, wird es nicht mehr lange dauern. Das Einzige, was wir in der Zwischenzeit tun können, ist, ihn über den Verkehrsfunk zu suchen. Wenn wir Glück haben, meldet er sich.«

Als sie den Parkplatz erreicht hatten, deutete er auf das Café. »Lasst uns etwas trinken. Ein wenig Zeit haben wir noch. Anschließend fahren wir zur Einsatzbesprechung mit Michel.« Seine Kollegen waren mit dem Vorschlag einverstanden. Die Stimmung war nicht die beste, schließlich war ihnen klar, dass es kein gutes Zeichen war, dass Cahuzac sich noch immer nicht gemeldet hatte.

Die Wiese vor der Sporthalle von Portbail glich einer Biwakstadt. Zwei grüne Versorgungszelte waren aufgebaut, die Seitenplanen hochgerollt und verzurrt. Obwohl die Sonne bereits blutorange über dem Horizont schwebte, war es noch immer warm und inzwischen sogar windstill. Einige Mitglieder der Freiwilligen Feuerwehr unterstützten die Küchenmannschaft des CMS, indem sie Steaks, Putenschnitzel und Würstchen grillten. Auf zwei langen Tischen standen Salate, Saucen und Körbe mit aufgeschnittenen Baguettes. Außerdem gab es gekühlte Getränke. Inzwischen waren alle müde und erschöpft. Neben den Versorgungszelten hatten freiwillige Helfer ein weiteres großes Zelt aufgebaut, unter dem zwanzig Biergarnituren problemlos Platz gefunden hatten. In einiger Entfernung standen, geschützt von Bäumen und Sträuchern, die Zwinger für die Hunde. Die Tiere hatten ihr Futter bereits bekommen und lagen jetzt satt und müde nach dem langen Marsch auf dem Holzboden. Loona schnarchte leise.

Die Polizeianwärter standen beim Essen Schlange und luden sich die Teller voll. Die Ersten versammelten sich um die Tische. Die Stimmung war entspannt, alle hatten ihr Bestes gegeben und waren in der Hitze viele Kilometer weit gelaufen. Jetzt war Feierabend und Zeit für einen Plausch mit Kollegen und für ein kaltes Bier.

Der Capitaine de Police, Cahuzac, verließ das nicht sehr große, aber inzwischen äußerst funktional eingerichtete Hausverwalterbüro und ging über die Wiese.

Bei der Getränkeausgabe bat er um eine Flasche Wasser und sah auf seine Uhr. In fünf Minuten war die abendliche Besprechung angesetzt. Er entschied sich für eine Biergarnitur, die ein wenig abseits stand, damit sie in Ruhe reden konnten. Gerade hatte er sich hingesetzt, als die Hundeführer und die Einsatzleiter kamen. Pünktlich um neunzehn Uhr gesellten sich die Kommissare und Valérie dazu. Lagarde holte schnell noch drei Flaschen Cola.

Der Capitaine sah mit ernster Miene in die Runde. »Keine der vier Suchmannschaften hat etwas gefunden. Ebensowenig die Hundeführer, die Teams in den Polizeibooten, die Hubschraubermannschaft und die Taucher. Es gibt keinen Hinweis auf den Verbleib von Adeline Hebert. Nicht eine einzige Spur.«

Alle schwiegen. Schließlich fuhr Cahuzac fort. »Das Einzige, was die Truppe, die in den Dünen unterwegs war, gefunden hat, war ein totes vergrabenes Schwein.«

Lagarde berichtete von dem Gespräch mit dem Cafébesitzer Miro und seiner Aussage, dass Adeline mit dem unbekannten Mann Richtung Hafen gegangen sei. Allen Anwesenden war klar, was das bedeuten konnte. »Wenn die vermisste Frau hier in der Gegend ist, finden wir sie«, verkündete der Capitaine zuversichtlich. »Morgen früh um sieben Uhr ist Einsatzbesprechung. Dabei reden wir über die neue Strategie. Jetzt holen Sie sich bitte etwas zu essen und ruhen sich aus. Das wird morgen wieder ein langer Tag.« Seine Leute verabschiedeten sich. Er wandte sich an das Ermittlerteam und machte einen ernsten Eindruck.

»Es sieht nicht gut aus. Wir haben zwanzig Kilometer abgearbeitet und jeden Stein umgedreht.«

Lagarde nickte. Die Lage war besorgniserregend, und wieder war ein Tag verstrichen. »Wir können nur auf morgen hoffen und weitersuchen.«

Michel stimmte ihm zu. »Und jetzt schlage ich vor, dass wir zusammen essen und ein kühles Bier trinken.«

Sie saßen gerade über ihren Tellern und unterhielten sich, als sich die Polizeianwärterin Clementine zögerlich näherte. Sie hatte lange unter der heißen Dusche gestanden und anschließend die Blasen an ihren Füßen versorgt. Dabei war ihr siedend heiß eingefallen, dass sie ihr Gespräch mit der verwirrten Frau in den Dünen nicht offiziell gemeldet hatte. Cahuzac bemerkte sie zuerst.

»Was gibt es denn, Clementine?« Er wusste nicht die Namen aller Polizeianwärter, aber ihren kannte er schon. Sie war ihm aufgefallen, als sie ihn im Judotraining beinahe besiegt hätte.

»Ich möchte eine Meldung machen.«

»Ja, ich höre.« Er wollte sie jetzt nicht vor den anderen an den üblichen Dienstweg erinnern.

»Wir haben in den Dünen eine Frau getroffen, die einen verwirrten Eindruck machte. Sie dachte, dass wir ihre Tochter suchen. Der Name Adeline Hebert sagte ihr nichts. Sie lief einfach davon. Ich bin ihr gefolgt, weil ich dachte, dass ihre Kontaktdaten vielleicht wichtig sein könnten. Zunächst hat sie nicht mit mir gesprochen. Dann habe ich ihr Wasser aus meiner Feldflasche angeboten. Sie hatte nichts zu trinken dabei und war sehr durstig. Daraufhin hat sie mir anvertraut, dass sie Geneviève heiße und dass sie seit fünf Jahren ihre Tochter Louise-Anne suche. Auf einmal rannte sie davon. Ich habe sie nicht mehr gefunden.«

»Danke, Clementine. Alles kann wichtig sein. Und jetzt machen Sie sich einen entspannten Abend.«

Sie salutierte und marschierte davon.

»Eine seltsame Geschichte«, meinte Cleroc. »Bitte nicht noch eine verschwundene Person.«

Lagarde wurde von Unruhe befallen. »Diese Sache müssen wir im Auge behalten, wir sollten die Namen überprüfen. Irgendetwas an der Geschichte gefällt mir ganz und gar nicht.«

Es war schon dunkel, als die Ermittler das Biwaklager verließen. Gerade schlüpften die Hundeführer neben dem Zwinger in ihre Schlafsäcke. Sie schliefen immer, wenn es möglich war, nahe bei den Tieren.

Adeline wachte auf. Sie fühlte sich völlig benommen und hatte entsetzliche Kopfschmerzen. Ihr Mund war ausgetrocknet. Langsam öffnete sie die Augen und blinzelte. Sie stöhnte. Zunächst wusste sie nicht, wo sie sich befand, dann fiel es ihr auf einmal ein. Sie war nicht zu Hause, sie war noch immer bei Yves.

Gestern waren sie von Sark aus zu dieser Insel gefahren. Welche es war, wusste sie nicht, er hatte es nicht gesagt. Sie waren ungefähr zwei Stunden unterwegs gewesen, als er in einem kleinen Naturhafen anlegte. Über eine Treppe, die in den Fels geschlagen war, gelangten sie auf einen Trampelpfad, der zu seinem eingeschossigen, weiß gekalkten Haus führte. Es war das einzige Gebäude auf der winzigen Insel. Zum Schutz vor der See und den Winterstürmen war es in den Fels gebaut. Den Anbau bewachten zwei Seeadler aus Holz, die mindestens einen Meter hoch waren. Stolz hatte er sie durch die wenigen, aber sehr geschmackvoll eingerichteten Räume und schließlich auf die Terrasse geführt, die hoch über dem Ozean lag. Begeistert erklärte er ihr jeden Punkt, der zu sehen war. Vor ihnen erstreckte sich das Meer in türkisfarbenen, smaragdgrünen und tintenblauen Schattierungen bis zum Horizont. Winzige unbewohnte Felseninseln spitzten aus dem Wasser. Auf einem von der Gischt umtosten Fels thronte ein weißes Leuchtfeuer, doch es war ihr nicht möglich, sich von seiner Begeisterung anstecken zu lassen. Inzwischen war ihr Yves unheimlich, und sie wollte nur noch weg. Andererseits wollte sie ihn nicht verärgern oder gegen sich aufbringen. Deshalb ließ sie sich auf ein gemeinsames Abendessen ein. Er versprach, sie anschließend zum Festland zurückzufahren. Dann kochte er, und sie aßen auf der Terrasse. Nachdem er den Tisch abgeräumt und das Geschirr in die Küche gebracht hatte, kam er mit zwei Gläsern Champagner zurück, um noch einmal mit ihr auf die schönen gemeinsamen Tage anzustoßen, denen hoffentlich bald weitere folgen würden. Danach konnte sie sich an nichts mehr erinnern.

Mühsam setzte sie sich auf. Ihr war übel. Sie wusste nicht, welcher Tag es war. Verstört blickte sie sich im Zimmer um, das im Dämmerschein lag. Sie versuchte, sich zu orientieren und bemerkte, dass sie in seinem Bett lag. Die Laken schimmerten wie Seide. Sie konnte sich an den Raum erinnern, er hatte ihn ihr bei der Hausführung gezeigt. Erleichtert stellte sie fest, dass er nicht da war. Plötzlich fiel ihr Rocci ein. Sie konnte sich nicht erinnern, wann sie ihren Hund zum letzten Mal gesehen hatte. Tränen traten in ihre Augen, sie hatte schreckliche Angst. Ihr Instinkt sagte ihr, dass sie in Gefahr war. Sie dachte an Serge. Er würde sie vermissen, bestimmt suchte die Polizei bereits nach ihr. Doch der Hoffnungsschimmer verglomm rasch. Niemand wusste, wo sie war. Sie wusste es ja selbst nicht. Niemand würde sie finden und aus dieser bedrohlichen Situation retten. Panik erfasste sie, und Schweiß kroch aus allen Poren. Es schien, als bekäme sie keine Luft mehr. Sie zwang sich, ruhiger und regelmäßiger zu atmen.

»Denk nach, Adeline. Du darfst niemals aufgeben.« Wo war ihr Handy? Sie konnte zumindest einen Notruf absetzen und Serge anrufen. So viele Inseln gab es hier doch nicht, oder? Mit Schrecken fiel ihr ein, dass sie es auf Guernsey verloren hatte. Zweifel nagten an ihr. Hatte sie es wirklich verloren? Oder hatte Yves es verschwinden lassen? Sie konnte nicht um Hilfe rufen, es sei denn, hier gab es einen Festnetzanschluss. Rasch irrten ihre Blicke durch das Schlafzimmer. Sie konnte kein Telefon entdecken. Bei dem Rundgang durch das Haus hatte sie auch keines gesehen, jedenfalls erinnerte sie sich nicht. Vielleicht war es möglich, das Handy von Yves zu benutzen, wenn sie es in die Finger bekäme.

Als der Kopfschmerz ein wenig nachließ und sie klarer denken konnte, kam sie zu dem Schluss, dass Yves sie betäubt haben musste. Wahrscheinlich hatte er etwas in den Champagner gegeben. Ein furchtbarer Gedanke durchzuckte sie wie ein Blitz. Er hielt sie hier fest und wollte sie nicht mehr gehen lassen, und dass ein vernünftiges Gespräch ihn von diesem Entschluss abbringen würde, glaubte sie inzwischen nicht mehr. Was wollte er von ihr? Wer war er überhaupt? Sie wusste nichts über ihn, außer, dass er ein Boot und ein Haus auf einer Insel besaß. Die schlimmste Frage war: Was hatte er mit ihr vor?

Ihr Körper begann unkontrolliert zu zittern. »Denk nach, Adeline.« Sie musste fliehen, eine andere Möglichkeit gab es nicht. Rasch schlug sie die Bettdecke zurück und schaute, was sie anhatte. Sie trug ihre Jeans und ihr T-Shirt, ihre Füße waren nackt. Er hatte sie nicht ausgezogen. Wenn er sie angefasst hätte, würde sie sich doch erinnern, oder nicht? Wenn er sich nicht an ihr vergangen hatte, war er vielleicht doch gar nicht so gefährlich. Möglicherweise war er nur ein harmloser Spinner. Tief in ihrem Inneren war ihr klar, dass das nicht stimmte. Inzwischen war sie absolut davon überzeugt, dass er verrückt war. Sie musste weg. Aber wohin?

Schwerfällig kroch sie aus dem Bett und setzte sich auf die Kante. Schwindel erfasste sie. Sie wartete, bis der Anfall vorüberging. Wacklig erhob sie sich und suchte nach Schuhen, doch es waren keine zu finden. Ein Fenster des Zimmers ging auf die Terrasse. Leise schlich sie hinüber und spähte hinaus. Draußen war es stockfinster. Sterne funkelten am Firmament, und eine Lampe brannte. Als sie Yves entdeckte, fuhr sie erschrocken zurück. Er lag auf einer Liege und rührte sich nicht. Neben ihm auf dem Tisch stand ein Kühler mit einer Flasche Champagner. Vielleicht hatte sie Glück, und er schlief. Bis er aufwachte, würde sie über alle Berge sein. Langsam schlich sie in das Zimmer zurück und entwarf einen Plan. Das Wichtigste war, dass sie sich beeilte und flüchtete, bevor er nach ihr sah. Bei ihrer Ankunft auf der Insel hatte sie gesehen, dass sie über einen natürlichen Damm mit einem weiteren

Eiland verbunden war. Es hatte ausgesehen wie eine Perlenkette mit aufgereihten Inselchen. Über diese Verbindung konnte sie die nächste Insel erreichen und um Hilfe bitten. Sie war sich sicher, dort zwei oder drei Häuser gesehen zu haben. Es war ganz einfach. Sie musste nur den Damm überqueren, und schon war sie in Sicherheit. Die zu überwindende Distanz schätzte sie auf höchstens zweihundert Meter. Das könnte sie schaffen.

Sie öffnete leise die Tür und schlich in den Flur. Ohne ein Geräusch zu machen, erreichte sie die Haustür. Sie war unverschlossen. Adeline schlüpfte hinaus und zog sie hinter sich zu. Tief sog sie die frische Luft ein. Den verdammten Kerl würde sie austricksen. Über einen Pfad lief sie zum Strand und stellte dabei fest, dass auf der nächsten kleinen Insel in einem Haus Licht brannte. Zuversicht durchströmte sie. Sie würde es schaffen, es war nicht weit. Die Flut rollte bereits über den Sand, und nach einigen Metern reichte ihr das Wasser bis zu den Knien. Es stieg bedrohlich schnell.

Sie wusste nicht, dass es auch im Spätsommer häufig vorkam, dass die drei winzigen Inseln überspült wurden und nur die Felsen, auf denen die Häuser sich duckten, von den gurgelnden Wassermassen verschont blieben. So schnell sie konnte, watete sie durch das stetig steigende Meer auf das Felsenriff zu. Es lag höher als gedacht, und sie konnte auf dem Kamm den

Damm überqueren. Rasch kletterte sie hinauf. Im Schein der Sterne konnte sie nicht so gut sehen. Sie blieb an einem scharfen Stein hängen und ritzte sich den Fuß auf. Das Salzwasser brannte in der Wunde wie Feuer, und sie biss die Zähne zusammen, um nicht aufzuschreien. Keinesfalls durfte sie sich verraten.

Endlich hatte sie die Kuppe erreicht, nachdem sie mehrfach auf einem glitschigen Algenteppich ausgerutscht war. So schnell sie konnte, ging sie auf die nächste Insel zu. Der steinerne Deich hatte vom Naturhafen aus flach ausgesehen, doch jetzt stellte sie fest, dass die Oberfläche rau, uneben und von Spalten übersät war. Nur ganz langsam kam sie vorwärts. Ihre Augen hatten sich an die Dunkelheit gewöhnt, und sie konnte jetzt die tückischen Ritzen besser erkennen. Die Flut erklomm bereits den flachen Deich, und eiskaltes Wasser umspülte ihre Füße. Durch die erste Woge, die über den Damm fegte und dann brach, kam sie zu Fall. Die Kraft des Wassers zog ihr die Füße weg, und sie stürzte auf den Stein. Entschlossen rappelte sie sich wieder hoch und schleppte sich weiter. Ihre Kleidung war durchnässt und ließ sie vor Kälte schlottern. Aber das rettende Haus auf der Insel war eindeutig größer geworden. Es war nicht mehr weit, sie musste nur durchhalten und nicht aufgeben. Die nächste Welle erreichte sie an der Hüfte und riss sie mit sich. Sie wurde einige Meter mitgezogen und fand in letzter Sekunde Halt an einer Felsnase, an die sie sich festklammerte und versuchte, wieder auf den Übergang zu kommen. Die Flut arbeitete gegen sie, und sie hatte keine Chance. Sie würde es nicht schaffen. Der Fels war glitschig, und ihre Hände rutschten nach und nach ab. Sie würde sich gleich nicht mehr festhalten können. Das Wasser würde sie ins offene Meer reißen, und dort würde sie ertrinken. Sie stieß einen verzweifelten Schrei aus, dann glitten ihre Hände vom Fels.

Adeline schloss die Augen. Jetzt war es vorbei. Kräftige Finger packten ihr Handgelenk. Sie wurde aus dem unerbittlichen Sog gerissen und auf die Felsen gezerrt. Bäuchlings landete sie auf den Steinquadern.

»Bist du verrückt?« Es war die Stimme von Yves. »Du kannst bei Flut nicht über den Damm, das ist unmöglich.« Er zog sie hoch. »Komm schnell, wir müssen auf die Anhöhe klettern und warten, bis die Flut vorbei ist. Vorher können wir nicht zurück.« Er zerrte sie hinter sich her, und sie krochen auf allen vieren auf einen Steinhügel. Heimtückische Strudel zerrten an ihren Beinen. Als sie die Spitze erreicht hatten, brach sie erschöpft zusammen.

MITTWOCH,
14. SEPTEMBER 2016

DAS SCHLOSS VON SURVILLE

Die sandige Bucht, gesäumt von weißlackierten Umkleidehäuschen, lag noch im Schatten. Hinter den bewaldeten Hügeln erhob sich die Sonne und tauchte die Felsformationen auf der Hochebene in rosafarbenes Licht. Flache Wellen schwappten an den Strand und überspülten Muschelschalen. Leise rauschte die Brandung. Das Polizeiboot tuckerte im Schritttempo an der Felsenküste von Barneville entlang. Der Wasserleichenspürhund, die Vorderpfoten auf den prallen Rand des Schlauchbootes gestemmt, blickte aufmerksam auf das Meer. Sein Hundeführer, der Polizist Martin, saß neben ihm. Die Hündin war nicht angeleint. Es gab Polizeihunde, die Leinen nicht mochten, und das wurde auch akzeptiert. Sie konnten sich sonst nicht konzentrieren und drehten nur ständig den Kopf, um sich zu befreien.

Am Steuer saß ein erfahrener Bootsführer, der genau wusste, in welcher Geschwindigkeit er fahren musste. Die Männer unterhielten sich leise über die bisherige Suche. Heute hatten sie den Auftrag, die Küste nach Norden bis zu dem Ort Le Rozel abzufahren. Das steile Ufer war gesäumt von Riffen und Grotten, unterbrochen von breiten Strandabschnitten.

Die Hündin starrte auf das Wasser und war hochkonzentriert. Röschen war schon sieben Jahre alt und hatte ihren Dienst fleißig getan. Bald würde sie in den Ruhestand gehen und bei ihrem Hundeführer und seiner Familie bleiben. Plötzlich spannte sich ihr Körper an. Sie nahm Witterung auf und bellte kurz. Dann hielt sie nichts mehr, und sie sprang ins Wasser. Ihr Hundeführer, der einen Neoprenanzug trug, folgte ihr sofort. Die Hündin tauchte und folgte dem Geruch, der sie alarmiert hatte. Nur Hunde mit den besten Nasen schafften es, Wasserleichenspürhund zu werden.

Martin sah sich um. In dem Gewirr aus Felsbrocken und Schilf konnte er nichts erkennen. Er packte seinen Hund und tauchte mit ihm auf. Sein Kollege half ihnen in das Boot zurück. Sie hatten den Motor sofort ausgeschaltet und setzten jetzt eine Markierungsboje. Über Funk forderten sie Taucher an. Jetzt hieß es warten.

Nach einer guten halben Stunde näherte sich in schneller Fahrt ein schwarzes Boot mit zwei Außenbordern, in dem vier Taucher in Schutzanzügen saßen. Eine Bootsführerin steuerte das Schlauchboot. Martin informierte die Froschmänner, dass die Hündin aufgenommen hatte. Die Taucher glitten kopfüber in die See und machten sich auf die Suche. Was hatte die Aufmerksamkeit des Tieres erregt? Sie bildeten zwei

Teams und paddelten durch Felsspalten und ein dichtes Algenbeet. Aus einer finsteren Höhlung schoss der Kopf einer Muräne hervor und war gleich darauf wieder verschwunden. Der Taucher Gil teilte das Seegras und spähte in eine Einkerbung. Dort entdeckte er die Ursache für Röschens Aufregung. Es waren blassrote, teilweise bereits verweste Fleischreste und anderer organischer Müll, angefressen von Fischen, angenagt von Krebsen, übersät von schwarzen Schnecken. Er ärgerte sich. Immer wieder kam es vor, dass Passagierschiffe, aber auch Angelboote mit Touristen, Abfälle einfach über Bord warfen, anstatt sie ordnungsgemäß zu entsorgen. Es war falscher Alarm. Gil war sehr erleichtert, dass es sich nicht um eine Wasserleiche handelte. Er hoffte sehr, dass sie die vermisste Frau lebend finden würden.

Das Ermittlerteam saß um den Besprechungstisch in Ludovics Büro und beriet über das weitere Vorgehen. Ihre Ermittlungen traten zurzeit auf der Stelle, und das war ein frustrierendes Gefühl. Sie überlegten, wo sie weiterhin ansetzen konnten. Auf die Suchanzeige in den Zeitungen hatte es keine weiteren Rückmeldungen gegeben. Lagarde fand es merkwürdig, dass niemand etwas gesehen hatte. Es war aber nicht zu ändern.

Der Goldschmied Benoît Tuel war auf seinem Handy nach wie vor nicht zu erreichen und hatte sich auch nicht gemeldet. Anton Falkenberg hielt sich noch immer auf dem Campingplatz in Barneville auf, meldete sich jeden Morgen bei der Gendarmerie, wie es richterlich angeordnet war, und verhielt sich unauffällig.

Die groß angelegte Suche nach Adeline Hebert war bisher erfolglos verlaufen. Am Sonntag war sie verschwunden, und jetzt war es schon Mittwoch. Lagarde war inzwischen fast hundertprozentig davon überzeugt, dass die vermisste Frau und der Mann, der sie begleitet hatte, den Hafen von Portbail mit einem Boot verlassen hatten und irgendwohin gefahren waren. Deshalb konnten die Suchtrupps sie nicht finden. Wo steckte sie bloß? Den Gedanken, dass sie inzwischen tot sein könnte und als Wasserleiche wieder auftauchte, so wie Anouk Coudrin, wollte er noch nicht zulassen. Sie mussten sie finden. Er überlegte fieberhaft, ob sie etwas Entscheidendes übersehen hatten. Angespannt fuhr er sich über die kurzen Haare. Ludovic trommelte nervös mit den Fingerkuppen auf die Tischplatte und ging seine Notizen noch einmal durch. Valérie sah erschöpft aus. Lagarde fragte sich, ob er ihr in den letzten Tagen nicht zu viel zugemutet hatte. Gestern war es nach zweiundzwanzig Uhr gewesen, als er sie zu Hause abgesetzt hatte. Und heute Morgen waren sie um halb acht in Barfleur aufgebrochen. Als er Kaffee nachschenkte, fiel ihm etwas ein. Rasch blätterte er in seinem Notizbuch und stieß auf den Bericht der Polizeianwärterin Clementine, den er, in kurzen Stichpunkten zusammengefasst, aufgeschrieben hatte.

»Die Polizeianwärterin, die Michel gestern Abend ihre seltsame Begegnung in den Dünen gemeldet hat, hat doch etwas von einer verwirrt wirkenden Frau erzählt, die nach ihrer Tochter suchte. Wir wissen, dass diese Frau Geneviève heißt, wenn sie nicht gelogen hat. Und sie hat erzählt, dass ihre Tochter den Namen Louise-Anne trägt. Sie hat behauptet, dass sie vor fünf Jahren verschwunden ist. Kannst du dich an diese Geschichte erinnern, Ludovic?«

»Nein, ich war vor fünf Jahren noch nicht hier tätig.«

Lagarde wandte sich an Valérie. »Wenn du diese Stichpunkte im Internet eingibst, könnte dabei etwas herauskommen?«

»Ich kann es gerne versuchen.«

Es klopfte an der Tür, und eine junge Polizistin steckte den Kopf herein. »Darf ich kurz stören?«

»Natürlich«, erwiderte Ludovic. »Was gibt es denn?«

»Ich soll Ihnen einen Bericht aus dem Labor bringen. Sie hatten gesagt, es sei wichtig und dringend.«

»Ah ja.« Er stand auf und nahm die dünne Mappe in Empfang. »Danke schön.«

»Gerne.« Sie schloss die Tür.

Ludovic setzte sich wieder zu seinen Kollegen und blätterte in den Seiten. »Das ist der DNA-Abgleich, den wir angefordert haben. Der Vergleich des Blutflecks auf dem blauen Kleid von Anouk Coudrin und dem Blut, das auf dem Boot des verunglückten Fischers, Florent Gaspard, gefunden wurde.« Er überflog den Text und erstarrte. »Das gibt es doch nicht.«

»Was ist denn?«, wollte Valérie wissen. Sie konnte ihre Neugier kaum noch bremsen und wollte erfahren, ob sie mit ihrer gewagten Hypothese einen Treffer gelandet hatte, der sie in ihren Ermittlungen weiterbringen würde. Ihr Kollege sah sie ungläubig an. »Das Blut stammt nicht von dem Fischer. Es stammt von einer unbekannten Person und ist identisch mit dem Blut auf dem Kleid.«

Für einen Moment schwiegen sie verblüfft. Lagarde fand als Erster die Sprache wieder. »Respekt, Valérie. Dieser DNA-Vergleich war eine geniale Idee.«

Sie errötete vor Freude. »Danke. Aber was bedeutet das jetzt genau?«

Der Kommissar überlegte. »Ich denke, einen Zufall können wir ausschließen. Die naheliegende Annahme ist doch, dass derjenige, der Anouk Coudrin getötet hat, auf diesem Boot war.«

»Es könnte sogar sein, dass derjenige auch den Fischer getötet hat, so wie seine Frau das behauptet«, spekulierte Ludovic.

»Aber warum sollte das Phantom einen Fischer töten? Ich dachte, er hat es auf junge blonde Frauen abgesehen«, warf die Polizistin ein.

»Genau das ist die entscheidende Frage. Wir müssen mit der Witwe des Fischers sprechen. Du hast doch über dieses Unglück recherchiert, Valérie. Weißt du, wie die Frau heißt und wo sie wohnt?«

»Ja, sicher. Einen Moment.« Sie warf einen Blick in ihr Notizbuch. »Sie heißt Pénélope Gaspard und wohnt in Surville. Das ist ein kleiner Ort zwischen Saint-Germain und Portbail.«

»Ich schlage vor, wir fahren sofort hin.«

Surville war ein Zweihundert-Seelen-Ort, der ebenfalls an einem Mündungstrichter der Côte des Îles lag und über einen kleinen Fischerhafen verfügte, eingebettet in einer flachen Landschaft aus Gemüseäckern und Weizenfeldern. Die meisten Häuser säumten die Durchgangsstraße. Bevor die Ermittler das Dorf erreichten, kamen sie am Schloss von Surville, Le Château de Surville, vorbei. Es lag auf einer Anhöhe in einem weitläufigen Park und war früher ein Adelssitz gewesen. Jetzt war in dem Anwesen ein Fünfsternehotel untergebracht. Sie fuhren an der Kirche und dem Friedhof vorbei. Nach etwa zweihundert Metern erreichten sie die ehemalige Fischersiedlung, in der Pénélope Gaspard wohnte. Die Nummer fünf war ein altnormannisches Steinhaus, dessen Schieferdach in der Sonne glänzte. Das Gebäude verfügte über zwei identische Eingangstüren aus dunklem Holz. Vor dem Haus blühten hellrote Hortensien, und der

Garten hinter der Steinmauer war sehr gepflegt und wurde von einer alten Zeder beschattet. Am Stamm lehnte eine Bank, auf der eine Frau saß und Äpfel schälte. Neben ihr lag zusammengerollt eine Glückskatze. Als die Frau die Polizistin und die beiden Männer wahrnahm, legte sie ihr Messer weg und ging zum Zaun.

»Bonjour, Madame et Messieurs. Suchen Sie jemanden? Kann ich Ihnen vielleicht weiterhelfen?«

Lagarde schätzte das Alter der Frau auf Anfang fünfzig. Sie hatte ein freundliches rundes Gesicht und hellblaue Augen. Die halblangen blonden Haare waren sorgfältig frisiert. Über den schwarzen Pullover und den dunklen Rock hatte sie eine Schürze gebunden. Sie grüßten die Frau.

»Sind Sie Pénélope Gaspard?«, fragte Cleroc.

Mit verwundertem Blick sah sie ihre Besucher an. »Ja. Wollen Sie zu mir?«

Sie zeigten ihre Dienstausweise und stellten sich vor.

»Wir möchten gerne mit Ihnen sprechen, Madame«, erklärte Cleroc.

»Ja, dann kommen Sie herein.« Sie öffnete die Gartenpforte. »Setzen wir uns doch unter den Baum in den Schatten. Möchten Sie einen Kaffee?«

»Nein danke, Madame, machen Sie sich keine Umstände.«

Cleroc kam gleich zur Sache. »Wir ermitteln in

einem Mordfall. Im Rahmen unserer Nachforschungen sind wir darauf gestoßen, dass ihr Mann verunglückt ist. Wir wollten gerne Ihre Version dazu hören. Es könnte nämlich sein, dass es mit unserem Fall einen Zusammenhang gibt.«

Als er ihren Mann erwähnte, wurden ihre Augen feucht. Energisch putzte sie sich die Nase.

»Ein Mordfall? Mon Dieu, das ist ja schrecklich.« Für einen Moment verstummte sie, als müsse sie diese Information erst verarbeiten. »Ja, ich erzähle Ihnen gerne, was damals passiert ist. Vielleicht hilft es Ihnen weiter. Es war am siebten September letzten Jahres. Florent, mein Mann, fuhr nachts, wie so oft, auf das Meer hinaus, um zu fischen. Große Schwärme von Makrelen waren zu der Zeit unterwegs. Er hatte bereits im Morgengrauen gefischt. So eine Gelegenheit konnte man sich nicht entgehen lassen. Die Restaurants zahlen gut für erstklassigen frischen Fisch. Am Morgen, als ich aufwachte, war er nicht da. Sein Kutter, die *Lydie II*, lag nicht im Hafen. Ich habe die Küstenwache alarmiert. Daraufhin haben sie nach dem Boot gesucht und es weit draußen entdeckt. Es war abgetrieben. Florent lag an Deck und war tot.« Es kostete sie viel Kraft, die Fassung zu bewahren.

»War es ein Unfall?«

»Die Küstenwache ging davon aus. Florent hatte eine schlimme Wunde am Kopf. Sie nahmen an, dass er gestürzt war und sich dabei die tödliche Verletzung zugezogen hat. In der Nacht gab es Windstärken von einundvierzig bis fünfundvierzig Knoten.«

»Und was glauben Sie?«

»Wissen Sie, Monsieur le Commissaire, ich war ja nicht dabei. Aber mein Mann hatte die *Lydie II* absolut im Griff. Er war ein sehr guter, erfahrener Seemann. Es war schließlich nicht das erste Mal, dass er fischte und dabei ein Sturm aufkam. Er hörte immer über Funk den Wetterbericht und kann eigentlich nicht von dem Unwetter überrascht worden sein. In solchen Fällen steuerte er sofort einen sicheren Hafen an.«

»Sie sind von der Unfalltheorie nicht überzeugt?«

»Nein, und andere Fischer, die ihn gut kannten, auch nicht. Aber was könnte denn sonst passiert sein? Damals habe ich gedacht, dass jemand ihn getötet hat. Aber wer sollte das getan haben? Und vor allem, warum?«

»War Ihr Mann alleine an Bord?«

»Ja, er fischte immer alleine. So war es ihm am liebsten.«

»Hat Ihr Mann vor dem Unglück etwas Außergewöhnliches erzählt? Etwas, das ihn beschäftigt oder beunruhigt hat? Können Sie sich erinnern?«

»Oh ja, mein Mann hat mir erzählt, dass er irgendetwas Merkwürdiges beobachtet hat. Er hat von einer Höhle gesprochen, in der sich seltsame Dinge abgespielt hätten. Er war sich aber nicht sicher und wollte seine Beobachtungen überprüfen. Zwei Tage später war er tot. Das habe ich damals alles der Polizei erzählt, aber es hat sie nicht interessiert.«

»Was hat er denn beobachtet?«

»Das hat er nicht gesagt.«

»Wissen Sie, von welcher Höhle er sprach?«

»Leider nein. An der Küste bis hinauf nach Cap de la Hague gibt es unzählige Höhlen.«

Sie sah die Polizisten mit ernster Miene an. »Zwei Tage vor dem Unglück ist eine junge Frau aus Lessay verschwunden. Ihr Foto war überall in den Zeitungen. Am Freitag wurde in Barneville eine Wasserleiche gefunden, wieder eine junge Frau. Und seit Sonntag ist die dritte Frau verschwunden. Deshalb sind Sie hier, nicht wahr?«

Cleroc nickte. »Das ist richtig.«

»Und Sie glauben, dass es einen Zusammenhang mit dem Tod meines Mannes gibt?«

»Das wissen wir noch nicht. Wir brauchen noch mehr Informationen.«

Sie nickte, dann fiel ihr etwas ein. »Wissen Sie eigentlich, dass vor fünf Jahren schon einmal eine junge blonde Frau verschwunden ist?«

»Wir sind noch am Recherchieren. Können Sie uns Näheres dazu sagen?«

»Nur, was damals in der Zeitung stand und was die Leute so erzählt haben. Ihr Verschwinden hat großes Aufsehen erregt. Das Mädchen hieß Louise-Anne und ist an ihrem siebzehnten Geburtstag verschwunden.

Soweit ich weiß, ist sie nie mehr aufgetaucht. Sie hat in Barneville-Carteret gelebt. Ihre Eltern Geneviève und Victor Sorel haben damals eine Belohnung von hunderttausend Euro ausgesetzt. Das ist viel Geld, und dennoch hat es nichts genützt.«

»Können Sie sich an das Datum ihres Verschwindens erinnern?«

»Oh ja. Sie ist am fünften September 2011 verschwunden.« Die Polizisten tauschten rasch einen erschrockenen Blick. »Das weiß ich so genau, weil mein Florent damals fünfzig Jahre alt geworden ist. Wir haben groß gefeiert mit der ganzen Familie. Niemals hätte ich gedacht, dass ich ihn vier Jahre später verlieren würde.« Sie unterdrückte ein Schluchzen. »Mehr weiß ich leider nicht.«

»Danke, dass Sie sich die Zeit genommen haben«, erwiderte Lagarde. »Im Moment haben wir keine weiteren Fragen mehr, aber wir lassen Ihnen unsere Visitenkarten da, falls Ihnen noch etwas einfällt. Sie können uns gerne jederzeit anrufen. Au revoir, Madame Gaspard.«

Als sie die Fischersiedlung verließen, blickte die Frau ihnen traurig nach. Vielleicht würde sie jetzt doch noch erfahren, was damals auf der *Lydie II* passiert und ihrem Florent zugestoßen war.

Auf der Hauptstraße von Surville kamen sie an einem einmalig schönen Haus vorbei, in dem seit Jahrzehnten ein Café untergebracht war. Ein altes normannisches Haus, dessen Fachwerk nach althergebrachter Zimmermannskunst erbaut war. Auf dem Wirtshausschild über der Eingangstür stand der Name: Café du Coiffeur. Auf dem Gehweg davor standen einladend Tische und Stühle in der Sonne.

»Gehen wir einen Kaffee trinken«, schlug Lagarde vor. »Wenn es stimmt, dass bisher bereits vier Frauen verschwunden sind, haben wir es aller Wahrscheinlichkeit nach mit einem Serientäter zu tun. Das ist ein Alptraum. Nach dem Kaffee fahren wir zu Geneviève Sorel. Wir müssen dringend mit ihr sprechen. Kannst du ihre Adresse herausfinden, Valérie?«

»Kein Problem.« Schon hatte sie ihr Smartphone in der Hand.

Serge Crabec saß im Salon seines Hauses. Die Vorhänge hatte er zugezogen. Er konnte das grelle Sonnenlicht nicht mehr ertragen. Vor ihm auf dem Couchtisch stand sein aufgeklappter Laptop, daneben eine Flasche Calvados und ein Glas. Die Flasche war bereits halb leer. Im Aschenbecher häuften sich die Kippen. Eine im Rand eingeklemmte Zigarette qualmte vor sich hin. Er hatte sie vergessen. Rauchschwaden waberten durch den kleinen Raum. Die Luft war zum Schneiden, aber er bemerkte es nicht. Zum Frühstück hatte er keinen Bissen hinunterbekommen. Er war unrasiert, und seine Haare standen zerzaust vom Kopf ab. Er war völlig verzweifelt. Seine Freunde hatten ihm geholfen, ein Flugblatt mit der Vermisstenmeldung von Adeline zu erstellen. In der Mitte prangte eine Porträtaufnahme von ihr. Jetzt hing es an verschiedenen Stellen in Portbail und den umliegenden Ortschaften. Er hatte auch auf seiner Facebook-Seite einen Suchaufruf gestartet, aber bisher keine einzige Rückmeldung bekommen. Von den Kommissaren, die er ständig anrief, wusste er, dass auch die Suchmannschaften seine Freundin noch nicht gefunden hatten. Es war eine unerträgliche Situation.

Er schlug die Hände vor das Gesicht und stöhnte. Wo konnte sie nur sein? Es war schon Mittwoch, vier Tage waren seit ihrem Verschwinden vergangen. Er überlegte fieberhaft, wo er sie noch suchen könnte, aber nach seinen Informationen waren die Trupps aus Rennes schon fast überall gewesen und dehnten die Suche stetig aus. Er wusste nicht mehr ein noch aus. Warum war sie nicht einfach zu Hause geblieben? Bei ihm, in Sicherheit. Seine Verzweiflung schlug in Wut um. Er nahm das halb volle Glas und schleuderte es an die Wand. Es zerbarst in tausend Stücke, und auf der Wand bildete sich ein hässlicher Fleck. Er rollte sich auf dem Sofa zusammen und schluchzte.

Geneviève hatte den ganzen Vormittag an der Steilküste nach ihrer Tochter gesucht. Sie war über Felsen geklettert und hatte jede Spalte und jede Höhle, die sie erreichen konnte, durchkämmt. Schließlich war sie erschöpft den langen Weg zum Turm gelaufen und hatte vor dem Schrein von Louise-Anne eine Kerze entzündet und Wildrosen auf die Erde gelegt. Dann beschloss sie, nach Hause zu gehen. Sie konnte nicht mehr.

Als die Polizisten das rote Backsteinhaus auf dem Hügel oberhalb von Barneville-Carteret erreichten, stand die Sonne im Zenit. Die Hitze wurde durch den Wind gemildert, der vom Meer her blies. Cleroc parkte direkt vor dem Haus. Gemeinsam liefen sie über einen gepflasterten Weg zur Haustür und klingelten. Niemand öffnete. Sie gingen um das Gebäude zur Terrasse. Da war niemand, und die Glastür war verschlossen. Lagarde bemerkte eine Frau, die einem Weg durch die Bäume folgte und auf das Haus zuging. Sie bewegte sich langsam und gebeugt. Die grauen Haare standen wirr vom Kopf ab. Das Sommerkleid schlackerte um ihren abgemagerten Körper. Durch die hintere Pforte gelangte sie in den Garten, erst dann bemerkte sie die Besucher und sah sie erstaunt, aber nicht erschrocken an.

Geneviève Sorel konnte nichts mehr erschrecken. Sie war besessen von der Suche nach ihrer Tochter, alles andere interessierte sie schon lange nicht mehr. Stumm blieb sie vor der Terrasse stehen. Lagarde bemerkte, dass die blauen Augen in dem blassen, von Falten durchzogenen Gesicht verschleiert waren. Die Frau war von einer Traurigkeit gezeichnet, die beinahe greifbar war. Er begrüßte sie höflich, stellte sich und seine Kollegen vor und entschuldigte sich für ihr Eindringen. »Sind Sie Geneviève Sorel?«

Sie sagte noch immer nichts, sondern nickte nur.

»Wir müssen mit Ihnen sprechen, Madame. Wollen wir uns auf die Terrasse setzen?«

»Ja, wenn Sie meinen.« Ihre Stimme war leise und ein wenig heiser. Als sie Platz genommen hatten, sah sie die Polizisten fragend an.

»Madame, während unserer Ermittlungen in einem Fall haben wir erfahren, dass Ihre Tochter Louise-Anne seit fünf Jahren vermisst wird. Ist das richtig?«

»Ja, das ist richtig.«

»Haben Sie vielleicht ein Bild von ihr?«

Diese Frage zauberte ein Lächeln auf ihr Gesicht. »Aber ja, ich trage immer ein Bild von ihr bei mir.« Sie kramte in ihrer Rocktasche, zog es heraus und betrachtete es liebevoll. Schließlich reichte sie es ihm. Als er einen Blick darauf geworfen hatte, versuchte er, die Gefühle nicht zu zeigen, die es in ihm auslöste. Das Mädchen war groß, schlank und sehr hübsch. Die meergrünen Augen glänzten unternehmungslustig. Ihre blonden Haare waren kurz geschnitten. Kommentarlos reichte er das Foto an seine Kollegen weiter. Valérie wurde blass, das Gesicht von Cleroc versteinerte. Das Mädchen sah fast aus wie eine Zwillingsschwester von Anouk Coudrin.

»Ist sie nicht wunderschön?«, fragte sie.

Lagarde nickte. »Ja, sie ist wirklich wunderschön.«

»Wollen Sie mir helfen, sie zu suchen?«

»Wir versuchen, Ihnen zu helfen. Können Sie uns bitte erzählen, was damals geschehen ist?«

»Ich möchte gerne ganz von vorne anfangen, damit Sie es besser verstehen …«

»Bitte, Madame Sorel.«

»Ich wollte immer so gerne ein Mädchen haben. Nach einer Fehlgeburt konnte ich keine Kinder mehr bekommen, deshalb haben mein Mann und ich beschlossen, ein Kind zu adoptieren. Und so bekamen wir Louise-Anne. Sie war zehn Monate alt und das schönste und süßeste Mädchen der Welt. Als wir sie zum ersten Mal sahen, haben wir die Kleine sofort in unser Herz geschlossen. Wir lieben sie sehr.«

Sie zögerte, und ihre Augen wurden dunkel vor Schmerz. »Ihren siebzehnten Geburtstag haben wir hier gefeiert, auf dieser Terrasse. Es war ein wunderschönes Fest. Dann wollte sie einen kleinen Spaziergang mit ihrem Hund machen und kam nie zurück. Niemand kann sich vorstellen, wie entsetzlich das war. Alle haben sie gesucht, tagelang, nächtelang, wochenlang. Niemand hat sie gefunden. Wir haben eine Belohnung ausgesetzt, es hat nichts geholfen. Die Polizei vermutete, dass Louise-Anne entführt worden war. Wir waren damals sehr wohlhabend, aber eine Lösegeldforderung kam nie. Sie lebt, das weiß ich. Ich suche sie jeden Tag, und irgendwann werde ich sie finden.«

»Hat Louise-Anne gewusst, dass sie adoptiert ist?«, wollte Cleroc wissen.

»Nein, wir wollten es ihr an ihrem achtzehnten Geburtstag sagen.«

»Was ist mit dem Hund passiert?«

»Er kam auch nie zurück.«

»Kümmert sich jemand um Sie? Unterstützt Ihr Mann Sie?«

Sie lächelte bitter. »Ein Jahr, nachdem Louise verschwunden war, hat er mich verlassen. Er wollte, dass ich ihr Verschwinden akzeptierte. Ich sollte das Kapitel abschließen, aber das konnte ich nicht. Wie hätte ich das machen sollen? Schließlich ging er. Das Haus hat er mir überlassen. Er wohnt jetzt mit seiner neuen Frau in Bordeaux. Ich vermisse ihn nicht. Meine Aufgabe ist es, Louise-Anne zu finden.«

»Haben Sie noch mehr Kinder?«

Sie zögerte. »Ja, ich habe einen Sohn. Er heißt Vincent und ist vier Jahre älter als Louanne.«

»Lebt er bei Ihnen?«

»Nein, schon seit einigen Jahren nicht mehr. Aber er besucht mich ab und zu. Er wohnt auf den Écréhous-Inseln und besitzt dort ein kleines Haus. Er hat es von seinem Großvater Paul geerbt. Von seinem Vater bekommt er monatlich einen Scheck. Vincent ist freischaffender Künstler und fertigt Holzskulpturen aus Treibholz an. Bisher hat er es auf keiner Arbeitsstelle lange ausgehalten. Seit seine Schwester Louise-Anne verschwunden ist, ist er psychisch schwer angeschlagen. Er war dabei, als sie verschwand und gibt sich die Schuld. Er meint, er hätte besser auf sie aufpassen müssen.« Verstört blickte sie in die Runde. »Sie halten mich für verrückt, nicht wahr? Ich bin nicht verrückt. Ich bin krank vor Kummer.«

Lagarde schüttelte den Kopf. »Nein, wir halten Sie bestimmt nicht für verrückt. Glauben Sie mir, wir können Sie gut verstehen.«

Sie schenkte ihm ein Lächeln. Jetzt konnte er sich gut vorstellen, wie schön sie einmal gewesen war. »Dürfen wir das Foto mitnehmen? Sie bekommen es bald wieder.«

»Sie können es behalten, ich habe noch viele davon.«

»Danke, Madame. Wir haben keine weiteren Fragen mehr. Dürfen wir wiederkommen, wenn uns noch etwas einfällt?«

»Ja, Sie können gerne wiederkommen. Sie haben doch versprochen, mir zu helfen Louise-Anne zu finden.«

»Wir tun alles, was wir können, Madame. Sie haben mein Ehrenwort.«

»Dankeschön.«

»Sie müssen aber bitte bedenken, dass Ihrer Tochter auch etwas zugestoßen sein könnte. Fünf Jahre sind eine lange Zeit.«

Traurig sah sie ihn an. »Ich weiß das.«

Die Polizisten verabschiedeten sich. Geneviève Sorel sah ihnen lange nach. Hoffnung erfüllte sie. Der freundliche verständnisvolle Kommissar würde ihr helfen, dann könnten sie und ihre geliebte Tochter endlich wieder zusammen sein. Den Gedanken, dass Louise-Anne etwas Schlimmes passiert sein könnte, hatte sie massiv verdrängt.

Als die Polizisten im Auto saßen, holte Lagarde das Foto des Mädchens noch einmal hervor und betrachtete es.

»Sie ist der Schlüssel«, sagte er voller Überzeugung. »An ihrem siebzehnten Geburtstag hat diese ganze Tragödie begonnen. Oder vielleicht schon viel früher.«

Pünktlich um neunzehn Uhr fand die Einsatzbesprechung in Portbail unter der Leitung von Capitaine Cahuzac statt. Er hatte sich für das Hausverwalterbüro entschieden. Draußen vor der Sporthalle holten sich die Suchtrupps ihr Abendessen, und es herrschte reges Stimmengewirr. Anwesend waren die Gruppenleiter, die Hundeführer und das kleine Ermittlerteam aus Cherbourg. Die Stimmung war allgemein gedämpft. Die Suche dauerte bereits zwei Tage und hatte ihnen keinen Erfolg beschert. Als Profis wussten sie, was das bedeutete. Die Chance, Adeline Hebert lebend zu finden, verringerte sich rapide.

Der Einsatzleiter der Suchmannschaften berichtete

zuerst. »Durch die öffentlichkeitswirksame Suche haben sich zwei Bürger gemeldet, die behaupten, Adeline Hebert gesehen zu haben. Eine Frau hat berichtet, dass sie am Ortsrand von Valognes aus dem Bus gestiegen und über einen Feldweg in den Wald gegangen sei. An dieser Bushaltestelle hat ein Leichenspürhund Witterung aufgenommen und uns in den Forst geführt. Das war leider falscher Alarm. Im Gebüsch fanden wir ein verletztes Reh. Der Jagdpächter hat erzählt, dass wieder viel im Revier gewildert wird, vor allem Rehwild.«

Der Hundeführer Julien schilderte den Einsatz mit seinem Riesenschnauzer Teddy, einem erfahrenen Spürhund. »Die Verkäuferin einer Boutique in einer Einkaufspassage in Cherbourg hat bei der dortigen Polizei angerufen. Sie hat gesagt, dass sie Adeline Hebert aufgrund des Zeitungsfotos wiedererkannt habe. Die Frau habe eine Bluse gekauft, sei über eine Straße gelaufen und in den Stadtpark gegangen. Dort habe sie die Richtung, in der das Park Café liegt, eingeschlagen. Teddy konnte keine Witterung aufnehmen. Dennoch haben wir den gesamten Park und das Lokal durchsucht. Fehlanzeige. Ich glaube nicht, dass es sich bei der Kundin um die vermisste Frau gehandelt hat.«

Cahuzac zeigte den Anwesenden auf einem der Laptops die Facebook-Seite von Serge Crabec. »Er hat Flugblätter verteilt, Plakate aufgehängt und diese Seite eingerichtet. Bisher hat sich in diesem Forum noch niemand gemeldet.« Er fuhr sich mit angespanntem Gesichtsausdruck über die streichholzkurzen Haare. »Morgen suchen wir weiter. Die Strategie ist folgende: Die öffentlichkeitswirksame Suche wird fortgesetzt. Wenn wir die Bürger weiterhin miteinbeziehen, vergrößern wir die Chance, die vermisste Person zu finden. Wir werden den Suchradius noch ein weiteres Mal vergrößern, es macht keinen Sinn, zweimal an den gleichen Stellen zu suchen. Einen Schwerpunkt lege ich auf den Ärmelkanal zwischen den Kanalinseln und der Westküste des Cotentin. In diesem Abschnitt gibt es einige große Gebiete mit Unterwasserriffen. Dort könnte sich ein toter Körper verfangen haben. Die Militärbasis in Saint-Lô stellt uns einen Hubschrauber zur Verfügung. Wir teilen das Terrain in neue Planquadrate auf, die die Militärmaschine und der Polizeihubschrauber absuchen werden.«

Er schaute in die Runde. »Das war es für heute. Gibt es noch Fragen?« Niemand meldete sich. »In Ordnung, dann schlage ich vor, dass wir zusammen zu Abend essen. Ich muss sagen, ich bin von der Unterstützung durch das CMS wirklich sehr angetan, auch die Verpflegung ist hervorragend. Heute gibt es gegrillte Hähnchen und Lammkeulen.«

Adeline Hebert war in tiefe Bewusstlosigkeit gefallen. Regungslos lag sie auf dem seidenen Laken. Sie hatte aus der Wasserflasche nicht trinken wollen, weil sie davon überzeugt war, dass er ein Betäubungsmittel darin aufgelöst hatte. Doch der Durst war so groß gewesen, dass sie trotz ihrer Befürchtungen einige Schlucke genommen hatte. Yves betrachtete ihr Gesicht, das so perfekt aussah, als sei es von einer griechischen Statue, und lächelte tieftraurig. »Warum wolltest du nicht bei mir bleiben, schöne Meerjungfrau?«, flüsterte er. »Alles hättest du von mir bekommen können, vor allem ganz viel Liebe.«

Er zog sein weißes Halstuch mit den feinen Fransen von den Schultern, drückte ihr den Stoff auf Mund und Nase, bis sie nicht mehr atmete. Die Meerjungfrau war tot. Behutsam, als schliefe sie, zog er ihr ein blaues Kleid an. Dann holte er eine Schere und schnitt ihre Haare kurz. Er gab sich große Mühe dabei, es sollte schön aussehen. Schließlich griff er nach dem Ohrclip und klippte das Schmuckstück an ihr Ohrläppchen. Er glänzte matt im Kerzenschein und stand ihr gut. In all seinen Handgriffen lag eine abnorme Zärtlichkeit.

Als die Dunkelheit hereingebrochen war, konnte er sich auf den Weg machen. Die wenigen Nachbarn auf den beiden kleinen Inseln, die zu dem Archipel gehörten, konnten ihn aus dieser Entfernung kaum sehen, schon gar nicht, wenn es dunkel war. Er hob Adeline vom Bett hoch und trug sie auf seinen Armen wie eine Braut aus dem Haus. Es war Hochflut, und der Geruch von Tang und Jod erfüllte die Luft. Hohe Wellen rollten ungestüm über den Sandstrand, der bereits fast vollständig verschwunden war, und klatschten auf den Damm. Ein archaisches Gurgeln und Brodeln war zu vernehmen. Langsam folgte er dem Klippenpfad, der zum Naturhafen führte. Er lag geschützt auf der Ostseite, umgeben von schwarzem Felsgestein. Ein bleicher Vollmond wies ihm den Weg. Vorsichtig legte er die tote Frau auf dem Kiesbett ab, sprang auf sein Boot, kletterte über die Reling und entfernte die Halterung des Metallsteges. Dann klappte er ihn auf und ging zurück an Land. Er trug Adeline auf das Deck und gelangte über einige Stufen in die Schlafkoje, wo er sie auf eine Decke bettete. Rasch löste er das Tau vom Eisenring in der Mole und holte die Fender ein. Im Steuerstand startete er den Motor. Vorsichtig passierte er die schmale Hafenausfahrt und steuerte zunächst nach Süden.

Auf dem offenen Meer trafen die Böen sein Boot mit voller Wucht. Er musste gegensteuern, um es auf Kurs zu halten. Bald hatte er die Insel umrundet und fuhr jetzt Richtung Westen. Als er weit genug von dem Archipel entfernt war, holte er die Leiche aus der Koje und legte sie auf das Deck. Das Schiff schaukelte auf den hohen Wellen, so dass er kaum das Gleichgewicht halten konnte. Sorgfältig band er einen Fünfzig-Liter-Kanister, den er mit Meerwasser gefüllt hatte, mit einem Seil an ihre Fußgelenke. Er wollte nicht den gleichen Fehler machen wie bei Anouk Coudrin.

Diese tote Frau würde nicht an das Ufer gespült und entdeckt werden. Sie würde im weiten Ozean verschwinden und nie mehr auftauchen. Kein Mensch würde jemals erfahren, was aus ihr geworden war. Er legte den Kanister auf ihren Bauch und zog sie zum offenen Heck. Dann stieß er sie ins Wasser. Adeline versank im Meer.

BARNEVILLE-CARTERET, 05. SEPTEMBER 2011

Er erwachte wie aus einer Trance. Als sein Blick auf den blutüberströmten toten Hund seiner Schwester fiel, wusste er wieder, was geschehen war. Ein Blick über die Brüstung des Turmes bestätigte, dass er von diesem entsetzlichen Unglück nicht geträumt hatte, sondern dass es wirklich geschehen war. Louanne lag nach dem Sturz tot auf dem Erdboden. Er raufte sich die Haare und wusste nicht, was er jetzt tun sollte. Es war unmöglich, nach Hause zu gehen und seinen Eltern zu erklären, dass ihre Tochter während eines Handgemenges vom Turm gefallen und tot war. Doch welche Alternativen hatte er? Er zündete sich eine Zigarette an und dachte nach. Schließlich hatte er eine Idee. Er würde sie verstecken, da, wo niemand sie finden konnte. So würde er sich seiner Verantwortung nicht stellen müssen. Er war ja auch nicht schuld an dem Unglück. Es war ein Unfall gewesen.

Diese Gedanken rasten eher unbewusst durch seinen Kopf. Er stand unter einem schweren Schock und konnte nicht klar denken. Nur eines wusste er genau: Louanne musste woanders hingebracht werden. Dort, vor dem Turm, konnte er sie nicht liegen lassen. Es war nur eine Frage der Zeit, bis ein Spaziergänger oder spielende Kinder sie entdeckten. Er drückte die Zigarette aus und stieg über die vielen Stufen hinunter bis zum Ausgang des Turms. Nach wenigen Schritten stand er neben seiner Schwester. Ihr lebloser verdrehter Körper wies kaum Verletzungen auf, es gab nur ein paar Schürfwunden. Er nahm an, dass sie sich das Bein beim Aufprall gebrochen hatte. Aus ihren Ohren sickerte Blut. Ihm war klar, dass das auf eine schwere Kopfverletzung hindeutete. Die weit aufgerissenen, meergrünen Augen starrten in den Spätsommerhimmel. Ein erstaunter Ausdruck lag in ihnen. Er kniete sich neben sie, nahm ihre Hand in seine und streichelte sie. Es war unfassbar, dass er sie verloren hatte. In diesem Moment war ihm bereits klar, dass er diesen Verlust nie überwinden würde. Er gab ihr noch einen zärtlichen Kuss auf die Stirn, dann hob er sie hoch. Er ging bis zur Abbruchkante der Klippen, wo eine tiefe Spalte eine Höhle bildete, und begann dort vorsichtig, Schritt für Schritt, den steilen, mit Geröll übersäten Felsenpfad hinabzusteigen.

Louanne wurde immer schwerer. Seine Arme schmerzten, und er begann zu schwitzen. Der Weg führte ungefähr zwanzig Meter nach unten. Über einer Klippe, die senkrecht in das Meer stürzte, endete er. Einmal musste er seine Schwester auf einem Blumenteppich ablegen. Er hatte keine Kraft mehr und wollte sich ein wenig ausruhen. Dann ging er weiter. Sein Ziel war eine verborgene Höhle in der Felswand. Als sie noch Kinder gewesen waren, hatten sie das Versteck entdeckt und es niemandem verraten. Er glaubte nicht, dass die Höhle sonst irgendjemand kannte, da er dort noch nie jemanden gesehen oder einen Hinweis auf andere Menschen gefunden hatte. Es war ein Geheimnis von Louanne und ihm. Jetzt sollte dort ihr Grab sein.

Der Eingang war von einem Felssporn verborgen. Mit letzter Kraft trug er sie hinein und legte sie auf den sandigen Boden. In der Höhle war es trocken und kühl, sie lag weit über dem Meeresspiegel. Er begann ihren Körper mit Steinen zu bedecken, um ihn vor Raubvögeln und anderen Tieren zu schützen. Aber er brachte es nicht über sich, auf ihr schönes wächsernes Gesicht Geröll zu legen. Deshalb zog er seine Jacke aus und bedeckte es.

»Adieu, Meerjungfrau«, flüsterte er. Seine Augen waren feucht von Tränen. »Wie soll ich ohne dich weiterleben?« Er wusste es nicht. Und er würde es auch nie wissen.

Plötzlich fiel ihm Coco ein. Er musste sie holen und neben seiner Schwester begraben. Das war er ihr schuldig, die beiden waren immer unzertrennlich gewesen. Er schlüpfte aus der Höhle und eilte den Weg hinauf. Jetzt musste er sich beeilen. Seine Eltern und die Geburtstagsgäste würden schon auf sie warten. Hastig erklomm er die Stufen bis auf die Plattform des Turms und nahm Coco in die Arme. Wieder zurück in der Höhle, legte er das Tier neben Louanne und bedeckte es ebenfalls mit kleinen Felsbrocken. Er warf noch einen letzten Blick auf sie, dann wandte er sich ab. Als er über die Abbruchkante klettern wollte, hörte er Stimmen. Erschrocken duckte er sich und wartete, bis die Leute vorbeigegangen waren. Dann spähte er über den Rand. Es waren Wanderer, die sich entfernten. Auf einmal fiel ihm ein, dass er den Rucksack vergessen hatte. Wieder oben auf dem Turm warf er die Champagnerflasche in das Meer und machte sich schließlich auf den Heimweg. Die Frage quälte ihn, wie er seinen Eltern die Abwesenheit von Louanne erklären sollte.

Als er sein Elternhaus erreicht hatte, ging er entschlossen direkt auf die Terrasse. Seine Mutter sah ihn verwundert an. »Wo ist Louanne?«

»Sie wird gleich kommen, Maman. Sie hat am Strand eine Freundin gesehen, der sie noch schnell Hallo sagen wollte.«

Seine Mutter runzelte die Stirn.

Eine Stunde später, als das Fleisch auf dem Grill brutzelte und Louise-Anne noch immer nicht zurückgekehrt war, brach das Chaos aus.

DONNERSTAG, 15. SEPTEMBER 2016

DAS ÉCRÉHOUS-ARCHIPEL

Die Besatzungen der beiden Hubschrauber hatten ihr jeweiliges Suchgebiet erreicht, das ein Rechteck aus der Küstenlinie von der Nez de Jobourg bis zur Pointe d'Agon und einer Geraden, die östlich der Kanalinseln von Norden nach Süden gezogen war, bildete. Der Abstand zwischen den Strecken betrug etwa zwanzig Kilometer. Die Militärmaschine hatte den südlichen Abschnitt des Terrains übernommen und arbeitete ihn Planquadrat für Planquadrat ab. Das Team des Polizeihubschraubers war für das nördliche Gebiet zuständig. Sie überflogen den Ozean und suchten systematisch nach Auffälligkeiten. Seitlich des Hubschraubers waren Sichtgeräte von bester technischer Qualität installiert, die die Aufnahmen auf einen Bildschirm übertrugen. Der Kopilot blickte konzentriert darauf. Sie hatten soeben die Écréhous-Inseln überflogen, die wie von einem Pinsel hingetupft in der türkisgrünen See lagen. Auf der Hauptinsel Maitre Île drängten sich wenige, strahlend weiß gekalkte Sommerhäuschen zusammen. Nordwestlich davon tauchte bereits Les Dirouilles auf. Dabei handelte es sich um unbewohnte Miniaturinseln,

Riffe und Felsengruppen, die ein Paradies für Seevögel darstellten. Es herrschte Niedrigwasser und manche Riffe spitzten noch aus der ruhigen Wasseroberfläche.

Der Copilot kniff die Augen zusammen. Auf einem bereits überspülten Riff lag etwas, das dort nicht hinzugehören schien. Es schimmerte hell und blau. Er bat den Piloten, tiefer zu gehen, und zoomte das Bild heran. Unverkennbar lag da ein Mensch, direkt unter der Wasseroberfläche. Eine Frau in einem blauen Kleid und mit hellen Gliedmaßen, die kurzen Haare waren blond. Irgendetwas am Kopf glitzerte golden.

»Ich glaube, wir haben sie gefunden«, informierte er seinen Kollegen. Der Pilot warf einen kurzen Blick auf den Bildschirm und stimmte ihm zu. Sie hatten aller Wahrscheinlichkeit nach Adeline Hebert gefunden, und sie war tot. Ihre schlimmsten Befürchtungen hatten sich bewahrheitet. Er forderte über Funk ein Polizeiboot an, das die Bergung der vermeintlichen Wasserleiche durchführen sollte.

Nach zwanzig Minuten traf das Schnellboot ein. Der Hubschrauber hatte eine Schleife gezogen, das Schiff ein Stück begleitet und schwebte jetzt wieder unbeweglich über dem Riff, um den Polizisten anzuzeigen, wo sich die Stelle mit der Leiche genau befand. Schließlich hob der Pilot grüßend die Hand, drehte ab und flog auf die Küste zu. Das große schwere Schiff konnte nicht in das felsige Gebiet fahren, sonst wäre es auf Grund gelaufen. Ein Beiboot wurde herabgelassen, das vier Polizisten zu dem leblosen Körper brachte. Als die Männer ihn erreicht hatten und das Gesicht der Toten sahen, bestand keinerlei Zweifel mehr, dass sie Adeline Hebert gefunden hatten. Es war der dritte Tag ihrer Suche. Die Polizisten machten zahlreiche Fotos, um den Fund aus allen Perspektiven genau zu dokumentieren. Dabei entdeckten sie das Seil, das um die Fußgelenke geschlungen und mit dem Griff eines Kanisters verknotet war. Es hatte sich in einer Ritze verfangen und verhindert, dass die tote Frau von der Strömung davongetragen wurde. Ansonsten hätten sie sie hier wahrscheinlich nicht gefunden. Sie beschlossen zunächst das Seil zu kappen. Dann zog ein Polizist den Kanister, dessen Griff er bereits gepackt hatte, aus dem Wasser. Zusammen bargen sie die Frau und legten sie in das Beiboot. Mit den geschlossenen Augen sah sie aus, als ob sie schliefe. Das Polizeischiff brachte sie in den Hafen von Portbail, von wo aus sie in einem Leichenwagen, eskortiert von einem Polizeifahrzeug, in das Rechtsmedizinische Institut von Cherbourg gefahren wurde.

Die schlimme Nachricht erreichte die Ermittler bei einer Besprechung im Polizeipräsidium von Cherbourg. Cleroc nahm den Anruf entgegen. Capitaine Cahuzac informierte ihn darüber, was geschehen war und dass er mit seinen Leuten am Nachmittag nach

Rennes zurückfahren würde. Sie hatten bereits begonnen, ihr Lager abzubrechen. Der Hauptkommissar bedankte sich und legte auf.

»Sie haben sie gefunden, auf der Riffgruppe Dirouilles nordöstlich von Jersey. Sie ist tot.« Er berichtete die näheren Umstände, und dass die sterblichen Überreste in die Rechtsmedizin unterwegs waren. Lagarde hatte nicht mehr damit gerechnet, dass Adeline Hebert nach fünf Tagen lebendig gefunden werden würde, und dennoch war er schockiert, dass der schlimmste Fall tatsächlich eingetreten war. Sie hätten sie früher finden müssen.

Valéries Gesicht hatte jede Farbe verloren. Sie hatten es nicht geschafft, die Frau zu retten. Jetzt gab es zwei Opfer und zwei Frauen, die in der Vergangenheit verschwunden waren. Sie blickte auf die Pinnwand, auf die sie das Foto von Louise-Anne Sorel geheftet hatte, die den anderen so ähnlich sah. Philippe hatte recht, es war wirklich ein Alptraum.

»Inzwischen müssten die Aufnahmen vom Fundort der Leiche überspielt sein«, meinte Cleroc und überprüfte die Mails auf seinem Laptop. »Ja, da sind sie.« Er übertrug sie auf den Flachbildschirm und klickte langsam ein Foto nach dem anderen an. Sie waren verstörend. Cleroc, der die tote Anouk Coudrin im Priel gesehen hatte, kam es vor wie ein Déjà-vu. Nach den Bildern von der toten Frau folgten diejenigen, die das Seil und den Kanister zeigten.

»Diesmal hat der Täter den Körper des Opfers mit einem Gewicht beschwert«, stellte Lagarde fest. »Er wollte nicht, dass wir sie finden.« Die nächste Aufnahme zeigte eine Seite des Kanisters. Philippe sah genau hin. »Was ist das für ein Zeichen? In der unteren rechten Ecke?«

Cleroc klickte das nächste Bild an. Ein umsichtiger Polizist hatte das Zeichen fotografiert, so dass es jetzt fast den ganzen Bildschirm ausfüllte.

»Es ist ein Wappen«, sagte Lagarde. »Das ist ja interessant. Viele Familien lassen ihre Wappen registrieren, um sie zu schützen. Wenn dieses Familienwappen in einem Amt gemeldet und hinterlegt ist, könnte es eine heiße Spur sein. Wir müssen das sofort überprüfen.«

Valérie studierte es genau. Es hatte die Form eines Ritterschildes. Auf dem roten Oval in der Mitte war eine Meerjungfrau abgebildet. »Wenn eine Familie so ein Wappen hat, kommt es dann auch auf so einen einfachen Gebrauchsgegenstand wie einen Wasserkanister?«, wunderte sie sich.

»Es kommt überallhin«, erklärte Lagarde. »Sie sind stolz auf die Wappen, das macht sie einzigartig. Diese Abbildungen können sich an allen möglichen Stellen befinden. Auf dem Schiff selbst, auf dem Geschirr, im Haus der Familie auf den Wasserhähnen, auf den Hemdtaschen der Männer, und so weiter.«

»Und wie gehen wir jetzt weiter vor?«, fragte sie.

»Ich schlage Folgendes vor: Ludovic und ich fahren nach Portbail und reden mit Serge Crabec. Wenn die Presse von dem Leichenfund erfährt, kann die Nachricht schon in den Abendblättern stehen. Es ist wichtig, dass er sie vorher von uns erfährt. Anschließend statten wir Michel einen kurzen Besuch ab, bedanken und verabschieden uns.«

Cleroc war einverstanden. Lagarde wandte sich an die Polizistin. »Kannst du bitte die Fotos mit den Wappen an das Institut für Heraldik in Rochefort mailen und um eine Auskunft bitten?«

»Wird erledigt.« Dann fiel ihr noch etwas ein. »Es könnte doch auch sein, das der Täter mit seinen Opfern nicht vom Festland aus auf das Meer fährt. Vielleicht startet er von einer der Inseln?«

»Möglich wäre es. Es gibt in dem Gebiet etliche kleine Inseln und Archipele. Manche sind sogar bewohnt. Auf jeden Fall ist es ein interessanter Aspekt. Vorrangig müssen wir herausfinden, wer sich hinter dem Phantom versteckt. Dann finden wir ihn auch, ob auf dem Festland oder einer Insel.«

Er stand auf und zog sein Jackett an. »Wir treffen uns, wenn Delphine die Obduktion beendet hat. Dann sehen wir weiter.«

Lagarde und Cleroc verließen das Büro.

Zwei Stunden später waren die Ermittler auf dem Weg zurück nach Cherbourg. Serge Crabec war völlig ausgerastet und hatte sie beschimpft, dann war er zusammengebrochen. Sie hatten einen Notarzt gerufen, und er wurde in das nächste Krankenhaus eingeliefert. Mit Michel und seinen Einsatzleitern hatten sie noch einen Kaffee getrunken, dann waren die Suchmannschaften aufgebrochen.

Kurz vor dem ersten großen Kreisverkehr in Cherbourg klingelte Lagardes Handy. Es war Frank Lanoux. Seine Stimme hörte sich angespannt an, und er kam gleich auf den Grund seines Anrufs zu sprechen.

»Hör zu, Philippe. Ich habe dir doch erzählt, dass meine Tochter Cécile im September die Sommerakademie von Bricquebec besucht. Seit Montag ist sie jetzt dort. Gerade hat mich ihr Mentor angerufen und mir mitgeteilt, dass sie nicht zum Nachmittagstee erschienen ist. Diese Veranstaltung ist für alle Schüler obligatorisch. Dort wird das Programm für den nächsten Tag besprochen, und Wünsche können geäußert werden.« Er versuchte, es auf die leichte Schulter zu nehmen, ein Lachen misslang. »Ich glaube, bei diesem täglichen Treffen verschaffen sich die verantwortlichen Betreuer einen Überblick, ob alle Schäfchen wohlauf sind. Weißt du, meine Tochter ist sehr zuverlässig und hätte sich normalerweise abgemeldet. Könntest du bitte mal hinfahren und schauen, was da los ist? Ich muss zugeben, dass ich ein wenig nervös bin. Beim Mittagessen war sie auch schon unentschuldigt abwesend. Und ich sitze hier in London Heathrow fest. Ich war auf einer Tagung von Europol, und jetzt können wegen des dichten Nebels keine Maschinen starten. Sonst hätte ich mich selbst sofort ins Auto gesetzt.«

»Natürlich fahre ich hin. Wir werden sie finden. Vielleicht hat sie eine Fahrradtour gemacht und die Zeit vergessen, oder sie hatte keine Lust, schon zurückzukehren. Sie ist ja schließlich nicht in einer Kaserne untergebracht.«

»Ja, du hast recht, sicherlich gibt es eine ganz harmlose Erklärung, aber ich bin trotzdem froh, dass du dich umschaust. Der Betreuer machte auf mich den Eindruck, als sei er mit dem ganzen Camp überfordert.«

»Gut, ich setze Ludovic ab, schaue kurz, ob es Neuigkeiten gibt und dann fahre ich los.«

»Danke. Und wie steht es mit dem Fall?«

»Nicht gut. Heute Morgen hat ein Suchtrupp eine weitere tote Frau gefunden. Es deutet viel darauf hin, dass die Fälle zusammenhängen. Wir haben nach wie vor keinen Hauptverdächtigen.«

»Das ist eine schreckliche Sache. Ich wünsche euch viel Erfolg.«

»Danke. Ich melde mich.«

Als die Ermittler in Clerocs Büro kamen, saßen Delphine und Valérie am Besprechungstisch und unterhielten sich. Die Polizistin hatte frischen Kaffee gekocht, Lagarde hatte von unterwegs Éclairs mitgebracht. Sie konnten eine Stärkung brauchen. Nachdem sich alle bedient hatten, berichtete die Rechtsmedizinerin, was sie bei der Obduktion von Adeline Hebert herausgefunden hatte.

»Sie wurde mit K.-o.-Tropfen betäubt und anschließend erstickt. Im Gaumen und im Rachenraum befanden sich einige weiße Baumwollfasern. Es ist genau die gleiche Vorgehensweise wie bei Anouk Coudrin.«

»Der Täter folgt einem festen Schema«, bestätigte Lagarde.

Sie nickte. »Die junge Frau ist seit ungefähr zwölf bis vierzehn Stunden tot.«

»Sie wurde getötet und ins Meer geworfen, diesmal war die Leiche beschwert.«

»Könnte das heißen, dass es nicht beabsichtigt war, dass Anouk Coudrin gefunden wird?«, fragte Cleroc. »Dass der Täter das feste Schema um diese Variante ergänzt hat, um sein Opfer für immer verschwinden zu lassen?«

»Durchaus, deshalb jetzt der schwere Wasserkanister. Und doch hat es wieder nicht funktioniert, das Seil ist an einem Riff hängengeblieben, und wir haben das Wappen. Vielleicht ist dem Täter diesmal ein gravierender Fehler unterlaufen.«

Er wandte sich an Valérie. »Hat das Institut für Wappenkunde schon geantwortet?«

»Leider nein, obwohl ich die Anfrage als höchst dringlich eingestuft hatte. Aber der Goldschmied aus

Villedieu-les-Poêles hat sich gemeldet, Benoît Tuel. Er hat auf dem Heimweg aus dem Urlaub unseren Suchaufruf im Radio gehört und von einer Telefonzelle aus angerufen. Als er zu Hause war, hat er die Kopie des Personalausweises von der Person, die die Ohrringe gekauft hat, gemailt.« Sie legte den vergrößerten Ausdruck auf den Tisch.

»Pierre Fournier, geboren am ersten März 1990«, las Lagarde vor. Das Gesicht des jungen Mannes war schmal, die Stirn hoch und die Lippen geschwungen. Die welligen braunen Haare trug er halblang. Er sah gut aus.

»Hast du schon Zeit gehabt, eine Suchmeldung zu starten?«

»Ja, das habe ich gemacht. Es gibt keinen Pierre Fournier, der an diesem Tag geboren ist.«

Lagarde sah sich die Kopie ganz genau an. »Der Pass ist gefälscht. Schaut euch mal das Wasserzeichen an. Überhaupt handelt es sich um eine ganz schlampige Fälschung.«

»Okay, das heißt, wir wissen, wie der mutmaßliche Täter aussieht, aber nicht, wie er heißt.«

»So ist es.«

»Wann hat der Mann die Ohrringe gekauft?«, wollte Cleroc wissen.

»Den ersten Ohrring hat er am ersten September 2011 gekauft«, informierte sie die Kollegen. »Die anderen vier am fünfundzwanzigsten August 2015.

Monsieur Tuel hatte einige Exemplare dieses Ohrschmucks nach wie vor in seiner Kollektion.«

»Das heißt, das eine Schmuckstück wurde kurz vor dem siebzehnten Geburtstag von Louise-Anne Sorel gekauft. Die anderen vier Ohrringe kurz bevor Véronique Rimbaud verschwand. Mon Dieu! Welcher teuflische Plan steckt dahinter? Was hat er als nächstes vor?«

»Was hat er für die Ohrringe bezahlt?«, fragte der Kommissar.

»Sechshundert Euro pro Ohrring.«

»Das kann sich nicht jeder leisten, aber die Kosten sind auch nicht unerschwinglich.« Ein anderer Gedanke beunruhigte ihn. »Wenn wir rein hypothetisch davon ausgehen, dass der Täter für jede Frau einen Ohrring braucht, dann ist noch einer übrig.«

Valérie erschrak. Daran hatte sie noch gar nicht gedacht. »Ich habe noch etwas herausgefunden«, sagte sie. »Aber ich weiß nicht, ob das jetzt noch relevant ist.«

»Nur zu«, bat Lagarde sie. »Alles kann wichtig sein.«

»Anton Falkenberg hielt sich zu der Zeit, als Louise-Anne Sorel verschwunden ist, auf einem Campingplatz am Cap de la Hague auf, also nicht weit weg von Barneville. Aber der Mann auf dem Passfoto ist nicht Falkenberg.«

»Nein, definitiv nicht, aber wir wissen nicht, ob der Schmuckkäufer und der Täter ein und dieselbe Person sind. Allerdings ist es sehr wahrscheinlich.« Lagarde trank seinen Kaffee aus. »Ich fahre jetzt nach Bricquebec. Es wird nicht lange dauern. Wenn ich zurück bin, ist bestimmt die Mail aus Rochefort eingetroffen. Ich hoffe sehr, dass uns diese Informationen weiterhelfen.«

»Warum fährst du denn jetzt nach Bricquebec?«, erkundigte sich Valérie erstaunt.

»Die Tochter von Lanoux ist dort in einem Sommercamp. Sie hat heute unentschuldigt beim Mittagessen gefehlt und später bei der täglichen Besprechung. Jetzt schaue ich mal, was da los ist. Wahrscheinlich ist sie inzwischen zurück.«

»Sie ist verschwunden?«

»Ja, offenbar seit dem Frühstück.«

»Wie alt ist sie?«

»Ich glaube, siebzehn. Wenn ich es richtig verstanden habe, hat sie ein oder zwei Klassen übersprungen.«

»Wie sieht sie aus?«

»Das weiß ich nicht, ich habe sie noch nie gesehen.« Er blickte sie fragend an. »Worauf willst du denn hinaus? Du meinst doch nicht etwa …? Nein, das kann nicht sein.«

Eine schwer greifbare Unruhe hatte von Valérie Besitz ergriffen.

»Hoffentlich hast du recht. Bis später, Philippe.«

Bricquebec war ein romantisches Städtchen mit einem gut erhaltenen Schloss. Mit seinen Türmen und Wällen galt es als das bemerkenswerteste Beispiel mittelalterlicher Baukunst im Cotentin. Dort fand dieses Jahr die Sommerakademie der Normandie für hochbegabte Abiturienten statt. Die Veranstalter hatten einen gesamten Hotelkomplex für diese Zeit gemietet.

Als Lagarde auf den Hof fuhr, fiel ihm die schöne restaurierte Fassade auf. Die Nachmittagssonne tauchte das Gebäude in honigfarbenes Licht. Weite elegante Stuckbögen umschlossen zweistöckig die hohen Sprossenfenster. Mitten im Hof wuchs ein prächtiger Kastanienbaum. Er stellte das Fahrzeug auf dem gekiesten Parkplatz ab und lief auf das Eingangsportal zu. Das geschnitzte Wappen der Edelleute von Bricquebec prangte mittig über dem Tor. Eine verwitterte, von Efeu überwachsene Steinmauer umgrenzte das weitläufige Grundstück. Sie war durchbrochen von einem Torbogen, der den Blick auf ein Schwimmbecken freigab, das azurblau in der Sonne lag. Gelächter und Geschrei waren zu hören. Auf der Wiese vor dem Hotel lagen junge Leute und sonnten sich. Einige hatten ihre Nasen in Bücher gesteckt, laute Rockmusik schallte aus tragbaren Boxen. Neben dem Eingang stand eine Gruppe junger Frauen und Männer um einen überdachten, mit Geranien bepflanzten Ziehbrunnen. Sie hielten Bierdosen und Zigaretten in den Händen und grüßten ihn freundlich. Sie waren bester Laune. Eines der Mädchen mit engelsgleichen Gesichtszügen und einem lockigen Blondschopf bot ihm eine Dose Bier an. Dankend lehnte er ab.

»Vielleicht könnt ihr mir helfen. Ich suche einen Betreuer, Didier Lacrosse.« Er hatte den Namen von Lanoux bekommen. »Wo kann ich ihn finden?«

Der Engel antwortete. »Die Betreuer haben ein gemeinsames Büro, dort könnte er sein. Gehen Sie durch den Haupteingang, dann links den Flur entlang. Es ist die vorletzte Tür auf der rechten Seite.«

»Dankeschön.« Er betrat die Eingangshalle und sah sich um. Stuckverzierte Bögen trafen sich in der Mitte des Gewölbes, in dem ein prächtiger Lüster hoch über dem polierten Parkettboden hing. Der Korridor war mit roten Teppichen ausgelegt, die von goldenen Leisten verziert waren. An den Wänden befanden sich gerahmte Gemälde mit der Ahnengalerie. Es war ganz still, das Gebäude schien wie ausgestorben. Philippe nahm den Geruch von Möbelpolitur und Zitronen wahr. Schließlich klopfte er an die Tür, und jemand rief ihn herein.

Als er in das Zimmer trat, saßen ein älterer Mann mit Glatze und gepflegtem Bart und ein Mädchen an einem Tisch. Es sah so aus, als hätten sie auf den Kommissar gewartet. Der Mann erhob sich und stellte sich als Didier Lacrosse vor. Er machte einen nervösen Eindruck.

»Sie sind der Bekannte von Monsieur Lanoux, nicht wahr? Ich habe ihn angerufen und ihn darüber informiert, dass seine Tochter weder beim Mittagessen noch bei der Besprechung am Nachmittag anwesend war und habe gefragt, ob er etwas von ihr gehört habe.«

»Ja, ich bin Philippe Lagarde. Ist Cécile inzwischen zurückgekommen?«

Der Mann wurde aschfahl. »Nein, dabei ist bald Abendessenszeit. Sie geht auch nicht an ihr Handy. Es kommt immer nur die automatische Ansage.«

»Hat sie beim Frühstück gesagt, welche Pläne sie für den Tag hatte?«

»Nein, zu mir hat sie nichts gesagt, aber sie hat sowieso nur das Nötigste mit mir geredet. Ich glaube, sie hat mich nicht ernst genommen.« Er sah zu der jungen Frau.

»Das ist Denise, ihre Zimmergenossin, sie kann mehr über Cécile erzählen. Wir haben vorhin schon darüber gesprochen.« Freundlich wandte er sich an das Mädchen. Es war dünn wie eine Bohnenstange, das Gesicht von Sommersprossen übersät, die roten Haare zu einem Zopf gebunden, der seitlich am Kopf saß. Die Stupsnase verlieh dem Gesicht einen kindlichen Ausdruck. Ihre Designerjeans war an den Knien aufgerissen, das pinkfarbene Top saß hauteng. »Denise, kannst du Monsieur Lagarde bitte deinen Eindruck schildern?«

»Klar, aber mit mir hat sie auch nicht viel geredet, und sie hat auch nicht gesagt, was sie vorhat. Wir haben uns nicht so supergut verstanden. Die meisten hier wollen endlich mal ihre Freiheit genießen. Cécile hätte am liebsten den ganzen Tag weitergebüffelt. Es hat ihr hier nicht gefallen. Wir denken alle, dass sie abgehauen ist.«

»Wie kommen Sie denn darauf?«, fragte Lagarde.

»Habe ich doch gerade gesagt. Es gefällt ihr hier nicht. Sie hat sich von der Sommerakademie viel mehr versprochen, vor allem etwas ganz anderes. Vorbereitungslehrgänge für die Uni, gesellschaftspolitische Diskussionen, anspruchsvolle Seminare, was weiß ich. Ständig hat sie gemeckert und gesagt, dass sie sich unterfordert fühle. Sie war total genervt, weil es stattdessen viel Party gibt. Wir wollen unsere Freizeit auch einmal genießen. Die meisten finden es hier toll, sie nicht.«

Didier Lacrosse setzte zu einer Rechtfertigung an. Lagarde winkte ab und wandte sich wieder Denise zu. »Wo könnte sie hingegangen sein?«

»Ich bin heute Vormittag mit dem Bus nach Barneville gefahren. Dort gibt es einen größeren Supermarkt als hier, und er ist viel günstiger. Ich wollte Nachschub kaufen.«

»Denise!« Lacrosse sah sie entrüstet an. »Es herrscht hier Alkoholverbot.«

»Was denn? Keinen Alkohol, wo denken Sie hin?

Schokolade, Gummibärchen, Cola und so. Weiter nichts. Auf jeden Fall habe ich sie gesehen.«

»Wo?«, wollte Lagarde wissen.

»Am Hafen. Sie schlenderte mit einem jungen Mann am Kai entlang. Dann gingen sie auf ein Boot und fuhren weg.«

»Wie sah der Mann aus?«

»Eigentlich wollte ich sie mit meinem Smartphone fotografieren, aber der Akku war leer, weil ich vergessen hatte ihn aufzuladen. Er trug eine schwarze Baseballkappe, eine verspiegelte Sonnenbrille, verwaschene Jeans, und blaue Segelschuhe mit weißen Schnürsenkeln, und er war jung. Mehr habe ich nicht gesehen.«

Lagarde hatte das Gefühl, dass ihm jemand mit der Faust in den Magen geschlagen hatte. »Ist Ihnen sonst noch etwas aufgefallen?«

»Da war ein Wappen auf dem Heck des Bootes. Ich konnte nur leider, wie schon gesagt, kein Foto machen.«

»Können Sie es beschreiben?«

»Ich versuche es.« Sie sah sich um. »Kann ich mir ein Stück Papier vom Schreibtisch nehmen und die Buntstifte?«, fragte sie den Betreuer.

»Ja, natürlich, bitte.«

Mit wenigen gekonnten Strichen zeichnete sie das Wappen, das Lagarde heute schon einmal gesehen hatte.

Auf dem Rückweg telefonierte Lagarde mit dem Hafenmeister von Barneville und bat ihn nachzusehen, ob das Boot mit dem Wappen im Hafen lag. Bald darauf rief der Mann zurück und teilte ihm mit, dass es nicht da war.

Als er eine knappe halbe Stunde später in das Polizeipräsidium von Cherbourg zurückkehrte, sahen seine Kollegen ihm sofort an, dass es keine Entwarnung gab.

»Sie ist immer noch nicht zurück?«, fragte Valérie.

»Nein, ist sie nicht. Und wir müssen sie schnell finden.«

»Was ist denn passiert?«

»Ihre Zimmergenossin hat beobachtet, wie Cécile mit einem jungen Mann auf ein Boot gegangen und auf das offene Meer hinausgefahren ist. Sie sah ihn leider nicht im Profil, konnte aber die Bekleidung beschreiben.« Er gab wieder, was der Mann getragen hatte.

Die Polizistin sah ihn erschrocken an. »Die gleiche Beschreibung wie bei den anderen Frauen.«

»Ja, und es kommt noch schlimmer. Auf dem Heck des Schiffes war das gleiche Wappen wie auf dem Wasserkanister.« Er legte die Zeichnung von Denise auf den Tisch.

Nachdem Cleroc einen Blick darauf geworfen hatte, erschien eine steile Falte zwischen den Augenbrauen. »Mit dem Wappen sind wir weitergekommen. Das Institut für Heraldik hat sich gemeldet. Es handelt sich tatsächlich um ein Familienwappen. Ein Paul Sorel hat es schon vor fünfunddreißig Jahren registrieren lassen.« Wir haben das Geburtsdatum des Mannes und seine damalige Adresse.

»Dort wohnt jetzt Madame Sorel, somit ist Paul der Großvater von Vincent Sorel«, stellte Lagarde fest. »Nach Aussage von Geneviève Sorel ist er verstorben.«

»Wer besitzt dann das Boot?«

»Sein Sohn Victor Sorel? Er wohnt mit seiner neuen Lebensgefährtin in Bordeaux. Ob er ausgerechnet hier, wo ihn alles an seine verschwundene Tochter und die gescheiterte Ehe erinnert, herumschippert? Außerdem ist unser Phantom viel jünger.«

»Was ist mit seinem Enkel Vincent? Ihm hat er auch das Haus auf den Écréhous-Inseln vererbt.«

»Das ist durchaus möglich.«

»Weißt du, was ich nicht verstehe? Warum geht ein intelligentes zuverlässiges Mädchen wie Cécile mit einem fremden Mann mit?«

Lagarde dachte über die Antwort nach. »Es hat ihr in dem Sommercamp nicht gefallen. Sie war enttäuscht, ihre Vorstellungen darüber stimmten mit der Realität nicht überein. Die jungen Leute dort feiern und trinken Alkohol, nehmen wahrscheinlich auch Drogen. Die Betreuer wollen keinen Ärger und schauen weg. Ein netter junger Mann spricht Cécile an, zum

Beispiel am Strand, und sie kommen ins Gespräch. Schließlich schüttet sie ihm ihr Herz aus und erzählt ihm, wie enttäuscht sie von dem Ferienlager ist. Sie muss ihren Kummer und den Unmut loswerden. Ihre Eltern will sie damit nicht belasten, sie will die Situation selbst regeln. Dieser junge Mann hört ihr zu und zeigt Verständnis. Genau das, was sie braucht. Schließlich lädt er sie zu einem kleinen Bootstrip ein, einfach zu einem schönen Erlebnis. Und Cécile geht mit. Ich finde das nicht einmal besonders naiv und unbedarft. Vielleicht war ein wenig Trotz dabei. Die Wahrscheinlichkeit, auf einen extrem gefährlichen Serientäter zu stoßen, steht eins zu einer Million. Wir müssen sie finden. Ich glaube nicht, dass der Täter diesmal fünf Tage wartet, bis er sein Opfer tötet. Er will nicht mehr warten. Ich fürchte, er hat keine Geduld mehr und ist völlig durch den Wind.«

»Hältst du Vincent Sorel für den Mörder?«, fragte Valérie.

»Ich bin mir nicht sicher, aber es deutet viel darauf hin.«

»Wir haben noch einen Hinweis bekommen, der uns weiterhelfen könnte. Armand Rimbaud hat angerufen. Er hat sich erinnert, warum ihm der Name von Anouk Coudrin so vertraut vorkam. Seine Tochter Véronique und sie haben sich gekannt. Einmal hat seine Tochter das Mädchen zum Kaffeetrinken mitgebracht. Sie lernten sich an der Kunstakademie von

La Haye-du-Puits kennen. Anouk hatte einen Kurs für Schwarz-Weiß-Fotografie belegt und Véronique Kreatives Schreiben.«

Cleroc schlug mit der Hand auf den Tisch. »Adeline hat dort Aquarellmalerei unterrichtet. Die drei Frauen kannten sich. Das ist die Verbindung, nach der wir gesucht haben.«

»Haben sie ihren Mörder dort getroffen?«

»Wir brauchen eine Liste mit den Kursteilnehmern.«

»Darauf habe ich online keinen Zugriff«, erklärte die Polizistin. »Das habe ich schon versucht. Diese Eintragungen fallen unter den Datenschutz, aber es gibt eine Liste mit den Dozenten, so wie sie auch in den Programmheften veröffentlicht wird, mit Fotos.« Sie freute sich über ihre Idee. »Ich bin gerade dabei.«

Der Drucker ratterte und spuckte zwei Seiten aus. Es war eine kleine exklusive Akademie, die sich auf Kunstkurse spezialisiert hatte. Es dauerte nicht lange, dann hatten sie den Eintrag gefunden: Vincent-Yves Sorel, geboren am 1.3.1990, Bildhauer für Holzskulpturen. Das Foto war identisch mit dem auf dem Pass, den der Goldschmied Tuel eingescannt und gemailt hatte.

»Jetzt haben wir ihn«, bestätigte Lagarde. In dem Moment piepste sein Handy. Ein Blick darauf sagte ihm, dass Denise seine Bitte erfüllt und eine Fotografie von ihrer Zimmergenossin Cécile geschickt hatte. Das Mädchen stand am Rand einer Wiese und wirkte sehr zart. Es war dunkel, und auf der Fläche vor ihr wurde offenbar ausgelassen getanzt. Sie sah ihrem Vater sehr ähnlich, nur dass ihre Züge viel feiner waren. Die großen Augen glänzten im Schein der Lampions. Auf der hohen Stirn konnte man eine skeptische Falte erahnen. Sie blickte mürrisch und gelangweilt auf die Tanzenden. Die langen blonden Haare waren zu Zöpfen geflochten und kranzförmig um den Kopf gesteckt. Sie hätte die kleine Schwester von Véronique Rimbaud sein können. Der Kommissar sendete das Bild auf Valéries Laptop. Sie druckte es aus und hängte es an die Pinnwand neben die anderen Abbildungen. Als sie das fragile Mädchen sah, durchfuhr sie unbändige Wut. »Wie gehen wir vor?«

»Ich denke, wir gehen alle davon aus, dass er sie auf die Écréhous-Inseln in sein Haus gebracht hat«, entgegnete Lagarde. »Diese Möglichkeit ist die wahrscheinlichste.«

Cleroc war der gleichen Meinung. »Wir brauchen ein Polizeischnellboot, eine Zugriffsgruppe und die Küstenwache. Ich werde alles veranlassen.« Er griff zum Telefonhörer und gab energisch präzise Anweisungen. Als er das Gespräch beendet hatte, informierte er seine Kollegen. »Auf geht's, bis wir in Barneville sind, ist das Schnellboot startklar. Den Kerl schnappen wir uns jetzt, bevor er noch mehr Frauen tötet.«

Im Fahrzeug rief der Kommissar Frank Lanoux an und informierte ihn über die aktuelle Situation. Der Polizeipräsident saß noch immer in Heathrow fest. Als er begriffen hatte, was Lagarde ihm da schilderte, bemühte er sich, ruhig zu bleiben, aber es gelang ihm nicht. Philippe versprach ihm, alles Menschenmögliche zu tun, um seine Tochter wohlbehalten zurückzubringen. Und wenn er alles sagte, meinte er das auch.

Kurz vor neunzehn Uhr startete das Polizeiboot im Hafen von Barneville. An Bord war neben den Ermittlern ein sechsköpfiges GIGN-Team der mobilen Zugriffstruppe der Gendarmerie. Mit ihren schwarzen Overalls, den Springerstiefeln und den Helmen, den dicken Schutzwesten und den modernsten Gewehren sahen sie martialisch aus. Die Polizisten trugen ebenfalls Schutzwesten und waren bewaffnet. Das Schnellboot durchpflügte die hohen Brecher mühelos und kam zügig voran. Stetig hob sich der Bug und klatschte wieder auf die Wellen. Gischt spritzte auf. Ihm folgte ein Schiff der Seenotrettung, das mit medizinischer Ausrüstung ausgestattet war und zwei Ärztinnen an Bord hatte.

Die Écréhous-Inseln waren vom Cap Carteret ungefähr sechseinhalb Seemeilen entfernt und gehörten zu England. Es bestand ein Abkommen zwischen Frankreich und der englischen Krone, dass die Polizei in diesem weitläufigen, unzugänglichen Gebiet grenzüberschreitend tätig werden durfte, wenn Gefahr in Verzug war. Außerdem hatte Cleroc mit dem Polizeichef von Jersey telefoniert und ihn über ihr Vorhaben informiert. Rasch näherten sie sich dem Archipel. Am Horizont tauchte die Sonne in den Ozean ein und färbte das weltvergessene Paradies golden. Das Navigieren durch siebenhundert Hektar Felsenriff erforderte seemännisches Können. Diese Herausforderung meisterte der Steuermann souverän.

Die südlichste der Inseln, Maître Île, lag an ihrem höchsten Punkt nicht mehr als achtzehn Meter über dem Meeresspiegel. Die Mittelinsel, Blanche Île, war mit einer Länge von zweihundertzwanzig Metern das größte Eiland mit etwa einem Dutzend Häusern und der kleinsten Straße der Welt. Sie hatte nicht einmal einen Namen. Marmoutier im Norden der Inselgruppe war bei Flut von Blanche Île getrennt und nicht einmal zwanzig Meter lang. Bei Hochwasser konnte sich eine Katze kaum um sich selbst drehen. Wenn Ebbe herrschte, waren unzählige Kliffe, Felszacken und Sandbänke zu sehen. Auf diesem Eiland standen die Ruinen einer Kapelle aus dem Jahr 1203. Im Schutz der abgelegenen Wildnis nisteten dort Seevögel.

Das einzige Haus, das sich auf diesem Eiland an die Felsen klammerte, gehörte Vincent-Yves Sorel. Als sie die Inselgruppe erreicht hatten, ankerte das Boot der Seenotrettung vor der mittleren Insel, um so wenig Aufsehen wie möglich zu erregen. Das Polizeiboot hielt sich eng an den Felsen und fuhr schließlich mit gedrosseltem Motor im Schritttempo in den kleinen Naturhafen, der vom Haus aus nicht zu sehen war. Das Schiff mit dem auffälligen Wappen schaukelte darin sanft auf den Wellen. Es war leer und schnell durchsucht. Die Elitepolizisten kletterten über eine Leiter auf die Mole, gefolgt von den Polizisten. Ihr Vorgehen hatten sie bereits an Bord abgesprochen. Absolute Priorität bei dieser Aktion hatte die Rettung von Cécile. Sie durften keine Zeit verlieren, jede Sekunde zählte. Eine zu hohe Dosis von K.-o.-Tropfen würde ausreichen, um dem Leben des Mädchens innerhalb von Minuten ein Ende zu bereiten. Der Plan war einfach und effektiv. Zwei Polizisten von der Spezialeinheit würden den Anbau und vier weitere gleichzeitig das Wohnhaus stürmen. Die Zielperson würde überwältigt und festgesetzt.

Auf das Zeichen des Einsatzleiters rannten sie los. In Windeseile hatten sie den Klippenpfad hinter sich gelassen. Team I trat die Tür zum Anbau ein, warf eine Blendgranate hinein und stürmte ihn, die Waffen schussbereit im Anschlag. Der Anbau bestand aus einem einzigen Raum, der mit großen Holzfiguren vollgestellt war. Da waren Seeadler, Sturmenten und Basstölpel, aber vor allem Meerjungfrauen in allen nur erdenklichen Ausführungen. Hinter einer Werkbank, im grellen Licht einer Lampe, stand Vincent-Yves Sorel. Mit einem Meißel in der einen und einem Hammer in der anderen Hand bearbeitete er gerade die Schwanzflosse einer Meerjungfrau. Mit vor Schreck geweiteten Augen starrte er auf die Eindringlinge und hielt in der Bewegung inne. Sekunden später hatten sie ihn überwältigt, niedergerungen und mit Handschellen gefesselt.

Gleichzeitig war das zweite Team in das Wohnhaus eingedrungen. Sie stürmten durch alle Räume, rissen Türen und Schränke auf, kippten das Bett um, rissen Teppiche weg, schoben eine Kommode von der Wand und durchsuchten den niedrigen Dachboden. Dabei riefen sie immer wieder lautstark den Namen des Mädchens. Sie bekamen keine Antwort. Es gab keine Spur von Cécile.

Inzwischen hatten sie den Mann in das Wohnhaus gebracht. Lagarde fiel sofort der weiße Baumwollschal mit den feinen Fransen auf. Hatte er damit die beiden Frauen erstickt? Grimmig sah er ihn an, nannte knapp seinen Namen und Titel und zeigte seinen Dienstausweis. »Wo ist Cécile Lanoux?«

Sorel hatte seinen ersten Schreck überwunden und konnte wieder sprechen. »Was wollen Sie von mir? Sie können mich hier nicht einfach überfallen. Ich will sofort meinen Anwalt sprechen. Ich habe nichts getan. Was werfen Sie mir vor?« Lagarde spürte instinktiv, dass Sorel seine Nervosität hinter dem aggressiven Verhalten zu verbergen suchte.

»Wo ist Cécile Lanoux?« Seine blauen Augen sprühten Blitze.

»Ich kenne niemanden, der so heißt.«

Wütend packte Lagarde ihn am Kragen und schüttelte ihn. Angstvoll schrie Sorel auf.

»Ich will sofort wissen, wo sie ist!«, brüllte der Kommissar. Der Mann blieb stumm. Cleroc versuchte seinen Kollegen zu beruhigen.

»Bitte lass ihn los. Wir suchen die Insel ab. Wenn sie nicht hier ist, hält er sie vermutlich woanders gefangen.« Die Alternative wollte er nicht aussprechen. »Er wird in Cherbourg sofort dem Haftrichter vorgeführt und dann von uns so lange verhört, bis er uns sagt, wo er sie versteckt hält.«

»So viel Zeit haben wir nicht.«

Cleroc hatte den Eindruck, dass sein Kollege sich erneut auf Sorel stürzen wollte, und hielt ihn am Arm fest. »Komm mit, wir schauen uns mal hier um.«

Sie hatten Sorel inzwischen auch Fußfesseln angelegt, und er saß jetzt zwischen zwei Polizisten auf dem Sofa. Die anderen teilten sich auf und suchten nach einem möglichen Versteck. Dabei wurden sie von einer Hundeführerin und ihrem Spürhund unterstützt. Das Tier saß neben ihr und fieberte seinem Einsatz entgegen. Mit den Schlappohren und den treuen Augen sah der Hund eher drollig als gefährlich aus. Auf einen knappen Befehl hin setzte er sich, die Nase auf den Boden gerichtet, in Bewegung. Er kroch unter der Brüstung, die das kleine Grundstück umgab, hindurch. Seine Führerin ließ die Leine los und kletterte über den Zaun hinterher. Lagarde, Valérie und zwei Elitepolizisten folgten ihnen. Im Gänsemarsch umrundeten sie mit wachsamen Blicken das Eiland. Langsam bewegten sie sich oberhalb der Wassergrenze entlang über Felszacken, Steine und Algenschichten. Schließlich gelangten sie an eine Stelle, wo sich eine Zwergkiefer an Geröll klammerte. Der Terrier schlug an. Sein ganzer Körper war gespannt wie eine Sehne.

Als Lagarde die widerspenstigen Zweige beiseitezerrte, entdeckte er eine alte verrostete Eisentür, die in eine senkrechte glatte Felswand eingelassen war. Mit aller Kraft zog er an dem Eisenring. Sie war abgesperrt.

»Was ist denn das?«, wunderte sich Valérie.

»Vielleicht ein alter Felsenkeller.«

Als er gegen die Tür trommelte und den Namen des Mädchens rief, ertönte ein markerschütternder Schrei aus dem Fels.

»Cécile, hier ist Philippe Lagarde, ein Freund von deinem Vater. Versuche bitte ruhig zu atmen, es ist vorbei. Wir holen dich gleich raus.«

Es kam keine Antwort. Nachdem Sorel nach dem Schlüssel für die Eisentür gefragt worden war und behauptet hatte, dass er davon nichts wisse, holte ein Polizist Werkzeug vom Boot. Wieder zurück bei der

Höhle, griff er nach einem langen Brecheisen und trieb es mit einem schweren Hammer zwischen Rahmen und Türblatt. Gemeinsam mit dem Einsatzleiter zog er dagegen, und sie knackten die altersschwache Tür.

Zunächst sah Lagarde gar nichts. Die Höhle war stockfinster, es roch nach Moder und feuchter Erde. Schließlich erhellten die Strahlen von Taschenlampen den Raum. Da entdeckte er sie. Sie kauerte an der hinteren Wand und starrte ihn aus weit aufgerissenen Augen ängstlich an. Valérie schob ihn sanft zur Seite und nahm Blickkontakt mit dem Mädchen auf.

»Ich bin Valérie«, sagte sie in ruhigem Tonfall. »Ich komme jetzt zu dir und bringe dich hier raus. Dein Vater wird hier sein, so schnell er kann. Versuche, ruhig zu bleiben. Es kann dir niemand mehr etwas tun.«

Cécile rappelte sich hoch, wankte auf sie zu und fiel in ihre Arme. Dann begann sie, von Schluchzern geschüttelt und wie unter Schock, zu erzählen, was passiert war.

»Yves hatte mir versprochen, mich heute Abend zum Festland zu fahren. Ich musste doch in das Feriencamp zurück. Dann hat er plötzlich behauptet, bei der hereinrollenden Flut nicht auslaufen zu können, das sei wegen der Unterströmungen zu riskant. Das habe ich ihm nicht geglaubt. Ich war mit meinem Vater schon oft auf dem Meer und kenne mich etwas aus. Aber ich konnte mir sein Verhalten auch nicht erklären, bisher war er so nett. Und dann kam er vorhin plötzlich, hat mich zu diesem Keller geschleppt und eingesperrt. Ich hatte Todesängste.«

Lagarde vermutete, dass Sorel vom Anbau aus das Boot der Küstenwache gesehen und das Mädchen versteckt hatte. Das war wahrscheinlich eine Vorsichtsmaßnahme gewesen, weil diese Schiffe dort täglich kreuzten.

Valérie strich ihr tröstend über die Haare. »Jetzt brauchst du keine Angst mehr zu haben. Bist du verletzt? Hat er dir etwas getan?«

Sie schniefte. »Nein.«

Der Einsatzleiter übernahm das Kommando und wandte sich an die Polizistin.

»Bringen Sie das Mädchen bitte zum Boot, danach sehen wir weiter. Ein Polizist wird Sie begleiten.«

»Einen Moment noch«, bat Lagarde ihn. Er holte sein Handy aus der Hemdtasche und rief Lanoux an, der noch immer im Flughafen festsaß und kurz davor war, durchzudrehen. Philippe informierte ihn kurz über den Stand der Dinge und gab dann sein Handy an Cécile weiter. Das Mädchen erzählte ihrem Vater, was passiert war und weigerte sich, in das Camp zurückzukehren. Dabei brach sie erneut in Tränen aus. Valérie schlug vor, dass sie bei ihr übernachten könne. Lanoux war einverstanden, und Cécile beruhigte sich ein wenig. Vorher musste sie jedoch noch in ein Krankenhaus, um sich untersuchen zu lassen. Lanoux wollte den Leiter der Sommerakademie informieren.

Schließlich kehrten die Kommissare in das Haus zurück, um mit Sorel zu sprechen. Sie wollten ihn sofort mit den Straftaten konfrontieren, die sie ihm vorwarfen, damit er keine Zeit hatte, sich eine Verteidigungsstrategie zu überlegen. Im Salon nahmen sie in Sesseln Platz, die um den Couchtisch gruppiert waren. Als er sie sah, versuchte er aufzuspringen.

»Setzen Sie sich bitte wieder hin«, forderte Cleroc ihn auf.

»Machen Sie mir die Handschellen ab. Ich habe nichts getan.«

»Nein.« Cleroc sah ihn ernst an. »Sie sind verhaftet, und Sie haben das Recht, Ihren Anwalt zu kontaktieren.«

»Erst möchte ich wissen, was Sie mir überhaupt vorwerfen.«

»Sie werden beschuldigt, Anouk Coudrin und Adeline Hebert entführt, gefangen gehalten und schließlich getötet zu haben. Weiter wird Ihnen zur Last gelegt, Cécile Lanoux entführt zu haben, ebenfalls mit einer Tötungsabsicht.«

»Das können Sie nicht beweisen. Cécile und ich haben nur eine kleine Bootstour unternommen, nachdem wir uns vor zwei Tagen zufällig im Eiscafé von Barneville kennengelernt hatten. Weil ich sie nicht gleich zum Festland zurückgebracht habe, ist sie hysterisch geworden. Ich habe überreagiert, als ich sie in den Keller gesperrt habe, das räume ich ein. Aber ich wollte sie gerade wieder herausholen, als Sie kamen, und sie an Land zurückbringen.«

»Und was ist mit den anderen beiden Frauen?«, wollte Lagarde wissen.

»Diese Namen habe ich noch nie gehört. Ich weiß gar nicht, wovon Sie reden.«

»Es gibt Zeugen, die beobachtet haben, wie beide mit Ihnen auf ein Boot gegangen sind«, bluffte Lagarde.

»Das kann ich mir nicht vorstellen.«

»Auf dem Kanister, mit dem Sie den toten Körper von Adeline Hebert beschwert haben, befindet sich ein Wappen.«

Sorels Gesichtsfarbe wurde um eine Nuance blasser. Er schien nachzudenken und sagte schließlich: »Was denken Sie, wie viele Kanister ich habe und wie viele mir schon gestohlen oder bei Sturm in das Meer geweht wurden?«

»An das Wappen haben Sie nicht gedacht, nicht wahr?« Lagarde ließ sich nicht beirren. »Sie kennen es ja gut, es ist das Wappen der Sorels, also auch Ihr Familienwappen. Ihr Großvater Paul hat es bereits vor Jahrzehnten offiziell registrieren lassen. Das gleiche Wappen ist auf dem Heck Ihres Bootes.« Da er keine Antwort bekam, fuhr er fort. »Der Goldschmied Tuel aus Villedieu-les-Poêles hat Ihren gefälschten

Pass kopiert. Sie haben bei ihm die Ohrringe gekauft, die bei den zwei Leichen gefunden wurden, das steht zweifelsfrei fest.« Er baute Druck auf. »Es sieht nicht gut für Sie aus, die Beweise sind erdrückend. Zusammen mit den Zeugenaussagen werden sie vor Gericht ausreichen, um Sie zu einer lebenslangen Haftstrafe und anschließender Sicherheitsverwahrung zu verurteilen.«

Sorel zeigte die ersten Anzeichen von Nervosität. Er konnte sie nicht mehr verbergen und begann zu schwitzen. Unruhig rutschte er auf dem Sofa hin und her. Sein linkes Bein wippte auf und ab.

Lagarde machte weiter. »Wir wissen, dass Sie an der Kunstakademie von La Haye-du-Puits unterrichtet haben. Sie haben die Frauen gekannt, auch Véronique Rimbaud haben Sie dort kennengelernt.«

Bei dem Namen zuckte er zusammen, als sei er geschlagen worden. Der Kommissar wartete einen Moment, dann schrie er ihn unvermittelt an: »Was haben Sie mit Véronique Rimbaud gemacht? Haben Sie sie auch getötet und ins Meer geworfen, wie ein Stück Vieh? Was haben Sie mit Ihrer Schwester Louise-Anne gemacht? Ist sie ebenfalls tot?«

Als er den Namen seiner Schwester hörte, erstarrte er, dann brach er zusammen. Verzweifelt rieb er mit den Händen über sein Gesicht.

»Ich habe Louanne nicht getötet, es war ein schrecklicher Unfall. Ich habe sie doch geliebt, mehr als eine

Schwester. Die anderen Frauen wollte ich auch nicht töten. Ich wünschte mir doch nur, dass sie bei mir bleiben. Sie sahen Louanne so ähnlich. Ich wollte Ihnen meine Liebe zeigen, aber keine wollte bei mir bleiben, keine einzige, obwohl sie alles von mir hätten haben können.« Er schwieg für einen Moment und wischte sich Schweißtropfen von der Stirn. »Ich konnte sie doch nicht einfach gehen lassen. Sie hätten mich verraten, mich lächerlich gemacht und angezeigt.«

Lagarde bohrte weiter, denn jetzt hatte er ihn. »Warum haben Sie den Fischer Florent Gaspard getötet?«

Sorel reagierte entsetzt. »Was wollen Sie mir noch alles unterstellen und anhängen? Sie können überhaupt nichts wissen.«

»Wir wissen alles, erleichtern Sie Ihr Gewissen. Also, was war der Grund?«

Sorel seufzte schwer. »Ich dachte, er hätte mich gesehen, als ich die Leiche von Véronique versteckt habe. Ich habe ihn nicht mehr aus den Augen gelassen. Als er zum Fischen hinausgefahren ist, bin ich ihm mit meinem Boot gefolgt. Er hat mich zuerst gar nicht bemerkt und dann, durch meine Handzeichen, geglaubt, ich hätte Probleme im Sturm. Ja, er hat mir geholfen an Bord zu kommen, und als er sich umdrehte, habe ich ihm mit einem schweren Schraubenschlüssel auf den Hinterkopf geschlagen.«

Cleroc hatte schon viel während seiner Berufstätigkeit erlebt, aber jetzt war er schockiert. Dieser

Mann hatte eiskalt ein Leben nach dem anderen ausgelöscht.

»Wo haben Sie Véronique Rimbaud versteckt?«

»In einer Höhle in der Nähe des alten Wehrturmes von Barneville.«

»Und Ihre Schwester?«

»Auch dort.«

»Nachdem der Fischer Sie dort gesehen hatte, wollten Sie das Versteck nicht mehr benutzen«, stellte Lagarde fest. »Deshalb haben Sie die beiden anderen ins Meer geworfen.«

»Ja.«

»Warum haben Sie ein Jahr gewartet, bis Sie Anouk Coudrin angesprochen haben?«

»Die Sache mit dem Fischer ist mir nachgegangen. Das habe ich doch eigentlich gar nicht gewollt.«

»Und dann konnten Sie nicht mehr aufhören.«

Sorel antwortete nicht.

»Aus welchem Grund haben Sie bei Ihrem zweiten Einkauf bei dem Goldschmied Tuel ausgerechnet vier Ohrringe gekauft?«

Der Mann sah ihn irritiert an. »Es waren die letzten Exemplare dieser Kollektion, mehr hatte er nicht mehr.«

»Welche Pläne hatten Sie mit Cécile Lanoux? Wollten Sie sie auch töten, wenn sie sich geweigert hätte, bei Ihnen zu bleiben?«

»Nein, ich wollte sie wirklich zurückbringen. Ich

habe begriffen, dass es sinnlos war, dass ich meine Liebe zu Louanne mit einer anderen Frau nicht leben kann.«

»Das glaube ich Ihnen nicht. Wir fahren jetzt auf das Festland und führen Sie dem Haftrichter vor. Kommen Sie bitte mit.«

FREITAG, 16. SEPTEMBER 2016

DIE HÖHLE IN DEN KLIPPEN

Als die Ermittler und die Rechtsmedizinerin Moreau den steilen Klippenpfad hinabstiegen, der zur Höhle unterhalb das alten Wehrturmes führte, regnete es in Strömen. Heftige Windböen zerrten an ihrer Kleidung. Sie mussten sich an Felsen, Büschen und kleinen Bäumen festhalten, um auf dem matschigen Weg nicht auszurutschen oder gar in die Tiefe zu stürzen. Als sie den Eingang der Höhle erreichten, waren die Kollegen der Spurensicherung fast fertig mit ihrer Arbeit. Bereits drei Stunden hatten sie sich dort aufgehalten und nach den sterblichen Überresten von Louise-Anne Sorel und Véronique Rimbaud gesucht. Der Cheftechniker grüßte sie und winkte sie in die ausgeleuchtete Höhle. Vor einem Absperrband machten sie Halt.

»Habt ihr etwas gefunden?«, fragte Cleroc.

Der Mann nahm den Mundschutz vom Gesicht und nickte ernst.

»Unter zentimeterdicken Schichten von Vogelkot haben wir zwei Skelette gefunden. Schaust du sie dir mal an, Delphine?«

Die Ärztin richtete den Blick auf die Knochen, die dem menschlichen Körper entsprechend angeordnet waren. Die Skelette lagen nebeneinander und schienen nie bewegt worden zu sein. Schließlich ging sie in die Hocke, um sie besser studieren zu können.

»Bei den Toten handelt es sich zweifelsfrei um Frauen. Das ist an der Größe und der Form der Knochen ersichtlich. Sie sind zarter und die Hüften sind ausgeprägter als bei Männern.«

Ihre Augen nahmen jedes Detail wahr. Bei der Toten, die auf der rechten Seite lag, waren noch Reste von einem blauen Stoff zu erkennen. Das ließ darauf schließen, dass sie noch nicht so lange tot war, wie die andere Frau. Was besonders entsetzlich war und selbst Moreau erschütterte, waren die beiden goldenen septagonalen Ohrringe, die sich dicht neben den Schädeln befanden und das Licht der Strahler spiegelten. Zwischen den Frauen lagen zwei Häufchen von kleineren Knochen und zwei Tierköpfe.

Es würde die Aufgabe eines forensischen Anthropologen sein, die Knochenfunde zu untersuchen. Sie waren sich jedoch sicher, die sterblichen Überreste von Louise-Anne Sorel und Véronique Rimbaud gefunden zu haben, ebenso die Skelette ihrer Hunde Coco und Bella.

WAS SPÄTER GESCHAH

Odette und Lagarde hatten beschlossen, vor ihrer Abreise nach Barcelona eine Grillparty im Garten des Kommissars zu veranstalten. Sie wollten sich mit dieser Geste bei Richard bedanken. Er hatte im Laufe der vergangenen Woche sämtliche Fensterläden seines Nachbarn abgebeizt, gestrichen und wieder eingehängt. Das Ergebnis war sehr eindrucksvoll. Die Kombination der taubenblauen Läden auf dem grauen Granitstein sah elegant aus und vermittelte einen frischen Eindruck. Philippe und Odette waren begeistert.

Valérie kam ohne Begleitung zu der Feier. Raymond war bereits nach Neuseeland geflogen. Sie hatte sich entschieden, dass sie ihre geliebte Halbinsel Cotentin und ihre Freunde auf keinen Fall verlassen wollte. Auch konnte sie es sich nicht vorstellen, den Polizeidienst zu quittieren.

Weitere Gäste waren Camille und ihre Tochter Amélie, Roselin, der Chef der Gendarmerie von Barfleur, mit seiner Verlobten Madame Florence, sowie Cleroc mit seiner Lebensgefährtin Suzanne.

Jacques, der mimosenhafte Chef de Cuisine des

Restaurants Mirabelle, hatte sich bereit erklärt, das Barbecue vorzubereiten und den Grillmeister zu spielen. Er hatte bis zum Schluss nicht verraten, was er sich alles dafür überlegt hatte. Odette wusste nur, dass als Dessert Sanddorn-Parfait mit Grand-Marnier-Orangen vorgesehen war.

Nach dem köstlichen Essen stießen sie auf Richard und sein gelungenes Werk an. Bis weit nach Mitternacht saßen sie im Schein der Lampions zusammen. Nur Amélie und ihr Hund schliefen tief und fest im Gästezimmer. Es war ein schöner Abend.

Der Bürgermeister von Saint-Germain-sur-Ay, Albert Bargas, war einige Male ganz zufällig im Dorfbistro erschienen, als der Strandgutsammler Rivette sich von seinem Verdienst als Erntehelfer ein Glas Wein gönnte. Das lag daran, dass der Wirt ihn jedes Mal sofort telefonisch informierte. Die ersten Versuche, mit dem scheuen Obdachlosen ins Gespräch zu kommen, verliefen wenig erfolgversprechend. Édouard Rivette wollte in Ruhe seinen Wein trinken. Schließlich redeten die Männer doch miteinander. Bargas wendete seine ganze Überzeugungskraft auf, um dem Mann den Trainerjob schmackhaft zu machen. Und tatsächlich übernahm Rivette kurz darauf das Training der örtlichen Basketballmannschaft, zumindest auf Probe. Der Verein, sein Präsident und alle Fans legten große Hoffnungen in ihn. Ein Spiel gegen den Angstgegner

Les Lions de Valognes, Die Löwen von Valognes, hatten sie bereits gewonnen. Der Jubel und die Hoffnung auf eine bessere Zukunft waren unbeschreiblich gewesen. Das Angebot, eine Zweizimmerwohnung der Gemeinde und eine großzügige Aufwandsentschädigung als Honorar für sein sportliches Engagement zu akzeptieren, wog er noch ab.

Seit Geneviève Sorel ihre Tochter beerdigt hatte, besuchte sie jeden Tag ihr Grab. Als sie an einem kühlen windigen Morgen auf dem Hauptweg des Friedhofes zwischen den Grabstätten, Statuen und Mausoleen auf die Weide zulief, unter der sich die letzte Ruhestätte von Louise-Anne befand, sah sie dort einen Mann stehen. Er trug einen schwarzen Anzug sowie einen eleganten Hut und verharrte reglos, den Blick auf die aufgeschüttete Erde mit den zahlreichen Blumenkränzen und das Holzkreuz gerichtet.

Erstaunt stellte sie sich neben ihn. Beide schwiegen eine Weile. Schließlich fragte sie: »Entschuldigen Sie bitte, Monsieur. Darf ich fragen, warum Sie das Grab meiner Tochter besuchen? Haben Sie sie gekannt?«

»Nein, Madame Sorel, ich habe sie nicht gekannt. Aber auch ich habe meine Tochter verloren und kann mir vorstellen, wie es Ihnen geht. Ich möchte Ihnen deshalb mein aufrichtiges Beileid aussprechen.«

Jetzt wusste sie, wer dieser Mann war. Die Zeitungen hatten sich in den vergangenen Tagen mit ihren

Meldungen zu der Aufklärung der Todesfälle und dem Fund in der Höhle fast überschlagen.

»Vielen Dank, Monsieur Rimbaud. Das ist sehr freundlich. Ich habe nicht damit gerechnet, dass Sie mir kondolieren. So wie die Ermittlungen stehen, hat mein Sohn Ihre Tochter getötet.«

»Dafür können Sie nichts. Ihnen darf niemand Vorwürfe machen. Ich bin auch gekommen, weil ich denke, dass wir beide uns vielleicht ein wenig Trost schenken können. Wir haben das gleiche Schicksal erfahren und ein geliebtes Kind verloren. Die Einsamkeit ist grausam. Darf ich Sie vielleicht zu einer Tasse Kaffee einladen? Wir könnten ein wenig reden.«

Nachdenklich nickte sie. »Gerne, Monsieur Rimbaud.«

Gemeinsam verließen sie den Friedhof.

DANKSAGUNG

Ganz herzlich möchte ich mich bei folgenden Personen bedanken:

Bei meinem Agenten Thomas Schmidt von Landwehr & Cie für die immer positive und unterstützende Begleitung.

Bei Reinhard Rohn, dem Verlagsleiter von Aufbau, der seit Beginn an die Krimiserie geglaubt hat.

Bei meiner Lektorin Constanze Bichlmaier für die inspirierende effektive Zusammenarbeit.

Und zu guter Letzt bei meinem Mann Herbert, meinem besten Freund, für das engagierte Management, die fruchtbaren Diskussionen und die schönen Ideen.

Maria Dries

Im Mai 2017